书里看书 梦里寻梦

爱夜光杯 爱上海
——2022——

新民晚报副刊部 主编

文匯出版社

目 录

看人集

谈艺录

叙往事

恋上海

念故人

观世象

过日子

爱夜光杯 爱上海

2022

说说老爸叶兆言

叶　子

2022-07-02

6月初，江苏省作协为老爸举办了一场别开生面的“退休茶话会”。

老爸今年65岁，到了退休的年纪，却没有一点儿停止工作的意思。我忍不住想，如果老爸一开始没有写作，干别的也一定能发光发热。爱工作，是上天赋予老爸的特殊命运，他是工作的使徒，总在服从工作的召唤。

我4岁是他人生的重要节点

我爸常说，全托是世界上最好的地方。当然，4岁的我一点儿也不喜欢，我入睡极难，隔壁床小孩儿被接回家的日子，我更痛苦加倍，为什么被接走的不是我呢。那是20世纪80年代，我爸分到了人生中的第一套房。他和我妈兴冲冲地装修，锈色地毯、天鹅绒窗帘、可以上下伸缩的客厅吊灯、古董唱片机、用小件名额买的日本产微波炉，甚至还偷装了一个窗式空调。邻居上门收水费，看见黄澄澄飞碟一样的灯罩，都啧啧称奇，我爸为此很得意。我喜欢把这两件事情连起来讲。我和都柏林的小乔伊斯，和卡尔夫的小黑塞，和那些我喜爱的伟大小说家一样，在童年的寄宿学校抹眼泪，而我的小说家老爸，却像忘记了雏鸟的喜鹊一样，只知道和雌鸟浪漫筑巢。

我爸一秒钟也不会认可这样的叙事。我4岁是他人生的重要节点，那一年他发表《枣树的故事》，在写作上站稳脚跟。幸亏有全托，让他在写作力最旺盛的时候，能专心写作，也因为全托，我学会了力所能及地照顾自己。坦白讲，老爸的潇洒日子也就只到我幼儿园毕业而已。我妈上班早出晚归，我的小学不管午饭，这让他十分头疼。我们靠家门口的出版局食堂混过一阵子，后来流行盒饭了，四块钱两荤三素，连搪瓷饭盒都不用洗，我爸简直绝路逢生。那时候，还没有人在乎环保，都感觉发泡餐盒才是美味特调。酷暑正午，高云岭的路面烫得晃眼，旧时法国使馆洋房的窗台凉篷投下窄窄一排间断的暗影，老爸穿跨栏背心，引我从一个阴影跳进下一个阴影，做游戏一般往家赶。他急于开始下午的写作，一到家，先爬上书桌，踩在486电脑后面不到半个脚掌的桌面上，伸手去转空调的旋钮。因为电压不稳，那空调是否送风全看运气，五天中只有三天能顺利启动。

有一个天天在家的爸爸

有一段时间小学扩建，改成只上半天课，我回家朗声宣布，老爸在饭桌上听了抱头惨叫。另一次令人印象深刻的惨叫，是他修洗衣机没断电，赤脚站在我妈刚拖过的地上。我在家，要他带，简直和身体过电一样瞠目惊悚，一样毛发斜立。

谁能想到，我明明是全托长大的小孩儿，但事实上和我爸相处的时间，却比大多数人都多得多。我的大多数生活技能，和全托毫无关系，都是我爸随手教会的。他无数次向人炫耀，我跟他学游泳，一周后就能游一千米。在教我这件事情上，他贪图高效实用。三年级布置实验，我和伙伴们躁动不已，嘴上讲燃烧的必要条件，一心只想去后山放火。谁知我爸出现了，大拍胸脯：燃烧还不简单。我和伙伴们就这样被困在了院子里，隔着纱窗，我妈正一面热火朝天地烧菜，一面照我爸的指示，递出火柴，医用钳，和湿答答的酒精棉球。回想起来，那天真叫人沮丧，一群小屁孩儿逗留在一小粒焦黑的棉球旁，明知我们的延宕没有意义，却不得不对这一场简陋、敷衍、几乎毫无用处的实验，做出点儿惊叹的样子。

有一个不用上下班，寒暑假也天天在家的爸爸，让我深受伙伴的同情。之前我对这同情一知半解，觉得明明是我爸更惨才对。我爸才是自然作业的受害者。我不过是养了一两条蚕，统共孵出巴掌大一块蚕卵，谁知在桌上晒了两天，就孵出上百条幼虫。我还把装幼虫的竹簸箕打翻过，害老爸匍匐在地，用筷子尖捡线头大的褐色小蚕，一边捡一边骂我喇叭腔。几天之后，上百条蚕就白白胖胖浩浩荡荡地躺满了我们家的客厅。今天回想起“蚕食”的场面，耳边还沙沙地响，刚铺满碧油油的桑叶，一眨眼就变为黑黢黢的蚕屎。为了采到足够多的新鲜桑叶，老爸例行的玄武湖边散步，从每天一小时变成两小时，又变成三个小时，到家时灰头土脸，仿佛务了一天的农。他成了蚕宝宝的月嫂，白天采桑叶倒蚕屎，半夜里，也要“起视蚕稠怕叶稀”。这么多蚕最后结了整整一麻袋的茧，怕破茧重生，再飞出来下卵，老爸狠狠心，送给邻居炸蚕蛹去了。

他只讲最最质朴的人生道理

大多数时间，他在家默默写作，我在家默默写作业。我要听张信哲，他要听蔡琴。我看五分钟《新白娘子传奇》，他就如坐针毡，搞不清楚状况，怎么《爱如潮水》那个是男的，许仙反倒是女的。我们互相看不上，我对他复杂的欣赏体系，其实也似懂非懂。经典名著大概也不比赵雅芝好看多少，我翻两页《红楼梦》或者《复活》，他又说看这些太早，浪费时间。他没事也和我讲讲李尔王、高老头、冉·阿让，都是些惨得要命的老爸。那时候，文学远不如作业重要。逢大小考试，我一紧张，老爸就比我更紧张，那焦虑的样子，简直不像个写小说的人。他从不说，考不好也没关系，也不说，世界很大你要多出去看看，更不会说，你喜欢做什么都可以。偶尔，讲一两句洒脱话，反而更让人不敢懈怠。对我，他只讲最最质朴的人生道理：要工作，要有效率，要把一件事情做完。

如今，我女儿也快4岁，我虽然始终未学会老爸超人般的勤奋，不过，倒也常常发梦，想狠心把女儿送去寄宿。而古早年间，急于摆脱我的老爸，今天在同一个单元里和我做邻居。他和我相隔一碗汤的距离，还常常摆脱不了要帮我带女儿的苦役。

几十年如一日，我们依然每天散步，他依然擅长寻找躲避阳光的阴凉处，认得清路过的每一棵树。写东西受干扰，他就发些奇怪的牢骚，没头没脑，说什么《憩园》竟然是巴金用毛笔蘸着茶碗盖写的，怕洇只能用很浓的墨。我毕竟学了那么多年的鲁郭茅巴老曹，便搜肠刮肚想与他对答，但他大概没有听到想听的话，很快就开启了别的话题。我只管跟随他走，虽然我们也走不太远，但左走走，右走走，就几乎每天都有新路。

上海伯伯王佳彦

石　磊

2022-07-09

酷暑天气里，跟王伯伯约了拍一趟访谈视频。

讨论拍摄地点的时候，制片人邱忆榕小姐讲，王伯伯啊，有没有精致玲珑的小放映厅？拍起来蛮有感觉的。王伯伯想了想，说，衡山电影院吧，三号放映厅小而珍。

拍摄的当天下午，挥汗如雨地在衡山路跳下车，王伯伯在衡山电影院门口等我们。一句寒暄还没讲完整，王伯伯劈面就告诉我，衡山电影院房子租约到期了，1952年建的，共和国在上海最早的电影院之一。我们那天下午，好好使用了一次衡山电影院。于是头等大事，是跟王伯伯一起，举起手机拍衡山电影院了。

王伯伯是王佳彦，上海电影界的老法师、老爷叔，今年73岁，他有个独领风骚的绝色本领，王伯伯是上海国际电影节的排片人，每年的上海国际电影节，于十来天的时间里，调集500多部中外电影，狂轰滥炸放映1500多场，这张错综复杂、细密如毛细血管的排片表，就是王伯伯一颗脑袋、一手一脚搞出来的。

认识王伯伯之前，一直以为体量如此丰肥的上海国际电影节，至为关键的排片这件事情，总归是有一个专家小组，多台精密仪器，不舍昼夜切磋出来的。真相原来竟是一个老男人静悄悄的私房手艺，像做手工皮鞋一样一针一线缝出来的。

上海国际电影节从1993年开始，办到去年，一共24届，王伯伯自2000年起，独揽排片大权至今，上海第一名自不必说，摆到世界上，都是好算算的。王伯伯是超一流的电影匠人。

于小放映厅里，架好机器，52个座位的珍美小厅，看起来真的蛮有感觉的，开拍。

一上来就跟王伯伯感叹，每年6月，国际电影节一开票，真是万人空巷地疯狂抢票啊，从文艺青年到文艺中老年，于千万条弄堂里冲锋陷阵。电影节500多部中外电影，限时特快专递，只在这么10天左右的时间里放映，电影节一结束，国际参展电影的所有拷贝都原途送回人家，所以，机不可失时不再来，珍贵极了。开票之前，为了在淘票票上抢到想看的电影票，每个影迷，无不做足功课，刻苦钻研那张王氏排片表。王伯伯教我，抢票的诀窍是不要挑好座位，随便挑边边角角的座位，就可以多抢到几场票。

然后跑一点儿题，跟王伯伯眼热了一下，每年排片之前，看半年的审片，好幸福的工作啊，憧憬死我了。王伯伯白我一眼，这个工作，你肯定不会喜欢的，我们审片都是快进，否则500部片子，哪里看得完？我听了瞠目，啊？快进啊？快进怎么审得清楚啊？不是会看走眼吗？王伯伯很神仙地答，凭感觉啊，就算快进，我的感觉还是在线的。老法师就是老法师，拿鼻子闻闻胶片，就活生生地把片子审好了，太严肃了。

王伯伯说，上海国际电影节从1995年第二届开始，就是国际A类电影节了。最近这些年，圈内圈外，地位越来越高。我们的举办日期在戛纳之后，我们选片的时候，戛纳的片子都非常积极想拿到上海电影节来放映。我们审片，快进一看，不行啊，有敏感镜头。跟对方一讲，对方很爽快，主动说，我们来改。一二三个来回，节奏迅速，改掉不妥的镜头，我们成功拿到上海电影节上放映。戛纳这么配合，为什么？因为上海国际电影节有影响力有号召力有江湖地位，人家看重你。

不过，还是跟王伯伯抱怨，电影节的票子，好贵啊，一张70元起码，十天观影，每天争分夺秒三四场看下来，用掉不少铜钿啊。王伯伯不是白我一眼，是瞪我一眼，贵啥？看一年电影节的花销，也比不过你看一场偶像演唱会的钱。

再问王伯伯，影迷是一种什么动物？王伯伯摆出一副骇人听闻的表情，我跟侬讲，上海的影迷，太厉害了，太懂了，没有他们不知道的事情。我排片的时候，以为一部冷门小国家的片子，不会有太多人想看，就排到偏远一点儿的小剧院去，结果，一开票，秒光哦。以前，电影放映结束，导演演员跟观众见面，因为我当时还是上海影城的副总经理，所以都是我主持的，现场担任翻译的是大学生志愿者。遇到过一回，导演讲完，大学生翻译完，听众站起来，讲大学生翻译错了，一字一句给你纠正。慢慢我就有点儿听不下去，婉转地跟这位影迷讲，你很专业、你很懂，是好事情，大学生志愿者是生手，你要允许她水平有点儿低，是不是？老爷叔摆出话来，事情才松弛下来。

跟王伯伯讲，在上海看电影，最愉快的记忆有两个。一个是童年时候，夏日的夜晚，于室外空地里，挂一块幕布，看那种露天电影，像足天堂电影院。另一个，就是每年初夏的国际电影节，那真是废寝忘食奔走相告着拼命看电影，太美好了。王伯伯慨叹，一座城市，有一个国际电影节，还是很不同的啊。

一口气拍到此地，我举手申请停一下机器，因为蚊子猖獗，咬得我两脚如麻。大家停下机器，拿驱蚊药水给我，王伯伯旁观着，讲，衡山电影院的蚊子，饿了三四个月了，今天终于吃了顿饱饭。一边狂喷驱蚊药水，曹臻一边跟我说，替我问王伯伯一个问题，国际电影节很多都是旧的电影，好几年以前的电影，影迷早已在其他场合、用其他方式看过了，这个问题要怎么平衡解决？

等搞定蚊子，重新启动，我第一个问题，就是替曹臻问这个。王伯伯说，国际电影节确实有很大比例的旧电影，比如4K修复的经典片、大师回顾展、各大影展的获奖片提名片等等。这些都不是当年度的新片，但是，我们上海国际电影节的这部分电影，每年都卖得特别好，为啥？因为电影就是要到电影院去看的啊，在家里怎么能看得好电影呢？刚看到精彩的对话，老太婆讲了，水开了，侬去冲一冲。快递送来了，侬下去拿上来。电影结束，在电影院里，灯光亮起来，全体观众抹着眼泪起立鼓掌，那种气氛，多感人啊。在家里？电影放完，老太婆咕噜一句，又看一遍？有啥多看头。

第一次见到王伯伯，是在某个饭局上，忘记是哪一位影坛前辈介绍给我的，说，喏喏喏，这个是上海国际电影节的排片大王。王伯伯很腼腆地跟着说了一句，一句我至今难忘的话，我除了这个，其他什么本事也没有了。我当时十分惊奇，上海电影圈，还有这么谦虚低调的老男人啊。

后来，跟王伯伯熟了，数年里，只找王伯伯救过一次火，好像是买不到票看某个影展的某部片子，王伯伯替我安排了票子，叫我直接去影院。我付钱取到票，微信上跟王伯伯道谢，王伯伯还是那句话，我除了这个，其他什么本事也没有了。

王伯伯的神仙在于，他一年里，有那么1个月左右的时间，过的是呼风唤雨唯我独尊的王牌排片人日子，剩下的11个月呢，是静悄悄靠边站一声

不吭的凡人日子。

问王伯伯，一个男人，要如何地有自知之明，才能在这两种人生状况里穿越自如？王伯伯看看我，看看镜头，很平淡地讲，做好事情么，就应该靠边站了啊。

致敬王伯伯。

金宇澄："魔都"飘过一匹马

王震坤

2022-07-16

早几年上海的街头出现过非常魔幻的一幕：一位黑衣美女长发随风，骑着一匹骏马在街道上一路小跑，飘然而过。暮色里，街沿旁的市民惊诧地张大了嘴，虽然这路叫马路，可真是不准马走的路。

自20世纪50年代以后，上海的马路上基本没有见过真马。上海人对马的美好憧憬还停留在电影《沸腾的生活》的情景里，一匹白马鬃毛飘飘，在悠扬的电子音乐中慢跑的镜头……

如今有一个人，他仍然牵着他的白马梦游在上海的淮海中路，南京西路，还有巨鹿路的爱神花园……

我说的他，就是金宇澄，我们曾经同在这幢有着巴洛克花纹栏杆的楼里工作过，都是作家协会的职业编辑，虽然专业不同，但都是业余美术爱好者，自然会聊相同的话题。

有一日，在有裱花奶油蛋糕天花板的食堂里，老金神秘兮兮地对我说，弄堂网上有一个连载小说蛮好白相的，你可以看看。我这人不太关心网络文学，但老金推荐的是一定要看的。一看，哎哟喂。里厢写的小菜场鱼摊头，邮票市场，曹家渡13路电车……不就是我周边的事嘛。我像在大自鸣钟淘到了难寻的盗版碟片，一片一片地看了下去。看到差不多，我明知故问地问老金，这个“独上阁楼”是啥人啊？老金狡黠地笑了：感觉哪能？

以后《繁花》是怎么火起来的，就不响了。

我诧异的是，他拿了茅盾文学奖后，又迅速地拿起了画笔，而且一发而不可收。他让爱马的铁蹄任意践踏门厅里黑白相间的地砖，他摘了马辔让马把编辑部的书籍文稿啃咬一地。甚至，不忘把他的那本《繁花》添上去，作为马的草料。这样汪洋恣肆、天马行空的魔幻画法很难不让文学界乃至美术界瞠目而视。

我问老金，什么时候这幢火柴大王的别墅成了你的马厩？老金一笑：我记得童年时期，上海的晨雾中走过卖马奶的马，青年时代又在农场养过马。马，是推动历史前进的一个动物。

青少年时代的经历，是个人成长的一生财富，马的图腾是解开金氏魔幻现实主义世界的密码吗？

我以为金宇澄有两段经历可以按图索骥。一是他在东北农场养过马，他可以随手画出马和马具的很多细节，详细解说诸如马蹄铁和钉马掌的功能和功用。二是他在上海钟表厂做过工，养成了他缜密的观察能力和立体思维。思绪上的信马由缰和构建上的谨慎理性成为他表达的两端，因而我们看到的画面是这样的：金光灿灿的静安寺被一双大手端了起来，国泰电影院白马在徜徉，是虚构还是非虚构自己去想。

有次和老金喝酒喝大了，我驾车送老金回家。老金谈兴正浓，半路吵着要去红马酒吧，我说不清楚这酒吧在哪里，是在上海，还是杭州，他说门口有一匹红马，我说附近没有这个地方。等快到家了，我逗他：去红马吗？老金一脸正气：不去了。我搞不清他想去这酒吧，还是想看那匹马。

我奇异老金画作常用的视角，有很多的俯视。在还没有流行无人机航拍的时代，这叫作上帝的视角。他画的那些纵横交错，曲里拐弯的上海地标图像似视网膜的神经末梢。你绝不会感到像看GPS某地图那样生硬无趣。老金说，他没有学过美术，唯一基础是年轻时候在农场画过土建图纸，回沪学过机械制图。

这让我想起有一个像他一样用理工男脑子画画的荷兰版画家安舍尔，他所构建的世界充满着悖论，作品里的建筑永远不可能在现实中复制出来，只存在于他的画面，只存在于脑海的世界。金宇澄则常用手的意象驾驭画面，大手可以抓取上海作协阳台上奔跑的马群，抓住瑞金路口的S公寓，托起静安寺……大手仿佛借助了命运，直接左右画面的焦点。

安舍尔和老金用真实世界不可能的三度空间来诱惑我们，安舍尔是用精密的数学公式制造幻觉，画面显得精准冰冷，金宇澄则是用文学想象力的个性任性，干扰常规审美的走向。

和老金聊天，是桩有趣的事，让人真切又恍惚。他的有些段子，后来都在他的书中出现。人物和事件有些我还见过听说过。他营造的世界时常在真实中迷离，又在迷离中显影。是真实与幻象的互为镜像，亦真亦幻。

老金给我说过一个“揩席子”的故事，至今印象颇深。炎热夏天的傍晚，一个干净利索的中年妇女去一个单身男人的房间，擦净席子，烧好夜饭，然后度过一晚。翌晨起，买小菜买大饼油条回家了……这于我是太熟悉的弄堂场景了。青春不解风情，吹动少年的心，那妇女形象让我一直觉得性感和美丽——生活的不堪镜像着凄美的阳光，哪面是真实的？这是老金的故事还是我的故事？

金宇澄用文字唤起读者20世纪80至90年代的市井记忆，接踵而来又用“镜像迷宫”带领读者窥视当今的滚滚红尘。只要经历过那个时代，都会在金宇澄的文字和画作里找到自己。我们在观看金宇澄的文字和图像，金宇澄在文字图像里看我们，就像他说的“我们在一个世界感受，却在另一个世界里命名”。

对金宇澄作品的视觉不真实，我们还需要疑惑吗？马，明明没有翅膀，可人类在图像中非要给马安上一对翅膀，叫作飞马。这是人类嫌自己的时间空间不够，在另一个平行世界给硬加上的。金宇澄深深感到文字世界达不到之处，图像可以达到，图像世界达不到之处，文字可以达到，文字与图像互为表里，这是老金的一对翅膀，也是老金玩弄的一个“克莱因瓶”，终点就是起点，里面就是外面的悖论游戏。

不尽如人意的生活需要金宇澄描摹疏可走马的梦境，也喜欢听听一群白马统治爱神花园这种老年人的童话。这是源于年少叛逆期想闯一次祸的梦想，身体规规矩矩，还不容许线条出点儿轨吗？人类渴望插上思想的翅膀，以梦为马，让马儿走得更远更远。

由此来看，繁花世界，就是万花筒，我们是筒中那一颗颗彩色玻璃，只要轻轻一转，又是一个新视界。

我眼中的父亲王汝刚

王悦阳

2022-07-23

今年是作为国家级非遗“独脚戏”保护传承单位的上海人民滑稽剧团（前身为“大公滑稽剧团”）建团70周年，也是父亲王汝刚从事喜剧艺术的第44个年头。

几十年来，时代在飞奔，演员在更迭，但一代代滑稽人随时代而进，为生活而歌，给老百姓带来欢笑的这份初心，始终不变。

曾经从医，幸遇伯乐

1978年，作为回沪知青，父亲已在工厂从事医务工作，并照顾着年迈丧偶的爷爷，日子过得平淡却温馨。谁承想，一次业余时间参加的滑稽戏表演，父亲演出的一个小角色竟让刚恢复工作的滑稽泰斗杨华生、笑嘻嘻与绿杨一眼相中，热情地邀请他参加即将恢复重建的“上海人民滑稽剧团”。

一石激起千层浪，当时第一个反对的就是身为工程师的爷爷，且不说王家几代书香门第，就是现在的医务工作，也是绝对的“铁饭碗”，为什么要去做抛头露面的演员？父亲是出名的孝子，听了爷爷的话，无奈准备放弃演员梦想，却怎么也没料到，为了留住他这个好苗子，这几位滑稽大家亲自登上家中小阁楼，作为同龄的过来之人，与爷爷促膝长谈，动之以情晓之以理，最终得到了爷爷的认可，这才有了之后在滑稽舞台崭露头角、绽放光芒的王汝刚。

对于滑稽戏老前辈爱才、惜才的深情厚谊，父亲感恩了一辈子。在他看来，如果没有当年众多老师敞开心胸的接纳欢迎，毫无保留的倾囊相授，言传身教的带领扶持，就不会有自己今天的成就。这种潜移默化的言传身教，也深深影响着父亲。

他在滑稽界尊老爱幼是颇为著名的，无论是老艺术家的生活问题，还是身后之事，但凡有托，无不尽心竭力。而对于一众后辈青年演员，更是无私地帮助关怀，从艺术到生活，事无巨细，都像对待亲生孩子那般关爱。

他的想法简单且纯粹，善待老人，是不忘自己曾经得到的点滴帮助；扶持后辈，既是老先生们当年的亲身教导，更为了滑稽戏这一剧种能拥有更美好的明天。

爱团胜家，情义无价

鲜为人知的是，爷爷去世之时，父亲因为忙于舞台演出，没能赶去见他老人家最后一面；而是在舞台上演出了一场含着眼泪的喜剧，尽管心中难以抑制对至亲的不舍，却依旧要在舞台上嬉笑怒骂，滑稽突梯。父亲作为人子，此时此刻内心的伤痛，无奈与辛酸，又有多少人能知道？

不光白事，喜事亦然，1984年冬天，母亲生下了我，八斤之重，白白胖胖，父亲却因为要赶去外地演出，只能在医院产房抱了抱我，就行色匆匆地踏上长达半年之久的巡演之路。直到六个月后，再次见到日思夜想的大胖儿子，我已会叫“妈妈”，可面对别人口中的“爸爸”，眼里却满是陌生……后来他告诉我，就在那几年，老先生们退出舞台，剧团正面临新老交接的关键时期，演出失去了“角儿”的票房保障，年青一批演员如他，还并没有多少知名度，如何把一个曾经诞生过《七十二家房客》《糊涂爹娘》《苏州两公差》的知名剧团，在他们的手里延续下去，是那一代青年演员当时所面临的巨大难题。

最终，他们选择了一条极为艰辛的“长征”之路，把滑稽戏带出上海，走出江南，两队人马南下湖南、广东、广西，西进四川、青海、甘肃，跑遍了大半个中国，接受市场与群众的考验，切身感受老百姓的真实情感与生活，也在巡演的过程中，锻炼了业务，逐渐站稳了舞台。后来，父亲的演出越来越多，母亲也忙，无奈之下，我只能寄养在外婆家中。记得那段时间，清晨起床在上学前收听广播里的《滑稽王小毛》，那是我与父亲每天唯一的情感交流方式。

父亲在剧团有个“雅号”——“无事三百里”。直至今日，每逢去外地演出，除了参观名胜古迹，父亲最喜欢逛的就是老城区、小菜场，一方面可以切身感受风土民情，另一方面还能买到最新鲜可口的土特产，最重要的是，作为滑稽戏演员，能在深入生活中熟练地学习方言，自然地掌握九腔十八调，拉近艺术与生活的距离，从而创作出老百姓喜闻乐见的好作品。他至今依旧近乎顽固地拒绝网购，因为在他眼里，尽管网络让生活便捷了不少，却少了那份感知烟火气与人情味的机会与乐趣。

或许也正因为这份对生活的无限热爱与切身感受，使得上海人民滑稽剧团能荣获“全国服务农民、服务基层文化建设先进集体”的殊荣，父亲用自己的实际行动告诉大家，紧紧拥抱时代，贴近生活，永远是艺术家最好的老师。

喜剧艺术，严肃人生

不要看父亲是一位善于插科打诨的喜剧演员，在生活中，他勤于思考，爱好读书，广交朋友，舞台下的他，给人感觉颇为严肃，因为“从事喜剧艺术，奉行严肃人生”一直是他的座右铭。但其实，他是一个非常注重情义的汉子。任何人的点滴帮助，他都会铭记于心，对于每一位朋友，也总是抱着最大的真诚与热情去对待，有时甚至有些“热情过度”。

熟悉他的人都知道，他是一个极为注重友情，乐于助人的善良人。但这几十年来，对于自己家人的事情，他却总是刻意回避，有时候甚至还会直接拒绝。记得我还在牙牙学语时，他教我背的第一首诗就是郑板桥的《示儿》：“吃自己的饭，流自己的汗，自己的事情自己干。靠天靠地靠父母，不算是好汉。”每当我奶声奶气地背诵这首白话诗时，他总会流露出高兴与肯定的表情。大道至简，大爱无形，长大了我才懂得，父亲之所以在一开始并没有选择教我辞藻华丽或是脍炙人口的唐诗、宋词名篇，最根本的原因就是要我在迈开人生第一步的时候，就牢牢记住这意思浅显明了、道理却颇为深刻的句子，并以之作为自己的人生信条。

他曾经很直接地对我说过：“做我王汝刚的儿子，不求你大富大贵功成名就，但一定要做到自强自立。”曾经我也会对父亲的不近人情感到不解与委屈，为什么对朋友、学生可以掏心掏肺倾力相助，对自己家人却总是十分苛刻不近人情？在这时候，他会很严肃地告诉我：“做名人的儿子未必是一件好事。我不希望你重复我的道路，即使成功了，无非复制一个‘小王汝刚’，人家也会觉得理所应当；如果不成功，则会被视为‘一代不如一代’，这样做既没有道理更毫无意义，也是大多数名人之后的苦恼。所以我希望你能走属于自己的路，做喜欢的事情，在自己擅长的领域有一技之长，健康且充实地度过一生，就足够了。”

书香之家，一脉相承

回想数十年来父亲与我的点点滴滴，尽管我并没有继承其衣钵从事滑稽艺术，但在他的影响下，我喜欢上了文学、戏曲、国画等传统文化，甚至脾气性格、生活习惯、语言特征，也完全受他的影响。

父亲对《新民晚报》的感情很深，1988年，正是晚报主办的“小滑稽迎龙年”演出，使得他们一群青年演员在上海舞台上崭露头角，也奠定了父亲在剧团的艺术地位。后来，父亲作为特约作者，长期在“夜光杯”开设专栏《笑作坊》，往往千余字的文章，就能将程十发、谢晋、俞振飞、贺友直、袁雪芬等前辈艺术大家的音容笑貌活灵活现地展现于读者眼前，还获得全国的奖项，令我这个文字工作者自叹不如。

而我如今在《新民周刊》工作，无疑也是父亲与新民情缘的延续。尽管我们父子俩看似从事着并不相关的事业，实则无论从血缘到精神，都是一脉相承的。他教会我对美丑的辨别，对文化的追求，对生活的热爱，对感情的真诚，这将是我一生用不尽的宝贵财富。

记得在父亲60岁生日聚会上，面对亲朋，我发自肺腑地感慨：“我的父亲这辈子，既不当官更不经商，他的一生只做一件事，就是唱好滑稽戏。一生也只有一笔财富，就是台下所有他看重的朋友。我为有这样的父亲感到自豪，他是我人生的榜样。”那一刻，我看见向来对我不苟言笑的父亲，眼眶里泛着泪花，千言万语，也尽在不言中了。人说知子莫如父，其实，知父又何如子呢？

孙甘露：在上海的屏风上

邓倩倩

2022-09-24

从文学履历上来看，孙甘露是一进门就找到了开关的人，但他仍然在革新自己的创作，从成名作开始，到《呼吸》《上海流水》《千里江山图》，创作和生活中的每一次改变，仿佛仍然在重复这个走进黑屋子的游戏。

如今，作家以外，孙甘露又多了一个身份：华东师范大学中国创意写作研究院院长。抬头望见文学史里提到的人，生活中是如此平和儒雅，用学生的话来说，就是有一种反差萌。

他把上海看作爱人

祖籍山东的孙甘露，幼年时随父亲的部队南下上海，上海几乎是他写作的唯一对象。他把上海看作是爱人，“她有一个大家都知道的名字，但是，她还有一个只有你会这么叫的名字，独属于你个人的”。众人知晓的上海是一座公共花园，繁华的上海，文艺的上海，市民的上海，革命的上海，它们组成一道锦绣绵延的屏风，孙甘露从少年时代就穿行其间，“在未成年的时候，我一度喜欢上了黄浦江上的渡轮，花几分钱，随着人流来回摆渡令我沉思我一无所知的事物并且获得慰藉，江面在四季中的形态以及风雨中水面那令人窒息的味道，是最初令我产生迷惘之感的东西。流水天然地变成了一个象征，它的波澜和雾气绵绵不断向两岸涌去，似乎要使潮湿的南方陷入更深的纠缠之中”。

我怀着猎奇的心理，重走过一遍孙甘露书中的上海，跟随外出工作的摩托车队伍，坐上两块钱的轮渡，眺望着窗外的集装箱、仓库、浮桥与鱼市场等，两岸状似人烟稀少的乡村中国，破败瓦房是等待拆迁的样子，散发着郊区式的孤寂。来到东方明珠耸立的外滩，这是孙甘露说的上海的标志、心脏和边缘，一个被不厌其烦地四处展示的建筑群，也走完了孙甘露经常谈论的郊区与市区的辩证法。紧接着，我走到浦东美术馆，在敞亮的落地窗前观望更近的塔以及江面上的巨轮，雾气绵绵，潮湿的空气四处与万物接壤，人在其间显得渺小而后退，仿佛置身《千里江山图》中的清晨，看得到想象中山峦江河的景致跌宕起伏，让人心潮起伏，也让人慵懒。孙甘露在《自画像》里说道：“一种松散慵懒的生活，与争分夺秒的外部世界格格不入”，顺着他的作品地图游荡上海，仿佛做了一天上海的吟游诗人。

走过思南路，看思南公馆里的名人逸事，传奇与故事还在上演，人生代代无穷已。2011年8月，上海书展的上海国际文化周活动在公馆里如期举行，作家们在这里阐述着自己的文学理念，市民随时走进来坐下听一听，他们成为朋友，成为周末聚会的方式，“思南读书会”品牌应运而生。孙甘露作为活动的组织者，召集了一帮青年作家、评论家，打造了一间城市书房，天南地北的作家、艺术家在这里停留，“思南读书会”给上海增添了一抹暖色，成了新的打卡地。最后我来到人民公园邮局，回到孙甘露青年时代的工作场所，曾作为邮差的他奔走在上海的角角落落，传递出信使之函，作为写作者的他，传达的是一种复调的声音，有时代的风尚，也有窗外电车导流杆与电线摩擦的声音，不仅有此地，还有异乡，上海作为一个移动的能指，

“在”与“不在”交织在远景的幕布上。

一幅古画延伸出的江河湖海

2022年4月，上海文艺出版社隆重推出文学界期待已久的作品《千里江山图》，书名与北宋徽宗年间王希孟唯一存世的画作同名。《千里江山图》与李洱的《应物兄》曾经一起成为文学界难产作品的段子，十几年来被作家们作为谈资、趣闻，当然也带着对写作者的敬意。

孙甘露多次谈到过画家朋友徐累、孙良推荐给他看《千里江山图》，他个人喜欢看画展，在他的意识中，一幅名画背后实际上是一些历史上重要的时刻、人物、历史事件，充满了热血、能量或者是一种激烈的动荡，被艺术家呈现在一幅作品中的时候，有一些东西就冷却下来了，他更看重我们怎样看待画作背后表现的那个东西，《千里江山图》可能就是回到冷却的后台。

《千里江山图》扉页上的“一九三三年”是冷却时代的印记，1933年正值日本帝国主义加快侵略中国以及国民党疯狂“围剿”中央苏区之际，上海春寒料峭，工农革命处于低谷。党中央总部把革命果实从上海撤离到瑞金，避免了红色血脉遭受灭顶之灾，这3 000多公里的交通线征程被称为“千里江山图”计划，隐喻着革命火种和不息的信念。

《千里江山图》有谍战小说标配的特殊时空，悬念重重，情节波澜起伏，阴谋与背叛，信仰与理想，也有先锋作家对人物和构思别样的处理，十二罗汉式的游戏构造，极具现代感和时代性。在白色恐怖笼罩下的十里洋场下，他笔下的人物不再是以梦境和背影出场，他们不再沉湎内心，而是直面时代，躬身入局，从形容词的世界脱身而出，化身为真实可感的名词和有逻辑可推理的动词。《千里江山图》的开端即是中场，仿佛切入了时间的河流，腊月十五浙江大戏院，对面是四马路菜市场，戏院门口的电影海报，从世界大旅社屋顶花园看到的游乐场、滑冰场、弹子房和书场，还有次要人物的一份闲情，“崔文泰一时间特别想喝碗猪杂汤，汤里有几片番茄，他撒了很多胡椒，再来两块烧饼”。谁也不曾想到这样慢悠悠地享用早餐的人，即刻就要去菜场东面的一条夹弄里开一次十万火急的会，紧接着特务闯入集会现场，有人逃脱，有人还没有到场，有人只能迎接随后的抓捕与审讯。生活表面的松弛与底下的紧张动荡，小心翼翼地探寻着上海和时代的秘密，也触碰着现代读者多次元生活中交叠共存的心绪，像一场穿越时间的相逢。

孙甘露在《千里江山图》中再次盘活上海地图，从浙江大剧院、四马路菜市场开始，跑马总会、公益坊、顾家宅公园、天津路中汇信托银行、外滩华懋饭店、世界大旅社，到龙华警备司令部、工部局立格致公学、同春坊、肇嘉浜、闸北、漕河泾、小闸镇等，他给人物设定了有质感的上海生活地图，这些地标集合起来，以工笔的手法潜入上海20世纪30年代的故事中。从《我是少年酒坛子》到《千里江山图》里的街道，真实的街道路线贯穿到虚拟的空间里，是他对现实主义小说技艺的接续，蛛网式的大街小巷在小说里形成一种卫星定位式的存在和真实性的压迫感，借着人物之口，仿佛是孙甘露在对这个城市自言自语，“上海的马路他熟悉得像自己的手指”。信手拈来的熟悉，或许得益于作者早年当邮递员的人生经历，多年后，他把路途中的历史、记忆和想象编织起来。读者也跟随书中的路标，躬身入局，充当试图识别敌方的地下组织员，在上海的迷宫中寻找谜面，通过骰子和茄力克香烟来探察真相，通过人物代号“老开”“西施”等来破译时代和自我的密码。读者在小说里纵横之后，深感那些在上海龙华监狱牺牲的前辈，或许肉体湮灭，但他们的灵魂走进了当代的千里江山图里，在江河湖海里重生。

写作就像进入一间黑暗的屋子

从1986年发表成名作《访问梦境》算起，孙甘露进入写作这一行当已经有36年，从新锐先锋作家到策划《上海壹周》，从时尚名人到作协领导，分管文学界鼎鼎有名的沪上杂志《收获》《上海文学》《萌芽》《思南文学选刊》，策划市民喜爱的思南读书会，加入华师大创意写作专业，如果说他对文学熟悉，似乎略显轻薄，文学对他来说，就是生活。谈起自己熟悉的生活，人们总会多一份自如和即兴。对很多中文系学生来说，孙甘露有时候基本等同于一个名词解释，辐射范围包括“先锋小说”“反体裁”“反小说”“元小说”与“不可索解性”。

面对新时代的文学爱好者，他不讳言文学需要一定的天赋，当然他也充分强调创意写作专业的必要性，文学需要后天的打磨。天赋固然重要，但日常的训练和有意识地修改自己的作品也是写作的重要环节，在有经验人的指点下，我们的写作会少走一些弯路。

他说写作就像进入一间黑暗的屋子，“里面有灯的开关的，但是你不知道开关在哪里。有一些情况下，我们不是很幸运，把整个房子摸了一遍之后才找到开关。其实，如果有人指引你，你找到开关，轻轻一碰灯就亮了。有的人也可能比较幸运，一进门就能伸手摸到开关”。

如今，创意写作的学子一批又一批地进入黑屋里，以个人的方式滑翔在阅读与创作作品之中，流连在前辈书写的词语花园里，体会着孙甘露曾有过的生命体验。

王朔曾说过一句话，“孙甘露的书面语最纯粹”。从20世纪80年代中期到现在，他的每一次写作多少都带有异数的色彩，不同于自己，也不雷同于他人，在遣词造句和修辞布局里撒播反叛的种子，也享受着语言游戏拆解聚合的愉悦。

《千里江山图》可以看作先锋小说家的一次告别，而不是公众所期待的向现实主义的转型，他用“上海”和“谍战”两个关键词，创造了比真实还真实的阅读感受，同时又潜藏了最个体的生命经验，因为上海和谍战都是广博的，都是打开的屏风。

智者辛遥

——《智慧快餐》漫画专栏三十年

毛时安

2022-10-16

古人云，看似寻常最奇崛，成如容易却艰辛。

漫画家郑辛遥在《新民晚报》夜光杯版面上的《智慧快餐》专栏，整整三十年了。专栏里的一幅幅漫画，充满了上海人的小幽默和大智慧。

一个漫画专栏，在报纸上连开三十年，且从不间断，并现在仍在周周更新，这是独一无二的。郑辛遥用机智与幽默回应着生活和时代。

三十年来，郑辛遥《智慧快餐》中的小漫画，已成了夜光杯、新民晚报、海派漫画，乃至上海文化的一个大品牌。

一个漫画家的三级跳

岁月葱茏，当年热爱漫画的小青年，手握几大世界级漫画奖，如今已成了上海市美术家协会主席。成功者从来不是童话和神话，只是一部现实主义的连载小说。辛遥送给我一幅扇面，上题“生命在于运动，资金在于流动，朋友在于走动”。作为常走动的朋友，我几乎目睹了他漫画生涯的“三级跳远”全过程。

第一跳，破釜沉舟，只为许身漫画。1978年改革开放春风化雨，华君武、丁聪、张乐平、方成这些老漫画家新作迭出，点燃了辛遥漫画创作的热情火苗。他加入上海市工人文化宫漫画创作组不久，1979年10月30日第一幅漫画《勤“拣”持家》见诸中央媒体《工人日报》。双喜临门，1980年大年初一的《解放日报》，漫画《各有所赏》又赫然在目。其时，郑辛遥就职于上海电报局办公室。在计划经济时代，性格平和的他毅然决然地砸掉了自己手里端着的那个让多少人羡慕不已的金饭碗，领导开明，成全他当了自由职业的漫画家。温吞水沸腾了！ 1985年元旦，他开始蜗居在家，美滋滋地做起自己的“专业”漫画家了。

第二跳，一脚踏进《新民晚报》的大门。机缘巧合，《新民晚报》的《漫画世界》创刊。《三个和尚》的导演阿达向老漫画家张乐平、特伟先生推荐说，“上海有个年轻人喜欢画漫画，单位的铁饭碗也不要了，情愿在家创作漫画”。

上海是中国现代漫画发源地，20世纪上半叶丰子恺、叶浅予、丁悚丁聪父子、张光宇兄弟和许多漫画大家都在上海引领漫画蓬勃发展。而三十年前就在《新民晚报》三平方米的办公室里集中了华君武、丁聪、张乐平、方成、特伟这些中国漫画界最有才华的前辈大师，还有国际动画界知名的上海美影“三剑客”——阿达、詹同、王树忱。郑辛遥在这支中国漫画的“梦之队”怀抱里，如鱼得水。每次编委会、审稿会，前辈大师片言只语的精彩点评，让他如阿里巴巴闯进那个满目金银财宝的山洞一样，开眼界，长见识，从学徒到满师，收获了对漫画本质的理解和创作的领悟。辛遥勤奋好学、为人热情、谦和低调，大概还有他那胖乎乎满是喜感的长相，也让前辈们欢喜不已。华君武称他是上海“华办”。他的漫画时常得到这些前辈大师的指点。

1987年5月，一幅《万无一失》漫画获比利时克诺克·赫斯特第26届国际漫画节漫画比赛第8名，系中国漫画家首次获得名次。比利时教育部长为郑辛遥颁奖。1987年，他的《无题》《万无一失》《马拉多纳漫画肖像》在日本、比利时、意大利连中三元。他一周途经六国，一路上语言不通，以漫画交流，成为中国漫画出国领奖第一人。怀着一颗驿动的心，1988年他又异想天开，以求读生签证，带着前辈的介绍信，到日本逐个拜访漫画家。结束东瀛漫画之旅，1989年又受邀保加利亚漫画比赛，成为中国担任国际漫画评委第一人。域外之旅，让他这个年轻画家有了一份难得的国际视野，学会了漫画的国际语言，也以他的漫画让国外同行认识了当代中国人乐观、幽默、开朗、热爱生活、富于想象、善于思索的精神气质。

辛遥的这番经历，诚如广东前辈漫画大家方唐戏说的那样，“辛遥，我的印象像个充满艺术细胞的流浪的波西米亚人，是命运和奇迹的混合体。他曾用漫画加清凉油这种国际语言和中国土产，打通了从远东到欧洲的各种关卡，跑到保加利亚任国际漫画比赛的评委。他敢于班门弄斧，能在漫画之国日本画漫画‘混日子’。如果把辛遥扔到南极去，也会混出名堂，因为他有过人的智慧”。(见方唐2021.9.15《极简艺术的经典》)

第三跳，即是本文开头的一幕，《智慧快餐》在新民晚报副刊夜光杯版面上开店营业，三十年精心打造一块金字招牌。让晚报的市民文化传统，在漫画领域得到了文脉的传承。

一出让读者钟爱的轻喜剧

《智慧快餐》的文字隽永，线条洗练，图式明快，几乎可以一眼看穿，清澈见底，又像一壶顶级龙井和铁观音，回味甘甜而悠长，形成了其漫画温婉而不失深思，讽刺而又优雅的轻喜剧风格。让深刻深邃的人生哲理和思想，变成了大众喜闻乐见期盼的“思享”，成了上海这座城市持续了三十年而且继续演出的为广大读者钟爱的文化轻喜剧。

2010年11月6日，“新中国漫画回眸展”开展期间，十位漫画家为读者签名，读者争购画册、纪念封、明信片。内中有一位六十岁左右的观众排到本次漫画展策展人、漫画家郑辛遥面前，激动地说：“郑先生，感谢你救了我一命！”辛遥吃惊地问他：“此话怎讲？”他说：“我看了你一幅《智慧快餐》漫画，《天上掉馅饼，地下有陷阱》，我脑子一下子清醒了许多，终止了一次不成熟的商业投资，结果事后证明，幸亏没有投资，否则不仅输钱，可能还要倾家荡产。”辛遥感慨地说：“我平时构思漫画费脑筋，很辛苦，今天有观众这么‘夸奖’，胜过获金奖银奖。”

还有一次，辛遥收到一位苏州退休教师的来信，说看到画家的《腾不出时间娱乐的人，迟早一定会腾出时间来生病》的漫画后，很有感触，以前在学校拼命工作，以至于后来生病，身体不佳，如能早点儿醒悟就好了……他常会收到一些读者的来信。每次新书签售会上，都有热心读者粉丝带着多年收集的《智慧快餐》专栏漫画的剪报贴本让他签名。辛遥也一直感恩读者，把来自读者的热情赞扬，当作自己三十年坚持创作的动力和鼓励。

一个烹饪《智慧快餐》的秘籍

三十多年前，一个三十岁出头的年轻人，在上海九江路口《新民晚报》一间三平方米、放着两张办公桌的斗室里，被中国老报人严独鹤先生的孙子、《新民晚报》副刊部副主任严建平一眼相中，让这个年轻人开个老少咸宜、喜闻乐见的漫画专栏。其时，正是肯德基、麦当劳刚刚进入中国，快餐成为市民生活新鲜事的时候。这个年轻人经过一年多的酝酿筹划，终于开出了一家极具海派特色的“艺术快餐店”。1992年10月10日《智慧快餐》在延安中路新民晚报新大楼新鲜出炉。也许郑辛遥自己也没有想到，这个漫画快餐店，一开就是三十年。

《智慧快餐》三十年每周画一幅，几无间断，谈何容易！笑眯眯的郑辛遥是一个有心人，他像大侦探福尔摩斯、亨特、波罗和柯南那样，把灵敏的嗅觉伸到生活的各个角落。现实生活的各种现象细节、读书看报的心得、电视上各种访谈、酒酣耳热饭后茶余朋友们的戏言，辛遥都一点一滴地收集起来，下锅打理，三十年来，形成了一套烹饪《智慧快餐》的独家秘籍。

一是“热炒”。文字和画面都比较成熟。食材简明，开大火，下锅就炒。二是“炖品”。文字或画面还相对欠缺，需要有时间酝酿，只能文火慢炖。三是“腌制”。仅有一个好题材，文字、画面都没有，需要较长时间的冥思苦想。那过程，就像一块鲜肉就了盐，在时间和风中，变成了美味的腌肉。

记得《智慧快餐》二十周年画展，上海美术馆工作人员惊叹人员爆棚，“张曼玉到美术馆也没这么多人啊！”三十年来，一直有“这么多人”期待、围观，不容易！

岁月更迭，三十年来，《智慧快餐》无时无刻不在提醒着我们，人为什么活着，人如何活着，人如何面对司空见惯的生活陋习，人如何面对各种诱惑保持自我，人如何去追求更美好的生活。谢谢《智慧快餐》，让我们做个明白人、快乐人。

母亲林白：一个不会快乐的人选择了写作

马林霄萝

2022-11-25

母亲的长篇小说新作《北流》获了很多奖，包括入选首届“新时代文学攀登计划”，刚刚又获得深圳读书月“年度十大好书”。她对大多数人来说是作家，是林白，但对我来说，她是最特别的母亲，是亲爱的朋友。

少女时代，从沙街到南宁

母亲的本名林白薇，据说是我的曾外祖母取的。曾外祖母出身于一个开明的地主家庭，曾经读过女子师范，是当时广西农村罕见的女知识分子。我的母系家族曾经出过一名我国最早赴美学铁道工程的留学生，和一名当过两年大学校长的大学教授，曾外祖母常常以此为自豪。她活到93岁，喜欢《水浒传》，不喜欢《红楼梦》。

我母亲于1958年生在广西北流县。外公去世的时候，母亲只有3岁，我舅公也刚刚出生几个月。我的外婆在20世纪50年代初进了一个卫生系统的培训班，从此她一直从事妇幼保健工作。由于外婆常常下乡，一去就是一两个月，县城里只有林白一个人，17岁之前，她都是独自度过的。每天自己睡觉，自己起床，自己上学，自己到龙桥街防疫站的食堂吃饭，自己拎半桶水到洗澡间洗澡，自己洗衣服，自己回到在沙街的妇幼保健站的家里。

妇幼保健站在一所类似旧时的客栈那样的房子里。这是一所奇怪的房子，又窄又长，深而幽闭，全靠三个天井采光，整个房子阴森森的，潮湿的地气弥漫着整幢房子。有两处阁楼，前面的阁楼是三层，每层只有一两个房间，后面的阁楼只有一层，没有隔墙，用来堆放旧物，例如计划生育宣传时用的男女生殖器模型。在漫长的星期天，林白常常心惊胆战地走上后阁楼，在幽暗的微光中凝视这些七零八落的肢体。

所以她从很小的时候就开始记日记。文字保护着她，带领她飞翔。从日记出发，到达诗歌，又从诗歌到达小说。1977年，林白19岁，这年她写了一组诗，并把它们投到《广西文艺》。有一天，从南宁来了长途电话，打到县里，县里又打到公社，公社又通知大队，让大队通知林白到南宁改稿。这是林白生命史上的第一件大事，省会南宁对一个19岁的县城女孩来说就像一个梦境。当林白第一次看到这个城市，觉得它又辉煌又巍峨。然而之后她就在这座辉煌的城市住了八年，辉煌变成了司空见惯，变成了平平无奇，甚至令人厌倦。车站是这样小，街道是这样窄，河流是这样浊，桥是这么短，它的一切已太平凡。美丽动听的雷声在19岁的初夏已滚滚远去。

但是当她从广西离开，这块完整的空间反而变成了无数的碎片，点点滴滴从遥远的南方来到她的眼前与梦中。七星路、桃源路、民主路，她是所有这些路的女儿，她最饱满的青春岁月与这个城市骨肉相连。她与广西的联系是一种骨头的联系，她对广西的记忆也是骨头的记忆，这也是她的长篇小说新作《北流》生根的地方。

从世界逃走，逃回内心

她自觉是一个天性不会快乐的人。纵观她自婴儿时代起至青少年时期的十几张照片中，竟没有一张是有笑容的。获得2021名人堂年度人物的照片，是我帮她在家中拍摄的咧嘴大笑的照片，大家都说好，唯独她自己认为“笑得太大，六根不守”。通常原则，照相要笑是很必须的。然而交际与说话，是两样使她感到害怕的事情。她更愿意接受由上天派给她的熟人。出生在某一个地方，出生地的人就是同乡；小学、中学、大学，就有了同班同校的同学；工作，有了单位的同事。对于熟人的安慰与帮助，她不仅感谢他们，也感谢上天，如果不是这样，就会让她一筹莫展。

你可以想象，这样的人从广阔的世界上逃走了，逃回自己的内心，在那里建立起自己的王国，并找到自己最好的朋友。这样的朋友不需要交际的技巧与口才，也没有面对陌生人的紧张和难堪，她可以安静而从容，健康而快乐。何以解忧，唯有写作。对她来说，只有这件事是可以持续不断地、一而再再而三地、三更半夜爬起来就可为之的、有一纸一笔就能进入的。身居室内，任所有的时装与佳肴、高山与大海、电影与戏剧，甚至爱情种种，全都招之即来，这当然是一件好事。更重要的是要使写作具有可写性，因为写作，她愉快、得意、兴奋乃至亢奋、感动、激动、两眼放光、两颊潮红、茶不思饭不想、冷暖不知、甘苦无觉。这一定能让一个人快乐起来。

她的观点是，沉浸在写作时不要管可读性。当我尝试书写我的第一篇小说时，她说，不要管好不好，只是写。后来我明白，一个人与另一个人是如此不同，她怎么可能管到别人呢？她只遵循自己的本性和想法，没有逻辑地、缺乏深意地、前言不搭后语地、不断地从心中跳出，像蜻蜓一样飞来飞去，这种飞翔快乐而自由。

读者当然是重要的，是她快乐的一部分，首先要有刊物发表出来给大家看到，在看到的人中有时会有人叫好，叫好的声音传到她的耳朵里，她便会将这人看作知音以及她本性的洞察者，她将这人的名字和原话牢记在心。

别人在做饭，她却在写小说

写作对你来说意味着什么？对每个写作者来说，这是一个必然会被问到，自己也会想到的问题。

很多年前，每次她写一部长篇写到一半的时候总是想，以后再也不写长篇了。长篇像一个又黑又长的隧道，永远无法走出去。但她写完《青苔》之后，写了《一个人的战争》，然后又写了《守望空心岁月》。后来又有《致一九七五》《北去来辞》，到今天的《北流》，她写了一部又一部长篇小说，它们的细节和声音、光泽与质地充塞在当下生活的缝隙中，她清楚地看到它们，它们一次次拼合与拆散，向她呈现出丰富的景观，她是真实地热爱着它们。

总有人劝诫她，悠着点儿，不要过度劳神。可我知道，不写作的她更累。对她来说，没有在写作或正在构思的作品，生活中就没有真正而持久的兴奋点，终日闷闷不乐，无精打采。没有写作的生活总是表面的生活，不是本质的生活，那样的生活缺乏心灵的空间，浮躁多于宁静。

当我凝望1996年，我5岁。我看到她在每一天剩下来的时间中写新的作品。那是黄昏的时间，别人在做饭，或者看报，而她坐下来，写她的小说。写作使她从一天的不如意中走出来，它是她精神的安抚剂，是一种舞蹈，是向上的艰难的扭动，灵性的光辉在上，感性的尘土在下，寂静的黑夜里，踏着不变的步伐。睁开第三只眼睛，云一般遥远的岁月里，丧失的爱情将重新归来，如层层叠叠开放的花瓣，滤尽喧闹的气息。在摇摇晃晃的年代里，保持音乐般的平静。

有写作伴随的她，内心骄傲无比。写作于她不是一种选择，而是一种宿命。她自己曾经说过，如果有一天不能再写作，就让文学像细菌一样潜伏在她的肌体里，与万物共生长，或者与万物同消亡。

不想说的时候就沉默

曾经有一年，她对一位对诗素有研究的朋友说想重新写诗。当时她已经有很多年不写诗，手生眼疏。那位朋友给出的办法是，首先要沉默，然后还是沉默，只要一直沉默，最后就能写出诗来。这个方法，她告诉过因为写不出作品而焦虑的我。

她是从写诗开始创作的。她的诗歌的神灵不只隐藏在星空，同时也隐藏在街道、灰尘、草、秋天、胶水、啤酒、油条、大葱里。它们和诗人一起，共同等待灵光乍现的时刻。这个沉默一直持续了30年。

2020年是她状态超常的一个时期，这是她40多年写作史上从未有过的。她突然冒出了自1987年后就消失了的写诗冲动，疯狂地想要写诗。对于那部继2013年《北去来辞》之后渐渐拉坯成型的长篇小说，她一次次得到新的灵感，一次次重塑小说的模样：火车笔记版、气根版、注疏版……如此改动十数次。突然有一天，下午四五点开始，她动笔，到第二天下午三四点写完。这就是《北流》的开篇《植物志》。当《北流》横空出世，所有人都为这首长诗惊艳，没人知道它只是花了一天时间灵光开悟的结果。

在这首长诗的引领下，《北流》诞生了。语言将千军万马解甲归田。我仍然记得第一次阅读《北流》的感受。在这个世界里，语言获得了独立的生命，它们朴素、诗性、灵动，也绚丽、繁复、热烈，它们火一样地闪动，正如它们水一样地流淌。

我相信，她喜欢语言中的过去与现在，语言中的此地与彼地，语言中的青春与暮年，语言中的女人与男人。当然，她最喜欢的是语言中的自己，悬浮在现实生活之上，既可置身其外安静地凝望，又可置身其中与世隔绝。她说，写一部特别像小说的小说对我没有什么吸引力。但在所有不像小说家的诗人里，她也永远是最特别的那一个。

冯唐：春风里的诗人

闫　秀

2023-02-25

“他出的书，我从来不看；他是什么样的人，其实我心里很明白。他是好样的。他从不说谎，做人实事求是，而且一点儿也不懒惰，非常勤奋。他什么都好，在我心里，他就是一个完美男孩。”冯唐80多岁的母亲如是说。

被唤作“张海鹏”的那些年

“老妈，您觉得自己最幸福的地方是什么？”

“差不多人人都爱我。”

“您觉得钱好吗？”

“钱是万能的。”

“有什么钱做不到的东西吗？”

“没有。”

“您余生还有什么理想？”

“要有个自己的庄园。”

这是冯唐和老妈对话的日常，他将视频发在了网上，老太太顿时变成了网红。这位有着蒙古族血统的母亲，永远特立独行，永远热气腾腾，自带草原后裔的豪放气质。用冯唐的话讲，就是“彪悍，大气，茂盛”。

每次开家长会，听到公布成绩的老师念完儿子的名字后，椅子没暖热，她便趾高气扬地在人群中提前离开了——她的儿子永远是第一名。每每这时，周围的同学总会发出希斯克利夫式的感叹：这个小黑孩儿，到底是哪里来的？他的书桌抽屉里永远藏着小黄书，却也能次次考第一。这样的孩子，是邪恶与明亮并存？是荒原上生出翅膀的黑马？

冯唐的父亲是位在印尼出生的华侨，18岁才回到中国。父亲性格淡然又沉默，与母亲是两个极端。几十年如一日，他买菜，做饭，看书，钓鱼，并且认识所有的鱼。放学时，每每听到楼上有书包叮叮当当的声音传来，他就抓紧把菜下锅，等儿子进门，正好菜上桌，因为这样的菜有“锅气”。父子之间话很少，每次见面不过是：吃了吗？要么就是：吃饱了吗？

人身上总有自己父母的影子——所以冯唐注定是个矛盾的综合体。在他被唤作“张海鹏”的那些年，黑黑瘦瘦，一米八一，108斤。一个月的生活费100块。有时候买一套古书，大半月的伙食费就没了。可他又太爱读书，总想买很多很多的书读，又一边想着如何去省钱。当身边的同学沉浸于血统纯正的古汉语经典和中国现当代文学时，他则早早翻开了英文原版的D.H.劳伦斯，读亨利·米勒，读《金瓶梅》，还有金庸。

在北京城春夏秋冬的轮回中，少年冯唐夹着一沓方方板板、厚厚沉沉的教科书，奔跑在学校、食堂、家之间。他有一间两平方米的小屋，小屋小得不能再小。一床，一桌，一椅，两墙书，便构成了这个小屋的所有。在小屋里，他反锁上门，拉上窗帘，睁开眼睛，却能在大量画满方程式的草稿纸上写出诗来，这是一种天赋，对此他深信不疑。

要么做题，要么读书，要么在有风吹过的夏天里，看着窗外女生的长发轻舞飞扬。17岁时，他在自己生平第一部长篇小说《欢喜》里写道：

“我们就像拉磨的驴子一样，两眼被什么蒙住，兜着一个地方转，只知道拼命向前，却始终逃不出这个圈子……”

最终他还是逃出了。18岁那年，他考上了中国协和医科大学。为什么要学医？起初，理科生的他对数理化和工科全都不感兴趣，也无意去学文科专业。于是，这位考试永远全班第一的张海鹏同学，用了排除法选了自己的专业——他考上了最好的北京协和，选择了协和最强的科室妇产科，又师从妇产科的大牛——中国唯一的一个妇产科院士——郎景和。

医学院整整八年的苦学，他认为自己的“青春被人为地过度延长”——这个经历，之后被他挥洒着茂盛澎湃的文字，写进了小说《万物生长》里。

步履不停的30年

“最长一次不睡觉的时间是将近三整天，68小时，没有合过眼，最后终于睡去，也才睡了10个小时的时候突然醒来，想到客户的文件里还有一些问题没有处理，就急忙回到办公室，大概是睡眠严重不足的问题，在跌跌撞撞之间，自己的大拇指突然就被门夹住了，先是红的，之后变紫，过了两天，指甲盖全掉了。这只光秃秃的大拇指陪着我继续加班，熬夜。三个月后，新的指甲长了出来。”

最忙的时候，对于冯唐连剪指甲的时间都是一种奢侈。

可对一个诗人和作家来说，他忙碌，流血，行万里路，阅无数人，给予了他创作的灵感。在麦肯锡之后，他又经历过两个企业大平台。那些年，在工作之余，冯唐压榨了自己所有的睡眠和假期，每周拼出100个小时，周末写杂文，年假写小说，喝酒之后写诗歌，职场20多年，他笔耕不辍，产量惊人：出版6本长篇小说、2本短篇小说、7本杂文集、4本创作诗集、1本翻译诗集，还有2本管理类书籍。

于是，他有了奇特的双面生活：全世界飞的张海鹏，脱下西装革履，就是一位坐在垂杨柳厢房里读书写字的诗人冯唐。当年那个两平方米的小屋已经离他远去，他有了自己的四合院。唯一不变的是对文字的迷恋。他认为源头有活水，山涧间的山泉就不停地流。他有一百多本日记，从小学记到现在，从未停止过。他说，我现在还欠着老天三四篇长篇小说没写。

冯唐喜欢亨利·米勒。当年《巴黎评论》采访这位作家，问他平时是如何书写的。米勒回答，以这样或者那样的方式，走路的时候，刮胡子的时候，或者干着其他随便什么事的时候，其实大脑在书写。那么等自己走到打字机前的时候，其实和转账差不多。

然而写书也是不够的。他逃不掉五蕴炽盛的苦，所以寻找另一种脱离的方式——他开始写书法，画画。落笔成文、成书、成画。2017年，冯唐首次举办书画展，2018年，他曾经和荒木经惟合作，在北京举办国际书道双人展。2020年疫情前后的几年，冯唐也数次举办书画展，并且在展览上加入了元宇宙元素，展览地点也遍布了全国。这是他在写作之外的伟大尝试——做一个跨界艺术家。冯唐认为，艺术都是相通的，无论绘画，还是文学，都是美。“二者的不同，在于构成元素的不同，文学的基本构成是字词句，绘画的基本构成是线条和色块。但归根结底，都是对美的追求、表现和沉醉，和恋爱一样一样的”。

除了小说，他的艺术，他的人生哲学，仿佛也都呈现在了他的书画作品中，有空，有色，有耽美。在展览现场，有女生对着他的作品拍照，搔首弄姿，也有女生对着他的画流泪，然后从包里掏出笔记本来，默默地记下画里那些冯唐曾写过的诗句：

这样看你

用所有眼睛和所有距离

像风住了

风又起

50岁后

50岁后的冯唐，曾有过两次流泪，一次是跟母亲有关，一次是跟父亲有关。

在读阿城《棋王》时，他突然哽咽了起来。他想起了自己的小时候。曾经有一次，他想要一本《辞海》，他弱弱地问妈妈，可不可以买。妈妈开口问，多少钱？他说，可能要50块钱。妈妈说，哦，那是我一个月的工资。他急忙回道，那就不买了吧。可妈妈说，买书的钱不能省。

冯唐拿着钱到了学校，不一会儿却丢了。这是天大的灾难，他在学校里度过了漫长的一天。回到家后，默默地坐在那里，不说话，也不吃饭。妈妈便问，发生什么事了？他老老实实回答。妈妈说，哦，没事，吃饭吧，吃完饭再说。

他却迟迟不动筷。妈妈问，你是不是还想买那个书啊？他点了点头。于是妈妈想也没想，就准备再给他50块。但他却决定买缩印版，因为只需要20多块。他至今记得，那本绿皮的《辞海》，看起来很累，但他很认真很认真地看，一个字也不舍得漏掉，爸妈挣这70多块钱不容易，他没有任何理由不把这些小字一一读完。

第二次哭是在录读书视频的时候。他想到自己的父亲。父亲一辈子不积累任何东西，身上从来没有超过1万块钱。他最常说的一句话是：天亮了，又赚了。2016年11月13日，在母亲生日当天，父亲去世了。得到消息，冯唐洗了把脸，准备赶去机场，洗着洗着，眼泪大颗大颗地落在洗手间的地板上。那一日，他来到父亲一辈子给全家人做饭的厨房，拿了一把平日里父亲做菜的刀，想作为一个永久的纪念。然而，父亲走的那天，在母亲面前，他始终强忍着泪水，更没有让任何人看到他哭。

这一次，当他独自对着镜头时，他将自己的眼泪留在了网络上。人到中年，不知是变得更脆弱，还是更坚强，但流泪，对冯唐来说从来都是一件不容易的事。

很多人对他有一种错觉：以为冯唐的一切是从天而降。但若是了解他的过去，就不会嫉妒他的现在。

冯唐的朋友，都知道他是一个单纯、干净，甚至有点儿笨拙的人。直到最近一年，他才学会使用微波炉、煮饺子以及叫外卖。他永远守时，永远谦和，永远抢着买单，紧张的时候结结巴巴。早年，他的新书上市，在图书馆做签售会，上千位读者排队找他签名，他紧张到额头微微出汗，每一本书签过名后，他都是双手递上，然后又双手合十表示感谢。他对每一个人都是如此。

50岁后的冯唐，还做了一个人生中的重大决定——主动离职成为一位自由诗人和作家。

为什么“跨界”玩起了书画？在冯唐眼里，很多事情同时做，彼此之间却能彼此滋养，写作是一种表达，内容是从生活经历中获取，创作终归需要源头活水。越经历，越智慧。他尽量让自己经历更多，接触AI、元宇宙、ChatGPT。何况自己有时候需要换换脑子。曾经在职场中修炼出强大的时间管理能力和自律习惯，延续在如今的状态之中，反而更松弛和自由。

无论在何处，他内心深处永远守着一个“春风少年”，从未忘记文字之美，从未忘记青灯黄卷。当然这位“春风诗人”也从未忘记初心，本一不二。

40多年前，夜幕之下的北京南城垂杨柳，老树不语，却能读懂少年冯唐的诗：

我把月亮戳到天上，
天就是我的。
我把脚陷入地里，
地就是我的。

那时候他才9岁，就已经是一位春风里的诗人了。

爱夜光杯 爱上海

2022

谈艺录

沁芳梦远隐红楼

骆玉明

2022-06-08

《红楼梦》第十七回，前半部分内容的题目是“大观园试才题对额”，写大观园竣工之后，贾政带着一帮清客和贾宝玉，一边游览一边商议给各处的景观和建筑拟写匾额和对联。对讲究的园林来说，这也是一桩重要的事务。典雅精妙的文字不仅与景物相得益彰，也体现了主人的身份和趣味。同时，贾政还有一个念头，他闻得掌管家塾的人称赞宝玉专能对对联，“虽不喜读书，偏倒有些歪才情似的”，也想考校他一番。虽然贾政看重的是宝玉做八股文的能力，但若有些“歪才情”，也是一点儿安慰吧。

《红楼梦》所描绘的大观园，结合了当时江南园林和帝王苑囿的特点。

有一条从园外引入的活水曲折环绕，流过整个园林。它是整个园林结构的主线，也给园林带来了大自然生动活泼的灵气。

沿着河流堆建了几处石山和土丘，石山上均长满了爬山虎之类的藤类植物，土山上则种植了各类林木与花草。山水相映，花草丰茂。

大观园的建筑可以分成两种类型。一种是沿着中轴线分布的主建筑。从正园门进去，首先是一座翠嶂大假山，然后经过一座桥，迎面是一座玉石牌坊。穿过牌坊，是一座宫殿式的建筑，称为“省亲别墅”。这是皇家行宫的格调，堂皇正大。

另一类建筑是分散在园林各处，傍山沿水，总共有十几处院落，各有各的风格，每个院落的植物也各有特点。这些院落和各处的亭台桥榭互相映衬烘托，是江南园林的风格。

当时贾政等人进了正门，避开中间大道，从假山之间的小径逶迤转折而行。穿过一个石洞，然后来到平坦宽豁之处。一带清流从花木深处曲折流泻，在这里汇成水池，一座三孔石桥跨过水面，桥上有亭。

只见贾政与诸人上了亭子，倚栏坐了，问跟随的清客："诸公以何题此？"清客们商议后拟名"翼然"。这是直接从欧阳修《醉翁亭记》里搬用过来的，原文中"有亭翼然"一句，意思是形容亭子四角翘起，如同张开的鸟翼。

这个拟名既不能体现眼前景物的特点，也毫无巧思。但清客的职能是为主人凑趣，今天特别要让宝玉在父亲面前显露才情，所以这时候笨拙就是聪明。

贾政虽然才情平平，也知道"翼然"两字冒着傻气。他提出要考虑"此亭压水而成"的特点，题名当偏重于水。但他也找不到思路，只能顺着清客的思路，从《醉翁亭记》里找材料。他想起那篇文章里写酿泉"泻出于两峰之间"，觉得用一个"泻"字不错。旁边立刻有一位清客凑趣道："是极，是极。竟是'泻玉'二字妙。"这是化用原文，来切合眼前的景象。

接着就轮到贾宝玉了。清客装笨，贾政真的笨，给他留下了空间。他首先评述"泻"字，说欧阳修用它来说酿泉是不错的，但现在用来题眼前之景却不妥。什么道理呢？书中没有说。但可以推想："泻"字形容水流急而快的样子，而酿泉是一道山泉，说它"泻出于两峰之间"，颇为生动。而大观园中的水是一道人工引入的河流，要突出一个"泻"字，怎么也觉得勉强。再说"泻玉"，宝玉说这名字"亦觉粗陋不雅"。为什么呢？字面太显豁，一览无余，没有涵泳回味的空间。所以，还须"再拟较此蕴藉含蓄者。"总之，贾政与清客合拟之名，是化用古人名句，比生硬搬用切题，但缺乏创造性，所以不能充分体现眼前景物所蕴含的美感。

宝玉所拟的名字是“沁芳”。后来，大观园中由这一道清流构成的景观，溪、桥、亭、闸，皆以“沁芳”命名。以周汝昌的意思，“沁芳”二字，道出了大观园的灵魂。

宝玉说完，“贾政拈髯点头不语”。以贾政一向对待宝玉严苛凶狠的态度，这表明他非常满意了。

“沁芳”好在哪里？

首先，这个汉语构词前人没有用过，它是《红楼梦》的新创，用来呈现贾宝玉富于灵性的形象。任何一个民族的语言要保持鲜活的生命，就离不开种种创造性的力量。所以，一个词，说大也不大，说小也不小。

其次，它十分切合大观园的景色和情调。大观园中，兰苑菊圃，芍药牡丹，翠竹香草，各处不同，四时变化，沁芳溪婉转曲折，流过整个大观园，把这些融汇成一体。

最后，这个名称十分雅致。“沁芳”可以理解为各处花卉草木的芬芳沁入水流，随水流动，也可以理解为水流所蕴含的芬芳之气向空中散发，沁人肺腑。事实上它正是利用了汉语词汇的多义性，表达了丰富而变化的内容，饶有“蕴藉含蓄”之趣。

周汝昌对“沁芳”二字非常重视，认为这是《红楼梦》全部之核心。他的阐释让人感觉不免过度。但是，我们知道《红楼梦》多以花象征美好的女性，借花的凋零和遭受摧残悲慨女性不幸的命运。因此，认为“沁芳”之名与全书的主旨相呼应，这应该没有问题。

今年高考作文全国甲卷以《红楼梦》这一段故事为材料，归纳为：“众人给匾额题名，或直接移用，或借鉴化用，或根据情境独创，产生了不同的艺术效果”；指出 :“这个现象也能在更广泛的领域给人以启示，引发深入思考”。然后要求“结合自己的学习和生活经验，写一篇文章”。有人认为这个考题有点儿“飘”，不太好把握。

但聪明的学生仔细想一下就会知道，题目的落脚点是分析“直接移用，借鉴化用，根据情境独创”三者的关系，并不是要求分析《红楼梦》。当然，如果原来对《红楼梦》比较熟悉，对故事理解透彻，写起文章自然就更顺。所以我在这里对考题所用的原始材料做一些解析，既是分享读书之趣，也是供考生做一点儿事后的反思。

林风眠先生

冯骥才

2022-08-01

我没有见过林风眠先生。1962年天津美协的展厅举办“林风眠画展”，我第一次看他的画就被强烈地吸引。我马上把我的感受写了一篇随笔《林风眠和他的画》，发表在《天津晚报》上。那年我20岁。

在这篇短文中，我分析了他的画风与技法。我欣赏他水墨里融合着光线恍恍惚惚的气息，对意境的散文化的表达，结构上的音乐感，强烈的形式感和形式美，还有将传统与西方现代融为一体的画法。

记得那时我年少无知，文章发表后，把剪报寄给林风眠先生，还居然异想天开，希望得到先生的“几笔墨宝”。结果自讨没趣，连回信也没收到。但这丝毫没有影响我对先生的痴迷与崇拜。虽然我的根底是宋代山水，宗法马远和郭熙，与林风眠的“当代水墨”风马牛不相及，然而我笔下却渐渐出现林氏的影子。

究其根源，主要因为林风眠绘画中有一种忧郁的气质，与我年轻时的性格相投。这种相投是精神上的、本质的、自然而然的。这种气质的东西在传统的中国画里找不到，但在林风眠的画里碰到了，并与我“一拍即合”。

林风眠的画采用一种主观抒发的方式。这种直接的抒发，我只在倪瓒、郑燮和八大的画里见过，但古代的东西毕竟有时代的隔膜。林风眠的画是现代的、散文化的，对于我很亲切，而且焕然一新。尤其是他致力于精神的探索和情感的表达，对我影响至深。

我在《林风眠和他的画》中，曾写过这样一段文字：画展中有一幅作品，画家是以泼辣劲健的笔势，写出疾风中萧萧倒去的乱苇，低压在水面上的横滩，涌去的云流……却只有水鸟，引颈挥翅，逆风而行。画面上这两股强烈矛盾的力量，表现出一种倔强挺进、不畏艰难的精神与毅力，很有象征性和启发性。这是林风眠独有的境界。

20世纪60至70年代是我人生的至暗时期。在这个时期，我原先酷爱的“北宋山水”渐渐离我而去。我感觉自己在风格上愈来愈接近林风眠了。我没有刻意去模仿他，只因为我的心境重合了他的画境。

然而，我很怕自己变成他的影子，或者走不出他巨大的影子。20世纪80年代出版了各种林风眠的画集，我每见必买，但很少认真翻看，我怕对他进入得太深，或者他进入我太深。

我相信，真正改变一个人画风的还是时代和人生。

20世纪80年代以来我从事文学，几乎完全离开了水墨生涯。在写作中，在和无数我虚构的小说人物的命运打交道的过程中，我身上的“绘画”悄悄发生了变化，我不知道。到了90年代，一度重返丹青，动起笔来，忽然发现我的画变了，何时变的？何以变的？

是由于心中的文学太多，文学的场景、风景、境界、诗性、想象太多？还是由于被文学写作惹起的感触太多、太深、太切，需要表达的东西太多？比如《往事》《期待》《老门》《通往你的路》《树后边是太阳》《大道》《穿透云层》《温情的迷茫》等，这些是画还是散文？是艺术的灵感还是人生的感悟？我是从传统宋画还是经由林风眠走到这里来的？

现在我清楚了，是林风眠。是林风眠的艺术与魅力的吸引，使我身上的散文气质和人生情感融入了笔墨，使我的想象顺从了自己的心灵，使我进入了个人全新的绘画世界，使我在不自觉和自觉中形成了自我。

有些意大利瓶子值得细看

陈丹燕

2022-08-02

这个开在外滩27号大楼里的久事美术馆真有意思，上次我来，是看夏加尔，充满爱的小人，即使死去了，埋在土里了，还漂浮在爱里。这次是莫兰迪，充满慈悲的瓶子。即使经历了意大利墨索里尼疯狂的法西斯时代，还是宁静而且干净，经过岁月和时代的洗礼，这些画只会更好，不会被弄脏。

在莫兰迪面前，我总会想到夏加尔。

这两个展览的动线非常一致，甚至上次放一幅夏加尔画的小房子的墙上，这次也放了一幅莫兰迪画的小房子。他们画的都是世界上的小地方，一个是有着幽暗街道的白俄罗斯小村子；另一个是长满橄榄树的阳光灿烂的古城博洛尼亚。印象里，他们两个人都长着沉湎于自己的细长脸，还有乱发，有着害羞的眼神。在他们的画里可真是看不出战乱，看不出夏加尔经历了欧洲各地绞杀犹太人和现代主义艺术的黑暗，也看不出莫兰迪经历了狂热追求墨索里尼法西斯时代的意大利生活。

1997年我去博洛尼亚书展领奖，我的瑞士出版商说她一定要去看瓶子，我一无所知，就跟着她去了。路过画里的橄榄树，经过画里名叫丰达扎的街道，就看到了出产在博洛尼亚的那些瓶子，装红酒的、装橄榄油的、装红醋的，20世纪30年代的、40年代的、50年代的，都是寻常人家用的瓶子，在莫兰迪纪念馆里。

那时年轻，只觉得这画家心很静，还不懂看这安静里蕴藏着的力量和干净。那是第一次去博洛尼亚，我自己的心不够静。

我却忘不了这些瓶子，倒是意大利美术馆里无穷无尽的大理石雕塑，无穷无尽肌肉血管发达的经典雕塑被记忆混作一团了。从博洛尼亚旅行之后，我也开始收集瓶瓶罐罐了，每次积攒到一只瓶子，都想起莫兰迪，想着他渐渐生成的敏感的灰蓝色，想他的心是越来越静了。自己心思繁乱时，有时他的灰蓝色就来我心里定一下神。在北极的老冰上也有一种类似莫兰迪色的灰蓝，在北极算是永恒的颜色了。

7月11日的早晨，我重逢了这些顽强的小画，特别是那些1942年画的，在墨索里尼最喧嚣时，这些画的尺寸越发小和干净，越发私密和宁静。在战争期间，渐渐弥漫调和到整幅画面的灰蓝色里，有种在博洛尼亚房子墙上时见的一抹脏粉红色也渐渐综合进来了，好像轻声喟叹。想必他是不愿意看到墨索里尼情妇倒挂在广场上的尸体，露出了女人的内裤吧。莫兰迪的干净里带着慈悲，多一点儿少一点儿，都会混浊，可他的画却越来越清澈，越来越接近夏加尔暮年时画的爱人们，双双都在坟墓里了，可还是因为爱而保持着清新的、沉醉的飞翔姿势。

画还是那些画，这次的确能看懂得多一些了，这也是拜岁月与经历所赐。

就画一辈子厨房里用过的瓶子，在到处都是伟岸大理石雕塑的意大利，他真是干净。

我明白自己喜爱的画家都是怎样得以永恒的了，他们自己就是简单的、细小的、干净的、永恒的。

我的第一台钢琴

孔祥东

2022-08-12

1974年我6岁的一天，妈妈带着我去四川北路一位田姓阿姨家里，听妈妈说那个田阿姨有一台钢琴，让我去弹一下曲子，如果她觉得合适的话，可能愿意把那台琴卖给我们。

虽然那时我已开始学习弹琴，但在当时的环境下，要买一台钢琴，太奢侈了，所以只能先在妈妈给我画的卡纸钢琴上练习，练习一个手的时候自己唱出每个音，练习两个手的时候，妈妈则会陪着我一起唱；有时候也会去借用亲友家的钢琴练习二三十分钟。当时的旧货店也有旧钢琴卖，但妈妈最终还是听取了其他学琴小朋友家长的介绍，找到这位田阿姨，只是田阿姨有个条件：她必须先看到这位想要买琴的小朋友后才决定是不是卖她的钢琴。

当妈妈带着我走进田阿姨家里时，看到除了一台立式钢琴，只有一张床、一个五斗橱、一张桌子和两个凳子……听我弹完一曲后，田阿姨摸了摸我的头，我回头一看，发觉她眼睛是湿润的，只听到她对我妈妈说："下个星期可以来搬琴了。"从田阿姨家走出来后妈妈对我说："田阿姨的儿子在新疆生重病，回上海看病需要很多钱，所以才会卖掉她的钢琴。"

一个星期之后，妈妈和舅舅们带着我一起去田阿姨家里搬琴。当大家把那台钢琴从狭窄的楼梯上艰难地往下搬的时候，田阿姨哭得像泪人一样，扶着钢琴依依不舍。临别时，妈妈实在不忍心看到田阿姨哭泣的样子，在给了她答应好的780块钱后，让舅舅们把身上带的钱都凑在一起，又多给了60块钱。就这样，我拥有了此生第一台钢琴。当这台有年份的钢琴搬进家，弹着左摇右摆咔咔作响的琴键，我高兴得手舞足蹈，妈妈摸着我的头说："东东，太委屈你了，妈妈让你学琴，却让你弹这么差的琴。"我大声回应："妈妈，我终于有自己的琴啦！只要能发出声音就好了，等我长大了一定会赢个新钢琴回来！"因为这台钢琴，家里举债600多元，为了还债，妈妈为左邻右舍裁剪衣服，她成为我学琴的动力和力量；因为有了这台钢琴，我于1975年开始跟随恩师张永清老师学琴，并在1978年9月考进上海音乐学院附小，从此走上了学习音乐的道路。

至于当年田阿姨家为何会有这样名贵的乐器，又遭遇了什么经历，都成了这台有故事的钢琴自己才知道的秘密。今天，这台琴仍在我身旁，我既没有去维修它，也没有把它送走，它还是原来的模样，虽然琴键已经参差不齐，琴音也音调难全，但只要听到这台钢琴的鸣响，总能唤起我心底那份对往事的深深怀恋，也不知那位田阿姨现在何处……

《玫瑰之战》到底得罪了谁

指间沙

2022-08-19

黄晓明和俞飞鸿在新剧《玫瑰之战》里的一段对话被截屏，贴到了社交网络上：

“我不懂婚姻。”“你当然不会懂了，那可是个神秘的制度。”

“你就没想过要结婚?”“你是在向我求婚吗?”

“对啊，你看不出来吗？我一直在远处凝望你。”

这段律所合伙人男女间你来我往的台词，扑面而来一股译制片味，熟悉美剧的人则在大叫“抄袭!”的确，是和美剧《傲骨贤妻》的台词分毫不差，但新开播的国产剧《玫瑰之战》并没有犯这种低级错误，制片方堂堂正正地表示：我们是买了改编版权的。

被誉为“一股清流”的袁泉刚刚众望所归地荣膺百花影后，《玫瑰之战》是她获奖后播出的首部剧，毋庸置疑的顶尖大女主，并且另一朵玫瑰还是俞飞鸿，再加上黄晓明等绿叶，阵容算是高配。可《玫瑰之战》豆瓣开分仅为5.1，明显偏低了。打分的人不多，打一分的倒最多；显然，这部改编剧惹怒了一部分观众。

第一个镜头就被吐槽，女主角在空荡荡的大别墅里兴奋地烤着一只壮硕的鸡。黄晓明在律所里盘弄一个棒球。烤鸡、棒球出现在美剧里很和谐，但照搬到国产剧里，大家就想问一句：红烧排骨难道不香吗？

美剧《傲骨贤妻》足足拍了七季，每一季都精彩，在亚洲各国受到高度推崇。韩国和日本曾翻拍过，选的女主演都相当有分量：韩版女主请的是暌违荧屏十一年的“国际影后”全度妍；日版由曾经的“日剧女王”常盘贵子领衔。但无论是日版还是韩版，都谈不上改编成功。常盘贵子被评价“贤妻”有余，“傲骨”不足；韩版是爱欲齐来，明目张胆地加入狗血剧情。种种前车之鉴告诉我们，亚洲人改编这部美剧容易水土不服。

魔改会被骂，亦步亦趋也会被骂，《玫瑰之战》看似可以借力原版美剧，但实际上难度比另起炉灶拍一部还大。

《傲骨贤妻》的女主角艾丽西亚是政客的太太。《玫瑰之战》改成了律师太太，显然不需要被新闻记者团团包围，不然照样拍会很怪。女主对家庭的忍辱负重，对婆婆的莫名卑微，又让人看得毛躁。而当四十几岁的她作为“职场回锅肉”上庭时，一会儿撞倒材料，一会儿碰洒水杯，真是尬得荧屏内外都想落荒而逃。相比之下，俞飞鸿的角色还好一些，尽管发型像用墨水直接涂在头皮上般令人不忍直视。这位大美人习惯性爱瞪眼，要做到不怒自威，而不是怒气冲冲。

这是一部讲述女性独立并傲然战斗的剧，更是一部毫不含糊的律政剧。原版用了许多真实社会案件，展示了编剧的法律立场。不知是否编剧的刻意处理，《玫瑰之战》的办案情节悬浮感重，撂的狠话比做的事多。律所满坑满谷的人站着给主角们当人肉背景的场面、执业律师的恋爱脑也遭到质疑。我们看到袁泉在办公室按住黄晓明热吻，但更想看熠熠生辉的职场闪光时刻，能让普通人一同昂扬振奋，给职场倦怠者打打鸡血，那才是老牌律政剧能一季又一季拍下去的动力。

距离原版已经十几年过去了，寰球的审美时尚、价值观都在变迁提升。

离开渣男老公，全职太太自强自立的故事，如果放在几年前的确有热度，甚至能出爆款，比如袁泉演女二的《我的前半生》。而《玫瑰之战》在今天并不具备这方面的优势。现在职业剧的年轻观众，有一部分特别反感夹带感情戏，无论是秦岚、魏大勋《关于唐医生的一切》，还是现在这部众星云集的《玫瑰之战》。

演员都是“棋子”。袁泉和俞飞鸿算是我国中年女星里颜值和人气的两位担当，《玫瑰之战》也或许是她们目前能得到的少数以中年女性为主角的靠谱儿正剧。但《玫瑰之战》里的她们，肯定不是我们见到的最好的她们。

这几年，有关女性的话题一直是自媒体的流量密码，女性群像剧、职场剧也多了起来。但是，我们就怕电视剧里动不动安排女主发表一番“独立宣讲”，也非常嫌弃用强滤镜将演员们好端端的脸打磨得如同网红主播。

袁泉和俞飞鸿的脸，都是经得住大银幕镜头一帧帧特写的，请将属于她们这个年龄段最真实的面孔呈现给我们。

在角色的未知性中寻找人性之根

——电影《妈妈!》创作札记

奚美娟

2022-08-20

在自然灾难面前，在未知疾病面前，人有时候显得特别渺小和无奈，但是，当我们能够自信面对一切已知或未知的事物时，人类又是伟大的。因为人类的生命基因里，有一种最根本的涌动力量，支撑我们去抗衡各种各样可怕的打击。这种力量，是人性的力量，是爱的力量。在这股汹涌浩荡的人性爱的洪流中，母爱又是最靠前的那一部分。

做一个日常生活的有心人

在这个疫情与高温交替肆虐的夏秋之际，仍然挡不住我们向观众奉上一部电影新作:《妈妈!》(原名《春歌》)。这是导演杨荔纳“春之系列”电影的最新一部作品，入选了今年第十二届北京国际电影节，并在电影节期间举行了全球首映。

我在影片中饰演一个六十多岁、患了阿尔茨海默病的“女儿”。

近年来，我们对阿尔茨海默病有了越来越多的知晓度，但在实际生活中，我们对它的掌控还是很浅表的。它的病因与表现，我们还能从林林总总的专业书籍里略知一二，但对患病个体来说，无论男女，病人患上阿尔茨海默病后的心态，精神上受到的刺激，尤其是刚刚获知确诊消息的一瞬间，到底是处于什么样的心理状态？外人是无法真正体验的。但作为表演艺术工作者，又是担当了具体角色的扮演者，我就无法绕开，必须去靠近，并有强烈愿望想去探索这个神秘的领域，哪怕只是解开一点点的心理线索，也是好的。

我接受这样一个角色的塑造，既有挑战性，也有乐于接受这种挑战的兴奋感。影片中贯穿始终的一对母女主角：母亲八十多岁，女儿六十出头，母女俩都在高校从教，属于职业知识女性类型的角色。从艺术形象的类型出发塑造人物，历来是表演艺术的切入点，然后再进入“这一个”具体的人物个性。这样既能抓住某些人物的共性特征，也能突出人物的特殊个性。近二十年来，我们为拍摄一部艺术作品有意去安排体验生活的方式已经发生变化，剧组也不可能特意拿出时间成本让剧组人员去深入体验生活。作为一名演员，我就必须做一个日常生活的有心人，而不是等有了一个具体拍摄项目才去寻找生活中的例子。这是我经常告诫和提醒自己的。

我以往在工作中遇到过一件揪心的事情，它隐隐约约伴随着我这次拍摄《妈妈！》的创作过程。

记得多年前，一个公众场合，我遇到一位我非常敬重也非常熟悉的前辈友人。那次在一起说话时，我发现她的状态与以前不一样，总是接不住话头，我心里暗暗有些疑惑。一次我们走路时经过几级台阶，旁边有个年轻人出于关心，想扶她一把，那位前辈友人马上甩开别人伸过来的手，然后主动跳下两级台阶，还笑着说：我很好，我没事……大家也一笑而过。但没过多久，我听说那位前辈被查出了阿尔茨海默病，再也无法工作了。我心里时常牵挂着她，偶尔也会想，她当时说话的表现，应该是病的早期症状，她可能已经意识到自己的健康出了问题，但还不算严重，还想坚持工作，然而她的记忆就像走进了怪圈，怎么也不能如愿。这就是职业知识女性的心理特征，她有着很强的自尊自爱之心，包括在大家面前显示自己身体还健朗，故意跳下台阶。想起这个细节，每每都会让我难过。

这是我近距离感觉到的一个真实的早期患者的表现，在拍摄《妈妈！》的过程中，经常会像一个案例般在脑海中浮现，有时让我陷入沉思，似乎也能有所触动。

还有就是及时借鉴世界同行的精湛表演经验。关注阿尔茨海默病的题材，是近十几年来世界电影的热点，在各大电影节中，都有表现不俗的作品受到赞扬。其中我看过的就有《爱》《非常爱丽丝》《困在时间里的父亲》等。去年，为拍摄《妈妈！》这部影片，我又重新观看了好几部此类题材的电影作品，试图从这些优秀的艺术形象中受到启发，并认真地阅读了一些关于阿尔茨海默病的医学书籍。目的就是想去靠近并试图触碰到这个角色有形或无形的轮廓，努力进入角色的心理状态中去。

与角色相伴相随

《妈妈！》最吸引我的地方是剧中人物关系的反转。

一般来说，社会常态是进入中老年后的母女关系中，女儿尽责尽孝地对老母亲的关心照顾。在这部影片中，开头设定的剧情似乎也是这样的走向：剧中老母亲八十多岁，身体状况不错，但她有点儿返老还童心理，为了引起女儿的注意，经常咿咿呀呀地装点儿小病。女儿虽然明了老母亲的心思，但也不会像普通妇人那样直接点穿，而是平心静气地配合着母亲的作天作地。

观众看到的是一个风平浪静的知识分子家庭和尽心照顾老母亲的女儿。但在剧情进行到三分之一左右时，出现了意想不到的逆转。女儿在一次例行体检中，突然被告知自己患了阿尔茨海默病。这个打击无疑是五雷轰顶、难以承受的。影片中女儿在得知确诊消息后，自尊使然，她在外面一人独处了许久，等平复了心情后，才似平常一样默默回家，决定先独自承受不告诉母亲。

这就回到我上面提到的问题：生活中的病人在被确诊后的反应，究竟会是怎样的感受？在我有限的理解中，我想一定也是因人而异。在影片中，我基于对此病的理性了解，有心让自己某个瞬间沉浸在一种假想世界里，试图去获得假如自己真的得了这种病后的感受。记得在拍摄被确诊后的那场戏中，我感觉我的思维像是被某个坚固的模具黏糊住了似的，那种不能思考、无法具象的痛苦慢慢渗透了全身，完全茫然于未来要怎么办。接着她强制性地让自己冷静下来，慢慢恢复了理性，在她踯躅走回家时，其实心中还是处在无数个盲点中的。这场戏是女儿病情初期表演的一个关键点，虽然在拍摄时的表演中，外部肢体语言没有太多宣泄，但角色内心经受的冲击是天崩地裂似的。我让自己与角色完全你我不分地沉浸在那片刻的天昏地暗之中。那天拍完这场戏，我虚汗淋漓全身无力，体验到自己全身心碰撞了一种未知人物的神秘生命体后的兴奋状态。这是一种艺术创作的兴奋！

挑战是创作的兴奋点

然而，女儿患病终究是隐瞒不久的，之后的人物关系急转直下，八十多岁的老母亲一反常态，本能地显现出护犊之情。但是女儿的病情似江河日下，我在做拍摄前的剧本案头工作时，曾经写下了这样的文字："演员先要有对此病的认知（理性的）——再进入人物（感性与理性交错）——可能会出现忽而进入忽而又游走出来的时候……”这样的状态是我以往的人物塑造中没有尝试过的，有挑战，每天都有创作的兴奋点。

有一场戏，母亲带着女儿去海洋世界博物馆玩，试图让她忆起曾经拥有过的生活感受。那时的女儿进入病情的中期，在海洋世界参观的过程中，我竭力要表现的，是女儿始终在清醒和失忆之间被动游走的状态：偶尔出现记忆清醒，说出一句完整的话能让母亲热泪盈眶，忽而又记忆消失，她想拉住记忆却无能为力，精神时而恍恍惚惚，时而心烦意乱，从博物馆回家的路上，女儿急于如厕，但到了家门口，母亲发现忘带钥匙，手忙脚乱地在包里翻找。这时候的女儿似又回到阶段清醒的片刻，她一边催着“妈妈你快点儿呀”，一边因生理上的急便反应，她扭动着肢体竭力憋住便意，也可能更是一个知识女性自尊的潜意识，她的内心和生理都在挣扎。但当老母亲从窗口爬进屋里打开门后，女儿一脚踏入家门的瞬间，她失禁了。终于……终于，她的心理防线被病魔击垮了，她的精神也随之垮塌了，她潜意识里竭尽全力想扯住的一根稻草无情地断了，当女儿从门厅急急往卫生间方向走了几步后，又绝望无助地走回靠在门口的母亲身边，抱着妈妈像个孩童时期的小女孩茫然哭泣……在拍摄现场的所有人都感受到了此情此景的惨烈。

作为阿尔茨海默病患者，发展到后期完全出现认知障碍，连对最亲近的人都不会有清晰记忆。但无论如何，她还是会有一些深层次记忆的东西模糊存在。比如我也经常听人说起，某些病人到了后期已经完全失忆了，但还能叫出其子女中某个人的小名。我想这样对某一符号（名字）的深层记忆，大概就是我们经常说的“潜意识”的羁绊吧。在《妈妈！》这部电影中，女儿到了病症后期，如此这般的亲情羁绊与深层记忆也时有发生。我印象比较深的，是在家里吃饭的一场戏。

八十多岁的老母亲给女儿做了她平时喜欢的食物，还拿了小勺子一口一口喂着女儿，出现了一个很温馨的家庭气氛场面。突然，已经消失记忆的女儿眼睛看着母亲，深情地叫了一声："妈妈。" 老母亲以为女儿有所好转，惊喜无比，激动地回答说："唉，我是妈妈。" 然而女儿却对着母亲微笑着说："你真像我妈妈……" 这是最让阿尔茨海默病患者家属揪心的事实，明明感觉到患者有着亲情的深层记忆，可就是认不出眼前这个人。"你真像我妈妈……" 这句台词的背后，其实是母女关系的双向关心。女儿也许在下意识里还有对母亲的牵挂，毕竟在患病前，照料母亲是女儿此生最后的人生功课，她心甘情愿。也许就是因为心甘情愿，是仅留存在她脑萎缩过程中的最后一个关于记忆的结晶体。

拍摄《妈妈！》的过程中，我整个意识都沉浸在各种知识点和感性的生命体验中，时有虚无缥缈之感，有时又像是有一样真实的东西呈现在我眼前，似乎我努力跳一跳，紧紧抓住它不放，就能救我跃出这茫茫的"苦海"。可以说，这部电影，这个角色，是我许多年里最丰富最复杂的一次表演艺术实践。

东方文化下解读人类共同难题

从接下《妈妈！》这部影片邀约到完成拍摄，大约小半年的时间里，这个人物与我如影随形。拍摄前期理清了人物的基本脉络后，"如何呈现" 又成为我的一道难题。

此次解题和我从艺以来最不一样的体会，就是我认为自己扮演的角色具有双重叠影的特征，在显在的人物背后似乎还站着另一个人的魅影，这也是角色的一部分。在人物思维正常清醒的时候，女儿就是一位退休的理科教师，一个热爱做公益的知识女性，一个老母亲的孝顺女儿。但是在病情不断加重的过程中，那个魅影就像是一个越来越贴近、最后深深寄植在她身体里的另一个“她”，甩不掉也踢不开，直到人物完全被魅影所占有，融合为一体。双重叠影，就是这个角色的秘密所在。像这样的人物状态，很难用常规的人物塑造经验，因为那个状态是从虚无到实有最后被完全占有、融合的一个完整过程，不像一般的角色塑造那么具体、实在。我在表演过程中，有些时候只是凭着艺术直觉，让自己无意识地慢慢进入另一个“自我”的世界。女儿在病情后期，她自己也隐隐约约地感觉到那个影子的存在，她会以为是另一个年轻时候的自我，在呼唤现在的自己。

比较典型的一场戏，天上下着瓢泼大雨，剧中六十多岁的女儿突然像听到了某种召唤，幻觉中的重影让她觉得经过时光倒流变成了十八岁的自己，她在雨中的院子里摆放着父亲喜欢的各种礼物，准备等待爸爸的归来。其实她父亲在那场动乱中已经遭难。她潜意识里一直渴望再次见到父亲，大雨倾盆而下，她在雨中载歌载舞，她要把礼物送给亲爱的爸爸。这场雨戏拍得淋漓酣畅，那时那刻的女儿一点儿也没有与那个魅影搏斗挣扎，她甘愿被拉进另一个幻想世界，与爸爸同乐同行，后来她跳得累了，躺在雨中的长椅上沉沉歇着了。我想，这个时候的她其实一点儿也不苦恼，痛苦的是在一旁的屋檐下，看着她犯病的老母亲。

这是一次令人难忘的创作经历。拍摄过程中遇到的困境也不少，尤其对女儿这个角色的解读与呈现，我们几个主创人员都是第一次面对。有关阿尔茨海默病的主题电影中，东西方电影在不同文化背景下也呈现出明显的差异。东方文化人文传统下的家庭关系，以及母亲在子女遭遇不测时的无私无畏，都在我们的影片中彰显得淋漓尽致。这是一部呈现东方文化下解读人类面对共同难题的作品。

我们《妈妈！》剧组还有一个特别之处，专业主创人员几乎都是女性。

人们通常会把这样的主题与搭配视为女性电影视角，而我更想把这部电影归为含有人性共通特质的作品。虽然是一部小成本电影，但它的内涵与人文主题并不单薄。我与导演杨荔纳、扮演母亲的吴彦姝老师，三个人首次亲密合作。我一直以为，工作中良好的沟通合作关系，是一部影片生产的良性循环过程，就像一个母亲把新的生命奉献到世间，无论顺产还是难产，都要付出大量精血、大声呐喊着，把新生命托付给孕育万物生长的大地之母。而我们电影的大地之母，就是今天时代的观众。

书里看书，梦里寻梦

王安忆

2022-08-26

偶尔看电视里播放某一版《红楼梦》剧集，正是元妃省亲一节，凌晨的漆黑里，一行古装男子，双手偏在一侧，齐齐鼓掌，脆生生响着往前去，不由得一激灵。书中只写:“十来个太监都喘吁吁跑来拍手儿。”知道是“来了”，不曾想究竟怎么个“拍手儿”。摄制组邀请许多专家做考据，场面上应是靠得住。

书十六回，贾琏的乳母赵嬷嬷向奶儿子夫妇说起当年接驾太祖皇帝巡行，咋舌道:“别讲银子成了土泥，凭是世上所有的，没有不是堆山塞海的”，无论正史稗史，都有录载著书人曹雪芹祖父曹寅几度主持康熙南巡大典，回数和赵嬷嬷说的一致，都是四次，安在江南甄家，甄家是贾家的镜像，用来应贵妃省亲的景，就也对得上。

清代李斗《扬州画舫录》卷二，“草河录下”，临水桃花庵，大殿后三间飞霞楼，左一间见悟堂，住持号道存，字石庄。这位石庄极爱书画，扬州文风兴盛，墨客会集，交游所列，有曹寅的名字，以籍贯出身查看，确就是曹雪芹祖父。依书中写，“壬子除夕石庄死”，曹寅生卒年1658—1712，如果二人有交集，就是1672，康熙十一年那个“壬子”之前，推算下来，曹寅还是个孩子，到下一个壬子，则不在世了。后人记前事，总是有差池，即便如此，曹寅到过扬州也不会大错。《红楼梦》中，贾府的外家林如海姑苏人氏，也是世族，做官做到五代，又钦点巡盐御史，带了家眷来到扬州，林黛玉自五岁起就在此地生活，称得上童年故地，红楼中人和扬州又有了一份渊源。回到石庄，死前一晚，即腊月二十九，有人见他一身白衫，桐帽棕鞋，拄杖远去；过到正月十五，月下过舟，船尾独立一人，分明就是石庄，百呼千唤不回头；就在此刻，二山门跟前有和尚遇石庄，托带信邀约莲香社僧名开爽，出得院去，却人影杳然，半年后，开爽病垂危，弥留之际忽到万山围绕之所，石庄迎面而来，携手引入草堂禅房，上书四个字"空空如也"。这情景，令人想起"太虚幻境"。又仿佛贾雨村在林府做家教，闲走到城外，"山环水旋，茂林深竹之处，隐隐有座庙宇"，庙门旁对联上写"身后有余忘缩手，眼前无路想回头"，意境相仿，情景却要荒凉得多。石庄的死，前后络绎半年之久，一步一回首，恋恋风尘，不像甄士隐，闹市当中，路遇一个跛足道人，言语来往几句，说走就走。都是出世，一个悲观主义，一个乐观主义。

配比著书时间，"画舫"写作三十余载，初刻在乾隆六十年，即1795年，倒推过去，曹雪芹身后方才动笔。倘若说受"红楼"影响，前者虚构，后者实录，常理则反过来，小说摹写真事。更可能是时代风尚，文化流行，三生石故事的变相。总之，曹寅到过扬州，主持康熙皇帝巡行路线里，少不了也会去扬州，史书上应有记载。"银子成了土泥"的场面，已销声匿迹，这就要看小说了。"荣国府归省庆元宵"回目里，"玻璃世界，珠宝乾坤"天上才有，是抽象的，"一担一担地挑进蜡烛来"，蜡烛算不上稀罕物，因是家常日用，人人看得懂，就具体了，那"一担一担"，真可谓"堆山塞海"。《扬州画舫录》卷一"草河录上"，起首"扬州御道"，为乾隆皇帝的巡行路线。女真人入关，特别向往莺飞草长之地，要不康乾两朝都有江南游？从这御道或可推演元春回门，不说声势，只说规矩，“桥头路口，各安卡兵，禁民舟出入，纤道每里安设围站兵丁三名，令村镇民妇跪伏瞻仰。”前部从安全计，末一句则关乎礼。大日子降临的前一周，宫里的太监就来勘察，指点“何处退，何处跪，何处进膳，何处启事”。再看扬州御道，乾隆帝进到扬州，全程水路，岸上岸下乌泱泱的车船自不必提，看随行的辎重，也就是“一担一担地挑进蜡烛来”：沿河码头大营五十丈，皇太后大营二十五丈，后面又有“居住船”，可见“大营”只供起坐。居住船上三丈四方帐房一架，二丈正房圆顶帐房一架，耳房帐房一架。这是住，还有食，从京城带来牛羊船，茶房用乳牛三十五头，膳房用牛三百只。到第四次南巡的乙酉，即乾隆三十年，1765年，第四次南巡，沿途筑建行宫，大营则改“坐落”，“坐落”的意思应是固定的房屋处所，为元妃归省大典，贾府不也专修别院大观园！

大观园里有一景叫作“杏花村”，《扬州画舫录》里也有一座。“御道”延伸分支流入迎恩河，“愈曲愈幽”；大观园的杏花村则“转过山怀中，隐隐露出一带黄泥筑就矮墙”，紧接着，无非板桥人家，树篱豆棚。自陶渊明《归园田居》以来，天下不知有多少杏花村，桃花源，真难说谁跟谁，还是普遍的风气。意外之笔却在宝玉的不屑，他一眼窥见“人力穿凿扭曲而成”，可说掐住命门，道破退隐的端底。回到省亲一节，造了大观园的“坐落”，建了庵堂，买来小尼，请得住持，又组个戏班，由族中的近亲贾蔷专办，采买十二个女孩子，聘了教习，携了行头，去哪里采买？苏州，这就有讲究了。

《扬州画舫录》卷五“新城北录下”，记天宁寺，市民祈福之地，殿上设经坛，殿前搭棚演太平戏。戏分“雅”和“花”两部，“雅”者代表正统，独为昆山腔；花部包罗京、秦、弋阳、梆子、二黄，也叫“乱弹”，属“风”一派。据“画舫录”考，本地昆山腔最初起自商人徐尚志，聘请“苏州名优”，人称“老徐班”。城中有一条苏唱街，得名于街上的老郎堂，即梨园总局，显见得戏曲源自苏州。“团班主人”，即拉班子的，好比现在的“穴头”，苏州的诨号“戏蚂蚁”，本地喊“班揽头”。两种叫名对比，前一个佻达俏皮，仿佛江湖上的切口，后一个则是乡野气。亦可见出昆山腔在苏州已经遍地开花，上至王谢堂前，下落三教九流。接壤上海的苏地，水网交织处，沿河无数系缆的石墩，设镇呼为“千墩”，是昆腔的发源地。大概就因为这桩雅事，吴语中“墩”和“灯”又同音，便成了“千灯”，顿时光芒四射，晶莹剔透。至今还有个昆曲博物馆，虽是破陋，好歹做了个标记，不至于湮灭踪迹。贾府要组戏班，当然是雅部，不去苏州去哪里？

那老徐班可说人才荟萃，出色不止艺技，还在来历和性情。领班余维琛是个落魄人，却有奇才，通经史，解九宫谱，豪迈侠义，见乞丐受苦，当场脱下裘皮掷过去；大面，即花脸，周德敷，有特技“笑叫跳”，“笑如宵光剑铁勒奴，叫如千金记楚霸王，跳如西川图张将军”；小旦杨二观，姿色姣好，人称“水蜜桃”，上海人，出身殷富，照理不该入行，票戏即可，偏偏就下了海；正旦史菊观，幼年是沈阳某县令的跟丁，后来，县令犯事变阶下囚，仍不离左右，直至县令死，方才“归里”——先是老徐班，后又入“洪班”。洪班如何起家，书中未有详记，但有一句“洪班半徐班旧人”。徐班散后，角色又回苏州，被一官商悉数收入织造府班，是不是体制内的意思？等洪班组建，半去半留，所以，洪班是新起无疑，而且别开生面。“邯郸梦”全本生角朱文元，在徐班出息平平，年近五十入洪班却声名鹊起，称得上继承中发展。

戏是从苏州来，因扬州富甲天下，头面台面焕然一新，绝非同日而语。据“画舫录”记：“自老徐班琵琶记请郎花烛一幕，则用红全堂，风木余恨白全堂”，先风即开，后来者居上，“大张班长生殿，用黄全堂，小程班三国志绿虫全堂”，按《大戴礼记》说：“毛虫之精者曰麟，羽虫之精者曰凤，介虫之精者曰龟，鳞虫之精者曰龙，倮虫之精者曰圣人”，这“虫”便是五福呈祥，熠熠生辉。“小张班十二月花神衣，价至万金，百福班一出北践，十一通天犀玉带，小洪班灯戏，点三层牌楼。”说是假扮，却都是来真格，走的写实路线，相比较，写意的舞台不免显得萧瑟了。

有一点想不太明白，“画舫录”所记伶人全是男子，贾府到苏州买来的却都是小丫头，艺名缀以“官”字，后面写到的妓界的花名，也常有“官”字，是不是女身男命的意思。我有个朋友，籍贯江苏启东，她家乡的女孩，乳名也都镶一个“官”，是吴地风俗，又是谁学谁？“红楼”“画舫”两书同作于乾隆一朝，更可能梨园界的变革并不单纯以时代划分，而是随时随处，因人制宜，其实是自由的。具体到《红楼梦》，想不出男班进来何情何景，况且还是安置在梨香院，薛宝钗之前住过的，黛玉迎春姐妹们常来，看书下棋，针凿女红。后来，林黛玉隔墙听曲：“原来姹紫嫣红开遍，似这般都付于断井颓垣”，必定是雏凤清音。贾宝玉最著名的金句：“女儿是水作的骨肉，男子是泥作的骨肉”，所以，大观园无论如何进不得“画舫”里那一拨人。

《扬州画舫录》卷六，“城北录”，记山东人刘大观，在广西做官，丁忧时候卸职游江南，得出三句话：“杭州以湖山胜，苏州以市肆胜，扬州以园亭胜”，话虽如此，“城北录”第一节却就写“上买卖街”，第八节“下买卖街”。这“下买卖街”的营生很别致，多以租灯为业，夜游都在此处上灯船，然后顺水而去，经楼阁台榭重重叠叠。扬州的园亭是银子堆砌出来，新生资产阶级的俗雅。“城北录”写扬州土豪斗富，金银不在话下，争的是风趣，有天真颟顸的，三千金从苏州买来不倒翁，放下水中，随波起伏，现代装置艺术的小黄鸭不就是这个意思？不倒翁才几个钱一枚，三千金是多少，到头来，还是脱不了金银的窠臼。

商业中心当是在卷九“小秦淮录”：皮市街、风箱巷、打铜巷、多子街——从缎子街来，讨口彩的用心，通到钞关街，两边多为名肆，即名品店，“伍少西家”的毯铺、“戴春林家”的香铺，翠花街是女人街，珠翠首饰、羽衣霓裳……林黛玉回扬州奔丧，扶灵送到苏州，再返回金陵外婆家，带了伴手礼，书中只笼统写“纸币等物”，到薛蟠南下进货，带两大箱东西，内容就具体了，给母亲的是“绸缎绫锦洋货等家常应用之物”，妹妹宝钗的一箱，“笔、墨、纸、砚、各色笺纸、香袋、香珠、扇子、扇坠、花粉、胭脂等物”。这时候，宝钗黛玉嫌隙尽释，分配礼品格外多送一份，黛玉见到这些“家乡之物”，难免伤感起来。“家乡之物”四个字明摆着从扬州来，就是“小秦淮录”里的小东门外。

古往今来，凡集市不外乎吃喝用度几项，所以，食档是不可少的。大运河凿通，盐业兴起，扬州地方日益富庶，原本水米之乡出产丰裕，经多少条食不厌精的舌头，就炼出吃经来。袁枚于乾隆五十八年（1793）为“画舫录”作序，应是读的手抄本，两年之后的乙卯方才有初刻本。序中写道四十年前游历，一定吃遍扬州，“随园食单”大约有迹可查。路边摊有镬灶气，是淮扬菜的本真，不在珍馐，在于家常，小东门走的就是草根路线。

饮食男女，人之本性，所以，这里还有一项生计，便是烟花业。书中记录历史沿革：“吾乡佳丽，在唐为然，国初官妓，谓之乐户”，“国”自是指清朝开元，顺治年号，直到康熙，娼业出官僚入私寓，好比今天的事改企，坊间巷里，弦歌不辍。笔者推崇者，除姿色外，更在于禀性。有一位苏高三，看人练射箭，挽起袖子上前，三发三中；有汤二官，“善谐谑”；杨高三，“举止大雅，望之无门户习气”，堪称奇女子，结局多是应了红颜薄命的老话，或“病死”，或“呕血死”，或“以疾殒”，抑或“不知所终”。却有一位钱三官，相貌中等，但“豪迈有气”，与某公子厚密，苦劝发奋，果然走上正途，有情人终成眷属，蹚出一条新路。

徐二官，字砚云，善吹箫，精拳术，出言风趣，颇受众人喜爱，惟官家子某为知己。一日，官家子招她去，大雨如注，车不能行，于是男装短打，跨马前奔，一跃而上高台，再倒骑下坡。让我想起谁？不怕玷污大家闺秀的好出身，那就是史湘云！可她不就把林黛玉和小戏子比？可见是百无禁忌，一派天籁。她爱穿男装，下雪天银白世界，看她穿的——“靠色三镶领袖秋香色盘金五色绣龙窄裉小袖掩衿银鼠短袄，里面短短的一件水红装缎狐肷褶子，腰里紧紧束一条蝴蝶结字长穗五色宫绦，脚下也穿着麀皮小靴”，黛玉笑她是个“小骚鞑子”，“骚鞑子”应是鞑靼人吧！《红楼梦》甲戌本透露，未完待续的原作纲要里有“茜雪红玉狱神庙慰宝玉”的回目，倘若宝玉招呼，史湘云准定应声即到，穿的就是这一身。在传统的女德之外，其实流行着另一脉女性的诗学。大观园和小秦淮可谓霄壤之高下，但小说家春秋笔下，贵胄故事也可能取材于世情。

小秦淮还有一座净业庵，红尘里的槛外人。传说康熙间，有富家女通佛典，绣艺精湛，绣的又多是佛像，夜里忽见持杖戴笠一名僧人面前礼拜，兀自上床入被。这一段描写多少有些猥亵，说那僧人放下帐幔，又披衣出帐，吹灯拔蜡，复又进帐，只听帐钩叮当，后一句就露骨了：“床第咿哑如不胜载”，继而鼾声大作，间或梦话梦笑，此过程中，竟不知那女子行为如何，作壁上观？又仿佛分身，佛教密宗一派的欢喜天。天明时分，宅中一切照常，但见帐幔上浮尘般极浅淡三个字：“净业庵”。四十年后，其夫其子亡故，女子削发为尼，建庵。这段逸闻和“红楼”的妙玉颇有几点错接：妙玉生于“读书仕宦之家”，自小多病，入了空门即安好，跟了师父修行，觅观音遗迹，看贝叶遗文，师父圆寂，正逢贾府造园子，接过来做家庙的住持，居处名栊翠庵。高鹗续写后事，妙玉入定走火，遭劫无了踪迹。和净业庵的情节虽有大不同，潜进一节却很相似，那一个僧人又有点儿像妙玉的蒙师，结局也不同，一个修成正果，一个误入歧途，但都是前定的佛缘。续书总有诟病，但称得上步步为营，沿着金陵十二钗册子，妙玉的签诗：欲洁何曾洁，云空未必空，可怜金玉质，终陷淖泥中。据“画舫录”写，净业庵自康熙到乾隆五十四年，改建史公祠，过往来历日久流传，曹雪芹也许听说，说的人也许就是祖父曹寅。

“画舫录”主李斗自序中说：“斗幼失学，疏于经史，而好游山水”，倒类似贾宝玉的禀性，文人才子，书读多了，难免假作真时真亦假。

我和金月姬

宋春丽

2022-08-28

我不喜欢她

我真幸运！电视剧《巡回检察组》之后，李路导演又约我走进《人世间》，说这回让我演个体面点儿的人物，他约我走进省府大院，走进省长夫人金月姬……

初读剧本，我不喜欢这个金月姬！她在《人世间》里戏份很少，只有69场戏，虽和《巡回检察组》里胡雪娥的戏份差不多，可胡雪娥的戏全是在主线上，戏因她而起，场场戏的张力都很大。可金月姬不光戏不在主线上，而且从头到尾都没有和男女主角同框。她似乎只是为了陪衬周秉义的成长而存在的。我真不喜欢这个老太太，我不知从哪儿下手去接近她！弄不好这个金月姬就会沦为一个“大群众”、一个“路人甲”……

但这戏我还是接了，因为《巡回检察组》的情分，也因为喜欢演戏。

我很迷恋这个职业。这个职业让我的人生很精彩。

大年初十剧组开机了，全组都去抢雪景。半个多月在草甸子大森林里转悠，吃了不少苦，也拍成了不少美景好戏。

金月姬的戏几乎都是内景，一个多月后才拍。这段时间正好做案头工作。

案头工作就是要反复地读剧本，反复地捋清事件的前因后果，反复接近你所塑造的人物。从外到内、从内到外地熟悉她。越细致越好。每次读剧本我都想从字里行间再抠出点儿戏渣，从其他角色的嘴里再搜出点儿金月姬的蛛丝马迹……

颠覆性变化

对于作品和人物的理解和感受，固然取决于你的生存环境、知识结构和生活积累，但有时你读剧本时的心境好坏也会干扰到这一切，甚至会让你产生颠覆性的心理变化。

那天我因一件小事闹得状态极坏，有点儿乱箭穿心，我不想沉浸在这种坏心境里，信手又翻开了《人世间》的剧本。我看到了这句话："比起孤独来，别扭更可怕，孤独可以克服，别扭怎么克服"，我眼前一亮，这是在说自己吗？几次看剧本怎么没注意到这个意思呢！接着又翻到周秉昆和父亲吵架那场戏，周秉昆喊着"是事实就该说吗！是事实就该说吗！"我呆呆地愣在那儿半天没动。多深刻的台词啊！怎么就把它当作一般的吵架轻易地放过了呢！我忘记了刚才的"乱箭穿心"，一页一页地重又倒着往回看。这次再读，很多地方理解和感受都和以往不同了。对于金老太太，对于戏中的每个人物在家庭和社会中的定位，我都有了全新的理解。这是我第几次读剧本我记不清了，但我清晰地知道《人世间》我接对了，金月姬不同于我以往的任何一个角色，我又拾到宝贝了……

王海鸰老师的剧本特点是结构缜密，形散神不散，语言非常精确而且意味深长！我曾演过她的电视剧《成长》，演了郭晓东的妈妈。这次王老师的剧本重点没在金老太太身上，但仅就这69场戏，我已能感觉到一个立意全新、有血有肉的高干夫人。你听她说的那些曼妙的台词："给你一个底线，擦枪不能走火。""该说的说，不该说的不说，有选择地说。选择性地说的高明之处就在于你既达到了目的，而且说的每一句话都是实话，所以，有的时候，实话并不一定是实情。"

再看看她为女婿的发展心思缜密地斡旋，和亲家的交往既不失原则，又不失礼数的做派：

"把你和娜塔莎的通信翻译成中文给我一份，万一在这个事情上出了问题，我起码是个知情者。""周秉昆是秉义的亲弟弟……让他早出来几天，和家里人一起过个年！"

我心里一个立体的、具象的金月姬形成了：这是一个较真儿的老太太！她是一个阅人无数、深谋远虑的老太太，是一个举重若轻、敏感睿智的老太太。和其他作品中的女干部相比，她的情绪多点儿理智，情感有点儿寡淡，但她不做作，她活得明白通透……

一场不浪费

我开始喜欢金月姬了，我开始试着规划人物的总谱，把想体现的人物侧面合理地安排在不同的场次中，尽量利用好这69场戏，一场都不能浪费。

多年的表演创作，我养成了用一分为二的方法分析事件、分析人物、分析造成这一切的主客观原因的习惯。这得益于当年我们反复学习毛主席的《实践论》《矛盾论》，得益于各级老同志老艺术家老师们对我的耳濡目染，得益于在上电影学院时，学院专门开设的"电影的哲学"课。所谓的"大俗即大雅"，所谓的"张弛有度"，所谓的"粗中有细"，所谓的"刚柔并济"

都从这些中来……

我首先想到的是要摈弃以往作品中女干部身上的官气，说话时的趾高气扬，指手画脚。金月姬经历了太多的事情，她比一般母亲都更知道待人“亲切”的重要性，更知道一些语助词能拉近人和人之间的关系。我有一个亲戚的岳母是省政府的干部，她永远在和你说话时用一个“哈”字把你带入进来，让你觉得这是她在和你商量，在征求你的意见。倪萍在很多场合模仿她的姥姥也给了我启发。

这些支离破碎的元素，成就了那场为女婿的发展和组织部门同志斡旋的戏。她笑着说：“不是女婿，是半个儿呀！”一个“呀”字，让幸福填满了整个脸。她严肃地说：“国家正处于改革转型阵痛期，积重难返，百废待兴……咱要像当年革命家庭送子当兵那样把周秉义往前线上推哈！”这个“哈”字看似是在征求同志们的意见，其实也是在表明自己的态度。最后她嘻嘻哈哈完成了自己想要做的事：“你们要这样向领导汇报：周秉义同志是个年富力强的好同志，应该把他放在更重要的岗位上去！”坚定真诚，没带一丝儿戏……

不体面瞬间

我特别喜欢金月姬打女儿郝冬梅那场戏。很多作品中都有母女吵架的戏，不知为什么，这次我没太关心她们母女吵架的过程，而是特别想知道，这位历经沧桑、经历了无数次事件，忍受了无数次冤屈，和女儿说不清楚什么是政治，又不愿意伤害女儿的高干母亲金月姬，在打了口无遮拦的女儿之后，会是个什么状态！编剧没有细致地描述，或许是留给演员二度创作时去琢磨吧……

我做了很多设想：打完女儿，她歉意地抚摸女儿的脸，后悔自己手重了？肤浅！她把女儿拥在怀中，母女抱头痛哭？一般化！她生气地摔门而走？太生硬……

嗨，其实打完就完了，导演喊停这场戏也就过去了！可我心里过不去，走到哪儿想到哪儿。我像挖金子一样在脑海里翻找这种状态！这个状态找准了能更丰满人物。

演员是敏感的，稍纵即逝的念头还真别轻易放弃，没准儿这一刹那的念头就能琢磨出个好戏来！

那几天我可兴奋了，我确信自己的思路是对的。我不停地琢磨，肯定，否定！肯定，否定！我觉得我在逐渐接近这种感觉了，但还不具象，还有些朦胧，我一拍桌子，把剧本一扔，去它的吧！现场拍摄时跟着感觉走吧！

我把这一切告诉了导演。导演真棒，实拍那天，他在书房角落里给我安排了一个沙发，我盯着这个沙发，这个沙发可能是金月姬平时读书看报休息的地方，但此时此刻这个沙发应该接住的是个什么样的金老太太呢……

那天这场戏拍得一气呵成，我把演我女儿的演员隋静波扇得很惨，我自己也在浑身发抖，我从楼梯上走下来，我尽量稳住自己的步子，我还想跟女儿说什么，但我稳不住了，嘴一张一合，不知从何说起，我浑身瘫软，狼狈不堪地把自己扔进沙发，欲哭无泪，捯着气儿，没有任何尊严、四仰八叉地瘫在沙发里……

这就是阅人无数、看透人间世故，跟自己的女儿却有理说不清的金老太太此时的无奈和狼狈！

这就是我要找的状态！这就是我挖空心思想要得到的感觉！此时的金月姬没有尊严，很不体面！惨得一塌糊涂！！

生活中每个人都会有这种不体面的瞬间……

这场戏得到很多朋友的认可。而我的感想是，在表演中，临时冲出来的感觉，可能会是下意识的，但冥思苦想的案头工作一定是必不可少的保证！认真地做好案头工作，加上现场真情投入的表演，能冲出最佳的结果……

非常感谢王老师在这场戏后面接着写了一场母女相互理解、冰释前嫌的好戏，也很精彩。

激情和定力

不知道是不是自己老了，在戏的拍摄中出现了一些不该出现的状况……

和周秉义谈话的几场戏都是最要命的戏，都是文戏，都是编剧必须通过金月姬的嘴交代的事件。都必须完整地说，还不能说错！这是要看演员台词功力的。背词从来是我的强项，有时拿着剧本看个一遍两遍就能上去实拍，台词基本上大差不差！可这次不行了！

客观原因是金月姬的台词都是大段大段的政治术语，逻辑描述，数字分析，什么全国的宏观局势，东北的地域特点，兵工厂的具体状况，企业如何转型，先做哪些后做哪些，都是金月姬的职业语言，但我不熟悉。背不下来了！加上那段时间身体不好，睡不好觉，总感觉疲惫，没有演胡雪娥时的那点精气神儿了。

特别是那天查体，一早没吃没喝空腹抽了十好几管子血，接着就往飞机场赶，下了飞机就化妆，我虚弱得眼冒金星，脑子怎么都集中不起来。拍摄的时候不是忘了不该忘的，就是错了不该错的。一遍不行再来两遍，两遍不行又来三遍，只听导演不停在喊“再来”“重来”“再来”“重来”……我不停地向各部门表示歉意：“不好意思，真不好意思！”各部门的师傅们“没关系，别着急”地客气着。

能不着急吗！时间在我身上一分一秒浪费掉，每天的拍摄进度是有指标的！我知道导演也很着急，可我无能为力，我的身体，这个既是创作材料又是创作工具的身体不听我自己指挥了！我觉得自己好可怜，谁也帮不了自己，我硬撑着，强作欢颜！还好，在那种状态下，我没乱阵脚，我还能清醒地、死死地把握着金月姬此时此刻该有的状态，没有跑偏人物。如果说演戏有技巧有方法的话，那就是现场既要有极大的激情，也要有不乱的定力！

十多遍之后，噩梦总算都过去了，导演喊“收工”！回到房间我默默地流泪，自己这是怎么了……

我特别感谢演我女婿的演员辛柏青，他一遍一遍地陪着，没露出一丝的厌烦和不快，而且每一遍都不懈怠，极认真地搭着戏！我庆幸这次遇到了非常职业、很讲操守的好演员，谢谢辛柏青……

和导演吵架

《人世间》这个戏拍得很难，有名有姓的角色一百多个，要合理地调度每个演员的档期，保证每个演员和部门都在最佳的拍摄状态中，真难！好在这部戏的所有演员都特别职业，都咬着牙较着劲地飙戏，没有乱七八糟的杂事，而全组的定海神针肯定是导演李路，他是最不容易的……

我和李路导演是第二次合作，两次合作听他说同样的话：“你信我，你肯定行！”我真心感谢他，是他给了我挑战两个不同角色的勇气和信心。有时导演的信任是演员创作的动力！值得欣慰的是我没辜负导演的这个信任……

但在这次拍摄中，我却和导演吵了一架。是因为可恨的每天必须完成的拍摄进度。

那天拍摄计划下得不太合理，频繁地换场景，换妆，很耽误时间。加上老天爷紧一阵慢一阵地下着雨，我们也只能拍拍停停地等，进度很慢。天都快黑了，我和女儿吵架那场大戏还没拍，我怕赶进度匆匆忙忙地拍摄糟蹋了这场戏。我坚持不拍了，没有别的原因，就是希望能在最佳状态下拍摄这场我最喜欢的戏！导演可能是因进度上不去而着急，他发火了，我们大声地在电话里吵起来，我从没见导演有这么大脾气，他给我扔电话了。我哭了，哭得很委屈，我觉得本来我是有理的怎么就变得没理了！我哭得伤心极了，那也是我有生以来的一次“极不体面”的大哭……

什么时候艺术创作能不受其他因素的限制该多好啊……

一部好戏的诞生，要有方方面面的同人的共同努力！我庆幸自己有福分生活在一个极好的创作集体中。我庆幸自己的人物画廊里又增添了一位高干夫人金月姬！我真心感谢导演的信任，真心希望那次吵架不影响我们的友谊，真心希望我们都能继续为我们心中神圣的艺术而奋斗！

加油！为所有愿意奋斗的同人加油！

女性智慧与围棋

芮乃伟

2022-09-03

小侄女言言给我出了两道作文题，其中一题即本文题目。

思考良久，我写了如下文字。

我不太清楚真正意义上的女性智慧是什么，理论上，无论男女，智慧都是一样的。

但是，因为男女的生理构造、思维模式和在社会所处的角色，以及漫长的历史带来的观念等方面的原因，确实造成了男女在很多地方不一样。所以，在智慧层面，或者也是如此。

那么，到底什么是女性智慧?

我说不好。要知道这个，谷歌或者百度一下，可能有很多内容。

我还是说说自己学棋的经历和感受吧。

我小时候很笨的，真的很笨。

那时候放学后有小小班，几个小朋友聚在一起做作业，地点常常在我们梅龙镇旧家的楼梯口。小学一年级的作业，大概也就是认认数目字，学点儿拼音，写几个简单的汉字。所有的同学一个小时就都做完了，但是我可以埋头吭哧吭哧做上两三个小时。这是你的爷爷告诉我的。我自己自然想不起来当时的情形。

笨吧，还性格倔脾气大，自卑又不合群。在学校里也总是受欺负，常常哭着跑回家。

后来，和你们爸爸一起开始学棋，还练武。渐渐地，在围棋中找到了快乐，也有了一点儿信心。

围棋在各方面都锻炼了我。

初一去了上海市少体校（你们爸爸比我早去半年）。

在少体校，上午学文化课，下午围棋训练。

之后，就走上了职业的道路。

我觉得，我的成长，是和围棋分不开的，或者说，如果不下棋，我肯定不是现在的我。那个胆怯自卑的女孩，靠着围棋的锻炼和引领，才慢慢成长为今天的我。

说回到智慧。围棋能开发智力是无疑的。学棋锻炼人的思维，孩子学棋，可以练计算力、集中力、逻辑思维、全局的掌控力和取舍的意识，等等。还有抗挫折的能力，毕竟两个人下棋，总有一个输，再好的棋手也免不了失败，输棋是常态……

这些都是在下棋的过程中不知不觉地学习，围棋对人的影响是潜移默化的。她培养你，塑造你，在不知不觉中，你已经不一样了。

说说女性智慧和围棋?

要说围棋有什么特别，有一件事还真是和别的项目不一样，那就是很多围棋比赛是不分男女的。

比如游泳体操赛跑，还有各种大球小球，哪个项目不是男女分开的?男子冠军是一块金牌，女子冠军也是一块。

只有围棋，很单纯的女子比赛只有几个，很多大赛是男女不分的。

我个人认为，在智力运动领域，女子整体还是和男子有差异的。这差异体现在对空间的掌控力，计算的深度，大局观等方面，还有，历史和社会的影响也会使女性没有足够的信心，周边人和自己都认为战胜不了男棋手。

所以，女棋手在男棋手的世界里拼搏，想争取好成绩（不单单是女子冠军）还是不太容易的。我当年很努力。现在很多年轻的女棋手，就曾在大赛中多次战胜男棋手。当然，整体来说，男棋手还是强很多，特别是层次远远厚于女棋手。

不管怎么说，围棋提供了一个女性可以自由拼搏的舞台，只要努力，就有可能超越性别界限，在一定程度上。

凤凰杂言三节

莫　言

2022-09-12

在凤凰的石桥上
看沱江里的暮云
满头银饰的少女
镶嵌在云里，梦里
人与桥动荡不安
还有什么不能释怀

吊脚楼在水边静坐
宛若入定的老妪
多少诅咒，多少呢喃
留声在墙里，魇里
夜半繁星满天
笑过了哭，哭过了骂
牛保牛保你这个天杀的

幽巷里一丛芭蕉

正开着涅槃之花

爱惜鼻子的朋友走了

在记忆的气味里，泪里

体会吃辣椒的快感

那时的人

出门便是远行

开口即是誓言

后记：壬寅七月，游凤凰古城，了多年心愿。参沈公故居，赏沱江晚景。心中若干浮浅印象，整理成片段文字。不敢称诗，杂言而已。供方家两哂。

一起走过春秋冬夏

王丽萍

2022-10-19

2012年12月31日的晚上，《我家的春秋冬夏》在外滩拍摄。那年冬天格外冷，我们从安静的停车场往外走，风嗖嗖地掠过，走出停车场的斜坡，扑面而来的是外滩浓烈得像闪电般的灯光，黄浦江水波光粼粼，灯光在建筑上打出“新年快乐”，人们的欢呼此起彼伏……我们情不自禁地跟随大家一起欢呼五四三二一，在2013年字样出现的时候，我们拍摄了永驻心底的画面。

那年的辞旧迎新我们在一起，从此以后，我跟导演夏晓昀，韩洋，摄影阿迪江，演员杨立新、闫学晶、洛葳、张小磊，还有老吴、鲁琦、苏老师、根根等建立了深厚的友谊。

《我家的春秋冬夏》是一部关于养老题材的原创电视剧，讲述的是“爸爸”在步入老年以后爱上了保姆，遭到子女的反对，而历经坎坷，有情人终成眷属。

杨立新老师演爸爸，闫学晶演保姆。现在看看，这个题材依旧是反映现实问题的，特别是社会老龄化以后，关注老年人的生活与感情也是编剧的责任。

那个时候，我们在松江搭了一个室内的棚，对门有间小餐厅，上面写着“小炒，米面”。杨立新老师买了一桶菜油给人送去，说：“用你的菜，我买的油!”小老板哎哎地快乐回应着，炒的小菜只只精彩。晚上收工后，我们从小饭店里打包了饭和菜，然后一起涌到剪辑老师的屋子里，看白天拍摄的回放。杨立新老师说：现在看回放不是看自己，而是看对手，可以一起总结，拍得更好。导演哦哦地看着，脸几乎都要贴到电脑上了，他回头，眼珠子要掉出来:“杨老师闫老师你们演得太好了!”闫学晶大叫一句:“不!我明天还要拍一条!要拍得更好!”

第二天，闫学晶重拍她的戏，有一句台词是:“你们的心是冰也该融化了!”结果实拍的时候，她的东北话带了出来，将“冰”字念成了第二声，现场忍不住笑场，从此以后，我们看见闫学晶老师就打趣:“是冰!”

2022年8月，东方影视频道播出了沪语版的《我家的春秋冬夏》，大家截屏互相发送，十分感叹。电话那头，是闫学晶老师爽爽朗朗的笑声：冰啊!

2012年到2022年，这10年，中国电视剧蓬勃发展，我们有幸成为其中的一分子，我们一起拍摄了电视剧《生活启示录》《大好时光》《国民大生活》。2014年，我们将电视剧《我家的春秋冬夏》带到美国纽约，在那里举办的“海派电视剧展映”上深受欢迎；2017年,《生活启示录》翻译成蒙古语后在蒙古国家电视台播出，连续20天创下收视冠军，我跟导演夏晓昀，主演胡歌、闫妮还一起到乌兰巴托参加了发布会；2018年,《国民大生活》在韩国的亚洲电视剧研讨会上做展示，还被翻译成蒙古语在蒙古国播放。

细数我们的10年，很多人生大事一起经历。2014年1月11日，在拍摄《生活启示录》时，摄影师阿迪江与演员洛葳结婚了。我有幸成为他们的证婚人。在我们整个剧组的见证下，阿迪江对洛葳说:“我会用生命来爱你。”2020年3月，我跟摄影师阿迪江、作曲家苏隽杰一起，创作抗疫歌曲《答应我》，因为拍摄受限，阿迪江让他的摄影团队伙伴们拍摄了各自家庭的场景。当我看见一张张熟悉的面孔对着镜头说“加油”的时候，眼泪忍不住流下来，生命里那么多难忘的时刻，我们一起度过。

10年我们收获了友谊，大家彼此珍惜，为朋友们的进步骄傲。他们有的成为国内优秀的影视剧导演，有的成为爸爸妈妈，有的艺术之树常青，依旧活跃在荧屏上，有的也安享晚年在家里带孙辈……无论何时何地，只要大家通了电话，都会响起当年的声音与欢呼，都会成为生活里的鼓励和勇气。

此时此刻，耳边响起毛阿敏演唱的《我家的春秋冬夏》主题歌《今生有你》，歌中唱道:“风，就这样吹过……我要你好好地生活，我要你快乐也有很多……”风吹过的地方，有涟漪与波浪，就像10年路途，一步一步都有印记，深深浅浅都是历程。能用影像记录岁月，很感恩。

爱夜光杯 爱上海

2022

问候达式常老师

汪正煜

2022-05-02

撷一束阳光，在明亮的房内会显得更加灿烂，置于忧郁的角落，总带着忧郁的色彩。抗疫期间，宅在家里，每个人的豁达或阴郁一定与其心中有否阳光相关。

著名演员达式常，心中一定是充满了阳光的。退休以后，演员剧团需要演艺界前辈帮忙，他和老伙伴们招之即赴，无需任何条件。如今疫情防控，无法外出，他依然关心社会新闻，关心剧团同事，有时还眺望窗外，拿起相机拍摄下“大白”们辛劳的感人场景。是的，年届八十的他，无法如田文中在《难忘的战斗》里那样指挥，却依然关切并坚信最后的胜利。

达式常比我年长点儿，但我们是同代人。大学毕业时，他主演的《年青的一代》，激起我沸腾的热血，影片中的萧继业、林育生给了我极大启迪。其后，我也非常关注他的作品，那深沉稳健、准确细腻的表演和儒雅的风度，值得学习和仰慕。让我高兴的是，后来，我在两部电视剧中和他有过合作，在艺术上，向他学到不少，他是我的老师。

电视剧《上海人家》是部反映上海最初改革开放、体制改革的鸿篇巨制，刘琼、凌志浩、仲星火等影视界前辈都出演，达式常演主角——体制改革的闯将焦宏基。我则忝列其中，演副厂长曹军，此人左右逢源、诡计多端，阻挠改革，是焦宏基的对立面。我很少演反派。第一场戏，拍曹军去焦家送甲鱼，拍马屁，为保官帽探消息。试镜时导演姚寿康就制止我："你想演出坏蛋样子？"我点点头。他摇摇头："真的坏蛋，表面从来不像坏蛋。情节发展，矛盾冲突中会显出他坏到极点。"又说："你和达式常演对手戏后，会有体会。"果然，后来一场戏，我到焦宏基办公室去，说要把他小舅子调入厂里工作，也是拍马屁讨好。剧中焦宏基还不了解曹军，所以达式常说话平和自如，谆谆询问。对手戏往往会互相启发，营造出剧情需要的氛围。我受到他表演感染，演出了潇洒懂行又讲道理、掩盖住内心的卑鄙的样子。

毋庸置疑，电影是导演艺术，但离不开演员的创造。《子夜》拍摄时，傅敬恭导演约我现场去观看，有位演员问桑弧导演："我这个镜头表演怎么样？"桑导回答："我是导演，不会演戏！"细细琢磨才恍然其妙言。电影《谭嗣同》，因改革失败，谭嗣同被杀。当刽子手大刀砍下之前，达式常在这场戏里设计了一个镜头：断头台上突然飞来一只小虫，谭嗣同微笑着，轻轻挥手，让小虫飞离。这个细节，把谭嗣同无畏无惧，又善良正直热爱生活的内心世界，淋漓尽致地表现出来了。这个创造对我很有启迪。《上海人家》的剧情发展到后来，冶金局组建，曹军虽然进了领导班子但依然捣乱作祟，焦宏基做出决定，严厉地揭穿曹的真貌，撤销他一切职务。此刻，曹军手足无措、慌乱窝囊至极。如何表现？按戏的节奏，不可能给许多镜头。我设计了一个抽烟动作，海绵头香烟倒拿了，一点烟，咳嗽不止，一看着火的是海绵头……一个中近景把人物的内心表露无遗。

还有一场戏，曹军和原东方厂龚厂长（何麟饰演）狼狈为奸，后龚厂长因贪污事发被捕。抓捕龚的那场戏拍摄时，我要求导演给曹一个镜头，楼下面是龚戴手铐进警车，再接一个镜头仰拍推近景，曹军在楼上窗口看着。不需要做任何表情，蒙太奇镜头一组合，马上令观众明白曹是什么样的人了。

这集播出后，我的邻居遇到了我，都骂道："想不到侬演的迭个人，迭样子坏呀！"

和达式常第二次合作，我还是演反派，一个到内地搞投机赚黑钱的港商。他演公安局侦缉队长，最后侦破案件，抓住港商审讯。审讯的戏真的在上海某看守所审讯室，我也真戴上手铐。拍戏前，他笑道："你又做坏蛋，我们是老对手了！"我说："这次是演罪犯了。"心里却深感，这两次学到不少。后来执导电视剧《迟开的兰花》时，朱曼芳来表扬我，我答："谢谢大姐。"心里说，演艺上所有本事，我都是向前辈巨擘和你们学的啊，明着学或偷着学！

达式常工作敬业演艺高超，为人又热心。前些年，上影改革，初次方案较粗糙，很多人不满意又不敢明确反对。他就敢站出来为大家讲话，最后才改换了方案。这事大家都记得，上影的朋友也对我讲过。

去年，他在电视剧《光荣与梦想》中饰演张澜。张澜曾云："人不可以不自爱，不可以不自修，不可以不自尊，不可以不自强，而断不可以自欺。"诚哉，斯言！

如今我们面临前所未有的磨难，但永远充满必胜信念。历史会记住今天，最美好的是曾经度过的时间。多少年过去了，流逝的是岁月，苍老的是回忆。谨以此文，问候上影厂的朋友们，问候达式常老师。

沉默的父亲

曹可凡

2022-06-12

父亲离世已有整整20年，但他那慈祥的面容却常常出现在眼前，仿佛从未走远。

爱书，又不得不卖书

小时候听祖父讲，曹家在无锡当地也算是耕读世家，曾祖父是一名颇具民主意识和平民意识的地方绅士，致仕之后，没去经商或享清福，却利用无锡南门跨塘桥一座祖上留下来的三进大宅院，兴办义务教育和平民教育，家境日渐衰落。于是，祖父将家中唯一读大学的机会让给他弟弟，自己则选择学生意那条坎坷之路。进入福新面粉厂后，祖父凭借其学识、才华得到赏识，仅仅四年便成为福新面粉总公司会计，并被我曾外祖父王尧臣先生一眼相中，成为王家乘龙快婿，此后更是平步青云。待上海解放前夕，祖父一度成为福新面粉公司实际掌门人，全权掌控公司运转。祖父眼界、格局，以及管理能力，由此可见一斑。

祖父与祖母育有四子二女，他们没有一个进入商界，却都接受过良好教育，继承了祖父思路清楚、办事认真、与时俱进的特性，在各自的环境里，各自有梦，各自有成。父亲作为家中长子，自幼受父母宠爱，却绝无“大少爷”陋习，为人方正内敛，尤嗜读书。

记得当时家中有一间朝北小屋，仅5平方米左右，里面堆放着他的藏书。从内容看，有部分文史哲专著，更多的则是科技类外国硬皮厚版书。那时的外文原版书价格不菲。据父亲回忆，他工资的八成几乎全部用于购书。20世纪60年代风云突变，父亲备受冲击，工资锐减至30元。买书已几无可能，即便吃碗“阳春面”，也要思考再三，因为区区几分钱或许就能憋死英雄好汉。

我五岁那年夏天，因为和弄堂里一群小伙伴凑钱买棒冰，买完棒冰过马路时，不慎被一辆“乌龟车”撞倒。所谓“乌龟车”如今早已绝迹，实际上就是一种电动三轮出租车。这种车只有三个轮子，车身由被漆成蓝白双色的简易铁皮包裹，顶部则是一整块绿色帆布，可以挡风遮雨，因外形如同“乌龟”，老百姓称之为“乌龟车”。“乌龟车”动力有限，速度也不快，然而，那天司机将我撞倒后浑然不知，更不凑巧的是，车轮又钩住我的衣角，这样，我被生生拖了10米左右，直到路人惊呼，车才停下。一位好心的路人将我从车轮底下抱出，只见左踝部鲜血直流。他赶紧脱下汗衫，帮忙止血，再把我送到附近的医院。经X光片诊断，我的左腿胫骨和腓骨全部骨折。父母赶至医院，见状魂飞魄散，心疼不已。最令父母头痛的是囊中羞涩，无法凑齐一笔医药费。于是，父亲一边节衣缩食，一边变卖家中藏书。只是那个特殊年代，旧书收购早已不复存在，这些旧书的最终结局只有一个，那就是废品回收站。眼看着自己经年累月收藏的书籍沦为废品，父亲心如刀割，痛苦不已。

之后，每当家中出现周转不灵之时，卖书就成为家里“开源节流”的重要途径。虽然硬皮书分量不轻，但当作废品卖，终归“三钿不值两钿”，换不了几个钱，仅仅是救急而已。每次将一捆捆旧书搬至楼下时，我都快乐无比，因为这意味着餐桌上也许会多一道菜肴，但父亲却愁容惨淡，默不作声。至此，父亲便绝少买书，直到改革开放之后，父亲才陆续买齐一套蔡东藩先生所撰写的《中国历朝通俗演义》。课余之时，我也会取出一册，津津有味地阅读，虽然有些一知半解，但毕竟也因此书增添不少历史知识。

我的英语启蒙老师

父亲生性木讷，寡言少语，但对学习外语却有一套独门法则。他毕业于圣约翰大学，英语自然等同于“母语”。20世纪50年代，中苏关系趋于密切，他又专门向寓居沪上的一位白俄学习俄语；而德语则是他为革新电镀工艺自学而成。从两册残缺不全的德语笔记看，虽只留下一些科技革新的摘要和体会，但至少文理通顺，用词精准；至于日语，他是在上海沦陷时被迫在小学里学的，但随着时间推移，早被抛至九霄云外。

到了20世纪60至70年代，阅读往往有可能招来杀身之祸，况且家中藏书已变卖殆尽。不过，酷爱读书的父亲很快在日文版的《人民中国》中，重新寻找到学习的乐趣。《人民中国》是那时官方允许发行的少数几本外文刊物，虽然内容单一，但父亲却因此重新捡拾早已丢弃的日语。父亲供职的单位在杨树浦，我们家却在愚园路，路途遥远，他必须转乘两趟车，前后花一个多小时才能抵达。于是，他每天凌晨4点多起床，打完一套太极拳，乘20路电车到外滩，在“中央商场”一简陋的铺子里喝一杯劣质咖啡。他在那里啜着咖啡，借助字典阅读《人民中国》。大约过一个小时光景，他再转车到工厂劳动。

天长日久，父亲的日语竟大有长进。由于受客观条件限制，父亲谦称自己读的是“哑巴日语”，即只能读，听、说、写则尚欠火候。但这却是他寂寞人生岁月里的些许心灵慰藉。因此，父亲也理所当然成为我的英语启蒙老师。当时我就读的学校学习俄语，可父亲认定英文必定是未来国际相互交流的基本手段，不可偏废。于是，他自制教材，由浅入深，循循善诱。他强调学习英语最重要的是imitation（模仿）和practice（实践），否则学到的只是“半吊子”英语。关于记单词，父亲也有一套自己的逻辑。他认为，一个单词即使背一千遍、一万遍，也只能算一遍。只有在报纸、杂志、书籍、电影，甚至菜单等不同媒介读到，才能算一遍。而且单词记忆也绝非单纯机械行为，而是要将单词放入句子里，方能准确理解其真正含义。

古典音乐和太极拳

西方古典音乐是父亲一大爱好。他年轻时弹得一手好钢琴，说起莫扎特、贝多芬、柴可夫斯基、肖邦等更是如数家珍。而他最引以为傲的是曾在大光明电影院欣赏过小提琴大师奥伊斯特拉赫音乐会。然而，他最爱的还是肖邦，晚年听得最多的便是鲁宾斯坦弹奏的全套《夜曲》。他最钦佩的音乐家则是小提琴大师海菲兹。20世纪90年代曾陪父亲去上海音乐厅欣赏艾萨克·斯特恩的音乐会。那时候斯特恩先生年事已高，有时候显得力不从心。父亲直言:“与海菲兹不可同日而语。”1995年去纽约采访钢琴家孔祥东，为他录音的是海菲兹“御用”录音师费佛。“经他之手，海菲兹如行云流水般的辉煌技巧如朵朵盛开的各色花卉，尽显无遗。”我特意趋前致意，费佛先生得知原委后也大为惊讶，音乐居然可以将地球两端素不相识的人联结在一起。

因青年时代罹患肺结核，父亲便拜师学习杨氏太极拳。杨氏太极拳舒展优美，动作和顺，平正朴实，刚柔相济。这倒与父亲谦和中正的个性相吻合。其一招一式讲究圆活连贯，所谓“圆”，就是所有动作均走弧形半圆；所谓“活”，就是动作上下相随，步随身换。故有人称：“太极之圆如同三维空间球体，触动任何一点，都会引起整个球体周身的转动和移位。”父亲自弱冠之年，便苦练太极，不管酷暑寒冬，从未间断，直到晚年病重，记忆力急剧衰退，这才不得不告别练了一辈子的太极拳。记得某日清晨，他照例下楼练拳，突然发现打了几十年的套路竟连一个动作也想不起来，内心懊丧至极。从此绝不提“太极”二字。父亲曾希望我传承衣钵，倾囊相授，可惜我心浮气躁，始终未得要领。

“只要认准方向，就可迈向远方”

父亲堪称那个时代晚婚晚育典型。我出生时，父亲已过不惑之年，也算是中年得子，固然对我疼爱不已，但绝不宠溺。那时候，我们家住四楼，那是在原有建筑上搭建而成，颇为简陋，每逢冬天，阴风怒吼，寒气逼人。入睡时，觉得被窝有一种湿冷感。但即便如此，父亲仍不允许我用“热水袋”或“汤婆子”，以此锻炼我的意志力。而且，每天清晨天还未亮，他便将我从被窝里拎出来，跟着他去跑步。刚开始根本跑不动，而且越跑越慢，父亲鼓励我：“跑得慢其实无妨，只要认准方向，就可迈向远方。哪怕只往前移动半步，也要为自己鼓掌！”有时候感到已到体力极限时，父亲也绝不松口，并示意我再坚持一下，直至突破所谓“极限”。如此反复，我懂得何为“坚持”，何为“突破”。

平日里父亲很少对我疾言厉色，就算犯了错，也只是简单批评几句。唯有一次，父亲大动干戈。父亲一直希望我能学小提琴，见我毫无天分可言，便转而请我姨夫教授我琵琶。可是，每日一个小时练琴，对一个孩童来说，简直苦不堪言。父母白天要上班，督促我练琴的责任便落到祖母头上。为了能够缩短练琴时间，我总会趁祖母不备，偷偷将钟拨快20分钟，待练琴结束，再悄悄拨回，结果有一次因为急着外出玩耍，忘了调回时间，被父亲发现，一顿“竹笋烤肉”令我痛不欲生。父亲说：“练琴是为自己，而非他人。若疏于练琴，有朝一日登台，丢脸的只能是自己。一个人务必记住两个词，一个是dignity（尊严），一个是responsibility（责任）。唯其如此，方可成就大业。”成为电视主持人后，每当准备一档新节目，耳边便会响起这两个词，故此，总是兢兢业业，丝毫不敢稍有懈怠。

对于自己的电镀化学专业，父亲更是严谨不苟。20世纪70年代，他发现原有电镀工业最大弊端是含有大量氰化物的废水流入黄浦江，造成环境污染。因此，他立志技术革新，最大限度降低废水中氰化物含量。由于家中藏书早已变卖，他只得利用休息天去图书馆查资料、做卡片。有一次在实验室做实验，不知怎的发生爆炸，含氰化物的废水溅了他一身。氰化物为剧毒物品，稍有不慎，后果不堪设想。但父亲毫无畏惧，仍按既定目标前行……

父亲一介书生，一生清贫，未遗下丰厚的财产，却留给我一笔宝贵的精神财富。

三位大师，一帧合影

戴　平
2022-07-01

一

1981年秋天到1982年暑假，我受教育部和上海戏剧学院委派，到北京大学哲学系美学教研室进修美学，有幸成为中国现代美学奠基人、著名美学家朱光潜先生的最后一名入室弟子。

朱光潜是中国文化名人，美学泰斗。他的一大批深入浅出的美学（尤其是审美心理学方面的）文章，他翻译的黑格尔三卷四册《美学》巨著，在中国美学界、文学青年中的影响无人可及。在1980年昆明召开的中华全国第一届美学会议上，朱光潜教授被一致推选为中国美学会会长。我到北大哲学系美学教研室报到后，教研室主任杨辛立即带我到燕南园和朗润园拜访朱先生和宗白华两位美学大师。

在北大进修时，我在北京也有个“家”，星期天和节假日，常到三里河南沙沟姑父茅以升家小住。姑父很欢迎我去，因为除了小女儿玉麟和他住在一起，其他几个儿女都不在身边。在那间温馨的小书房里，我代他回复各种信件，并伴他谈心。他安排我晚上住在他的书房里，那张访问苏联后带回来的三人沙发，只要把坐垫翻个身，就是一张床，可以睡两个人。这种两用沙发现在已经很普及了，但在20世纪80年代初，还是稀罕之物。每次他总要看着保姆把床铺好，还亲手摸摸有没有放枕头，才进自己的卧室休息。

有一次，我向姑父汇报已经拜访过北大朱光潜先生和宗白华先生了，他们都对我非常客气，但我不敢多去打扰。姑父说，这两位都是他的好朋友。宗白华是他在南京上江南中等商业学堂时要好的同学，宗白华的父亲宗嘉禄先生教过他地理课。朱光潜和姑父在全国政协开会时总能碰到，1974年周总理组织他们去视察成昆铁路，在火车上，两人同住在一间软卧车厢，晤谈甚欢。姑父还感慨地说，他和朱、宗虽然同住在北京城，却有多年未见面了，嘱我代表他去看看他们。

1981年秋冬，朱先生家的住房正在大修，所以他几乎每天都带着近代第一部社会科学著作——维柯《新科学》的译稿校样，到北大图书馆教师阅览室校对。中午，他拄着拐杖回家，我怕他滑跤，常常扶他下楼。我告诉他，我是从上海来北大哲学系进修美学的，前两天到他家拜访过，又自我介绍是茅以升的侄女，茅老让我代致问候。他说："我是西语系的。不过，哲学系认我。"他欢迎我去他家坐坐，但是，说房子正在大修，一塌糊涂，大概要修几个月。

好几次，我送他回家，他夫人总在院子里除草。院子挺大的，但好像没有见到什么名贵的花木。现在想来，朱夫人应该是在为他"挡驾"不速之客。我曾向他请教有关美学中的一些问题，老人尽管年事已高，但回答却鞭辟入里，言简意赅。我说，读黑格尔的《美学》很吃力、很枯燥，但是朱先生的注释太精妙了，非但能帮助读者读懂原文，还联系许多中国诗词、文论、画论，中西合璧，触类旁通，我更爱读。他笑笑说，注释也是简短的读书笔记。朱光潜先生还教导我："书是读不尽的，就读尽也是无用，许多书没有一读的价值。你多读一本没有价值的书，便丧失可读一本有价值的书的时间和精力。读书要慎加选择。”他认为，读书最重要的是选得精，读得彻底。

二

朱光潜和宗白华，是美学的双峰。两人年岁相仿，当时都是85岁，都学贯中西，造诣极高。但朱先生著述甚多，宗先生却极少写作。朱先生的文章和思维方式是推理的，宗先生却是抒情的；朱先生偏于文学，宗先生偏于艺术；朱先生是学者，宗先生是诗人。

北大当时教授是不退休的。宗先生已85岁了，但精神很好，天冷总是一身中式的棉袄棉裤。平时常到湖畔散步，还亲自到系办公室取报纸和信件，来回足足有三里路。手上提着一个网兜，里面除了报纸、杂志、信件，还有顺路买的黄瓜、“心里美”萝卜和面条等，另一只手提着一个拐杖。眼前这样一位普通得不能再普通、步履有些蹒跚的老人，却曾是中国近现代新文化运动的激情诗人和旗手。1916年8月，20岁不到的宗白华受聘上海《时事新报》主编副刊《学灯》，将哲学、美学和新文艺的新鲜血液注入《学灯》，使之成为“五四”时期著名四大副刊之一。宗白华在美学上有很大的建树，他是把康德的名著《判断力批判》翻译到中国的第一人。他对中国美学史也有独到的见解。

宗白华喜爱散步，尤其喜爱漫步于山石湖畔和文物古迹之林。随着清丽飘逸的《美学散步》问世，这位美学大师作为散步者的形象更活灵活现了。宗先生用他抒情的笔触、爱美的心灵引领读者去体味那些伟大艺术家的心灵，有似我们从山林里散步归来，发觉自己的精气神都得到了升华与净化。这样一位源生于传统文化、洋溢着艺术灵性和诗情、深得中国美学精髓的大师，以及他散步时低低的脚步声，在日益强大的现代化的机器轰鸣声中，也

许在今天难以再现了。

宗先生晚年的生活甘于淡泊。老保姆一年前病故了，靠他80岁的瘦弱的夫人操持家务，邻居们帮他们带点儿菜。儿子平时在城里，一两个星期才能来看老人一次。我因为是他的发小儿茅以升的侄女，他夫人对我的造访和求教，总是很欢迎的。宗先生住的是公寓楼两居室，家具和装修都非常简朴。但你走进那间兼卧室的书房，和近乎清苦的物质生活相反，却是名副其实的琳琅满目、价值连城。墙上挂着中西名画的真迹，桌上、书柜里摆满了各种孤本书籍、文物和古代石雕。他指着一尊菩萨的石雕头像对我说："你细细看，多美啊！""我上课就捧一个佛像去，可以讲两节课。"墙上有幅静物画。一次，我同宗先生聊起静物。他说："静物不过是把情感贯入很简单的小东西上；其实，中国早有这种传统和潮流，宋人小品，一只小虫、小鸡，趣味无穷，这发端于陶渊明把自己融入自然的精神，不是写人、写事，而是写表面看来平淡无奇的自然物，在小品、小物、小虫上寄托情深。"

在这里，我有幸聆听他分析中外艺术作品的精髓，解答我各种各样的提问。有一次，他问我："你黄山去过吗？"我说还没有去过。他叮嘱我："黄山一定要去。没有去过黄山的人，就不会懂得中国画。"我问宗先生："'文革'中，您吃苦了吧？"他淡然地说："没有。造反派对我没有兴趣！"我几次劝他写点儿回忆录，他总是说："我的一生很平淡，没有什么值得写的。"

1982年暑假，我在北大的进修快结束了，突然萌发了让宗先生和姑父会面叙旧的想法。我把这个想法告诉了宗先生。他马上说："好，你带我去，我可以坐公共汽车进城。"姑父知道后说："怎么能让宗白华来看我呢？不方便。还是我去北大吧，我有车，顺便看看朱光潜先生。"我把姑父的打算传递给了宗先生，他兴奋得像个孩子，张大了嘴连连说："好，好！"听说他之后曾一连几天，拄着拐杖踱到北大的正门口，坐在石狮子旁，等候姑父汽车的到来。真是一位可爱的老人！姑父听说后，决定抓紧时间去看宗先生。

三

1982年7月7日下午3时，天气酷热，我和大表姐茅于美一起陪同姑父来到北大。宗先生那间凌乱的书房显然打扫过，干净整齐多了，茶几上也放满了橘子水、糖果和卷烟。我见宗先生头上涂着红药水，问他是怎么一回事？他告诉我，一早起来，想把房间打扫干净，爬到一张凳子上擦窗子，一不小心，撞破了头。

姑父进了门，两人紧紧地握手，互相端详着，几十年不见面了，千言万语尽在不言中。姑父送上两盒云南沱茶给宗先生。又问："老师（宗先生的父亲）是什么时候过世的？""抗战时期，在内地。"宗先生喃喃地说。姑父流露出无限惆怅的神情说："啊！ 40多年了，我还不知道。"他们还关切地询问了对方的身体，又谈起了各自的儿孙，最后谈到述著。宗先生说："去年出了一本《美学散步》，明年可以出一本译文集子，《三叶集》准备重版，都是些旧作，由别人帮我整理的。这几年已不写什么了。美学界的争论我也不想参加了。"其实，《美学散步》是宗白华先生的美学论文的第一次结集出版。这个集子里的文章，最早写于1920年，最晚作于1979年，是宗白华一生关于艺术论述的较为详备的文集，总共22篇。他虽然没有构建什么美学体系，但是，这本书教会我们如何欣赏艺术作品，教会我们如何建立一种审美的态度，直至形成艺术的人格，而这正是中国艺术美的精神所在，是一部具有非常高的学术价值的美学著作。

姑父说："我倒还要写一些应景文章、回忆文章。"宗老说："你和我不同，你是忙人。不过，我早知道你'改行'当文学家了。"宗老所说的"改行当文学家”，指的是姑父在《人民日报》副刊上写《桥话》等一批有影响的科普文章，受到毛主席的表扬，说发表在人民日报上的《桥话》都读了，不但是科学家，还是文学家。这时，宗夫人在隔壁房间里，从一只老式藤篮里装着的一堆衣服下面，摸出一本精装本的《美学散步》(我看见好像只剩下两本了)。宗先生用他那支特别粗大的老式钢笔在扉页上题了字，开头就是“唐臣”两字，这是我姑父的字，对外早已不用了，但儿时的友情，对宗老来说，至今仍铭刻于心，这是人世间最珍贵的感情啊！

姑父邀宗先生坐他的车，一起到燕南园朱先生家里去。宗、朱二先生虽然同住在北大校园内，但相距甚远，也难得见面。朱先生见到姑父和宗先生，连声说：“稀客，稀客到了！”三位老人在客厅里愉快地交谈起来，并合了一张影。

这是一张非常珍贵的照片。他们的耳朵都有点儿背了，因此相互的交谈常常是答非所问，但又仿佛互相都听懂了对方的话，显示出一种有趣的场面。比如，朱先生对姑父说：“记得我们一起去云南、四川考察，一晃有好多年了吧？”姑父没有接他的话说，而是赞扬朱先生说：“您这几年出了不少书，著作等身了，真了不起！政协也想为我编一本关于钱塘江桥的回忆录。”朱先生连连点头称是。宗先生始终笑眯眯地坐着，享受着这幸福的时光。我和大表姐在一旁听了，暗自发笑。他们彼此各说各的，谈兴甚浓，话题甚多。

告别时，朱先生取出他的近作《谈美书简》和《美学拾穗集》，送给姑父和表姐。朱先生另送我一套他翻译的黑格尔《美学》，当他用微微颤抖的手写上我的名字后，要再写“指正”二字时，我连忙叫起来：“不敢，不敢，我美学还没有入门。”朱先生朝我笑笑，写下了一个“存”字，然后郑重地签上自己的名字。捧着四本《美学》，我觉得分量很重。这是当代美学大师对我的培育和希望，我连声称谢。朱先生则说：“我是秀才人情一张纸。”这四本书，我放在书架的显要处，遇到问题经常翻阅，数十年不敢稍怠。

回家路上，姑父很累了，但很高兴，说："亏得你牵线搭桥，不然我们三个老的，这辈子可能见不到了呢！"过了几年，朱、宗两位相继谢世。朱先生在逝世的前三天，神志稍许清醒，趁家人不防，竟艰难地沿梯独自悄悄向楼上书房爬去，家人发现急来劝阻，他嗫嚅地说，要赶紧把《新科学》的注释部分完成。1986年3月6日，朱光潜在北京病逝，终年89岁。过了9个月，宗先生也去世了，享年90岁。

在朱、宗两位大师逝世后，姑父曾给我来过一信，谈起这次难忘的会见。他动情地写道："回忆当年同你到他们家拜访时，不胜黯然。"如今，姑父也已作古30多年。三位老学者见面的情景，只剩下了这张照片，留下了难忘的记忆。

忆萧珊

杨苡

2022-08-07

小风波，仍是很好的朋友

我和萧珊是通过巴金认识的。那时他与萧珊通信很久了，但还没见过面。那时候我在昆明，读西南联大外文系。萧珊也要来读联大，巴金就在信里让我照顾她。她到昆明，就是我到车站去接的。后来她进联大读一年级，先在外文系，后到历史系。

萧珊是宁波人，说话快，对人热情，我们一认识就成了好朋友。同宿舍的还有一个王树藏，我们常在一起聊天谈心。后来有一度，我们疏远了些，一是她到了历史系，参加了群社，我们各自的朋友圈子不同了。1940年我和赵瑞蕻结婚，萧珊和我的好多朋友一样，不大待见他，这也是一因。还有一件事，多少有关。她到昆明来的路上认识了一个人，一下就弄得很熟，那人要认她做干女儿，她就答应了。到昆明后那人好几次请她吃饭，她都去，有一次还拉上了我。我从小念教会学校，母亲又一再教导与陌生人不要走太近，是男的就更要当心，不要单独相处。所以到昆明后，吃饭看电影什么的，只要有男的，都是好几人一起。我就跟萧珊说，远着那人一点儿，萧珊说，那有什么？她觉得我太小心了，不以为然。后来我因她拉我一起吃饭，见过那人一次，印象不好。对她说了，她不高兴，两人之间就有点儿不愉快。

萧珊比我大两岁，但比我任性。我总记得巴金说过的，要多照顾她，给巴金写信时就说了这情况，“告状”说她不听我的，“管不了她”。巴金当时正在写《秋》，心烦意乱了一阵，有点儿写不下去了。

在联大读书时，有一阵她和一拨要好同学住在钱局街金鸡巷，女生有王树藏、缪景瑚和她，彼此取外号，王树藏叫“小树叶”，缪景瑚已经有孩子了，被喊成“毛儿妈”，三人中陈蕴珍最小，就叫她“小三子”，“萧珊”是“小三”的谐音，后来就成了她的笔名。朋友之间还是习惯叫她陈蕴珍，巴金也是一直叫她本名的。

但这是好朋友之间的小过节儿，我们一直关系很近，什么话都会讲。1949年后到上海，谈心之外，也会一起逛街，买东西。她特别喜欢shopping，1956年我去东德前要做衣服，就是到上海她领着去的一家店，一起四个人，除了我们俩还有陶肃琼和李瑞珏，每人做了一件开司米大衣，我和她都是米色的，另外两人要上班，就做了两件藏青色的。贵得很，我是公家给的置装费。

一位“不让人省心”的闺密

20世纪50年代初，有次南京文联组织到上海参观中苏友好展览，跟萧珊到了展览会上买东西。那时候巴金参加慰问团，正在朝鲜慰问志愿军，去了蛮长时间了。他们家在锦江饭店给老太太过生日，摆了两桌，辛笛一家，靳以一家，加上他们自家人。吃完饭靳以悄悄让我跟他走，有话说。他家在华山路，公寓式的房子很大很高级，他的邻居有王若望、孔罗荪等，是作家协会分的房。我在他家坐到12点才离开。靳以说了很多，中心意思是让我

别乱说，说我和萧珊说话太随便了，会惹事的。后来的事证明他是对的。

萧珊比我嘴更快话更直，比我更爱说。比如我在水利学校工作时，学校让女教师定做列宁装，当时学校女老师每人都做了，跟制服似的，虽然没规定。我也做了一件，到学校就穿，罩在丝棉袄外面当罩衫。类似的情况萧珊就不肯，还要说，难看死了，我才不穿哩。她的脾性靳以当然清楚，巴金去朝鲜之前也托他照顾萧珊，怕她任性，也是管着她点儿的意思。后来是他买了列宁装，逼着她穿的。还有巴金让她学俄语，在哪个学校上课，她有时懒得去了，靳以也会督促她去。章大哥的话嘛，不听也不行。

那天晚上他中心的意思，就是让我带话给她，叫她别任性，做事要注意影响。有些话他觉得不好直接说，说了怕她脸上挂不住，我和她像闺密似的，说话可以比较随意。要我到他家里来，劝我之外，就是这意思。

我和萧珊除了昆明西南联大那段，在一起的时候并不多，重庆好几年，也没见过几面，再往后她在上海，我在南京，虽然每到上海肯定会见面，但加在一起，也数得过来。但我们的确关系亲密，又都看重友情（好多朋友也是共同的），真是无话不谈的，到一起就说个没完。有好几次晚上谈心，几乎聊了通宵。

在重庆她刚结婚时，有一次我们在上面说话，巴金在楼下写作，第二天天亮我们下楼来，他说写到半夜了，还听到你们俩在说个不停。聊得太多了，什么都聊，漫无边际，“悄悄话”都是这样的。我还记得的，是说到孩子，她结了婚，当然会想到孩子的事，我1941年在昆明就生了赵苡了，她跟我说，我也得生小孩吗？我可不愿像你似的，那么年轻就拖个小孩——太可怕了！还说，小孩多麻烦，真烦死了！

早上吃早饭，巴金特意去买了咸鸭蛋，就着辣豆腐乳吃稀饭。谁知咸鸭蛋一打开，全是臭的。萧珊见了大笑不止，直嚷嚷，巴金先生好笨，拿臭鸭蛋招待老朋友！她只顾打趣，说得我在一边不好意思，巴金拿她没办法，只能笑嘻嘻说，陈蕴珍倒会说风凉话——你们夜里不睡，早上不起，还要我给你们弄早饭。

还有一次我到上海，就住她那儿，那时还叫霞飞路霞飞坊，文化生活出版社原来的地方。我们聊到凌晨三四点钟才睡，那次我睡在了亭子间，大李先生原来住的地方，几乎是原样。她还开玩笑说，不聊了，去睡吧，大李先生等着你哩。

这一次两个人说话就没那么轻松愉快了。从靳以家出来已经快半夜了。萧珊替我在客厅临时搭了张床，在等我。问我怎么回来那么迟，我顺着就把靳以的意思说了。她一听就不高兴：章大哥有什么话不能直接说，要通过你来跟我说呢？所以从一开始气氛就不对。靳以要我提醒她的，都让她不快。

有件事靳以特别要我跟她说说，让她别老出穆旦、黄裳的书，影响不好。当时巴金的平明出版社还没“公私合营”，他们两位都在平明出书。穆旦当年留学过，靳以说，老出书，引人注目了，反而惹麻烦。黄裳嘛，是他，还有作协的人不喜欢，看着不顺眼。比如萧珊买东西，黄裳跟在后面大包小包地帮着拎，有人就看不惯。黄裳、汪曾祺、杜运燮，还有谁，我们开玩笑说他们是萧珊的“骑士”，那是朋友间的玩笑，没想到有人有看法。

我们到一起总要说好多话的，那天一直说到早上四点。我把靳以让我转告的话都说了。萧珊听了“影响不好”之类的话就不高兴，说，出朋友的书怎么了？！

靳以的话我认为是有道理的，反胡风集团运动中我好些朋友被批，我虽然没什么事，可是让我揭发他们，交代和他们的关系，给我的刺激不小，看事情不再那么简单，平时说话也有点儿小心了。萧珊还是不管不顾的，做什么都很兴头。她尤其不明白我为什么要反对她为朋友出书。

穆旦回国后，在到南开教书之前，一直在等着分配工作。他是个特别勤奋的人，诗不写了，就埋头翻译，一本接一本地翻。其实比起教书，他是更喜欢翻译的。他译一本，萧珊就给他出一本，那几年出了好多，估计在十本以上。能给朋友帮忙，她特别开心。她跟我说，你和穆旦那么好的朋友，怎么我帮他出书你反而泼冷水？我说要注意影响，还有别人会嫉妒什么的，她就更激动了，说，我是巴太太，出版社的事我做得了主，愿意给谁出书就给谁出，别人管不着。

她并不是冲着我的，但我听这话也不高兴，负气地说，这又不是我的意思，是章大哥让我跟你说的。她还是生我的气，后来两人都生气了，差点儿哭起来，弄得很不愉快。我是第二天的火车，生气也要送我去火车站啊。早上她叫了辆三轮车，两人坐上面一言不发，我好一些，看上去没生气的样子，萧珊一路上都气鼓鼓的。跟我挥手道别，脸上都还是一肚子气的样子。现在想起来好玩儿，当时是真的生气。萧珊后来跟我说，送我上了火车，她直接就去了靳以家——心里不痛快，找章大哥要说法去了。

还是和过去一样，不开心一阵子就过去了，我们很快就恢复了纸上谈心。

最后的见面，迟到的消息

1959年，我因几篇儿童文学被批，想不通，又没处说。不是这年年底，就是1960年年初，我带着赵苡去上海看望他们夫妇，一多半就是为了诉说我的委屈。那次就住在他们家顶楼上，让赵苡先睡了，我到二楼书房里和他们谈到半夜。天还蛮冷的，房间里虽有暖气，早不用了，生了个炭盆。他们当然宽慰我，但我最记得的是萧珊的表情，她一边听一边不住地皱着眉头说，怎么能这样？怎么能这样？！

最后见面，就是那一次了。萧珊去世的消息我是从孔罗荪信中知道的。那时我刚刚“解放”，可能地址不是很准确，信辗转两个多月才到他手里。这时他的问题还没解决，回信小心翼翼战战兢兢的。我信里当然问到巴金萧珊的情况，其实他和巴金也久不联系，不敢有来往，但毕竟都在上海，都是作协的，同一个干校，消息是知道的。他只能简略隐晦地回复我，说李的问题还挂着，“陈已于八月中旬不幸去世”。“李”指巴金，“陈”当然是指萧珊。就这么两句，一笔带过。信中还叮嘱，萧珊去世的事，不要跟人说是从他这儿知晓的，“免得麻烦”。我给他的信里还附了给巴金的一封信，请他代转。这时巴金因照顾重病的萧珊回到上海，再没回干校。罗荪问我信还转不转，提醒我巴金的问题仍未解决，要我“慎重考虑”。其实就是劝我这种情况下还是别和巴金联系了。又说，如果给巴金写信，曾经托他转信这事，也别提。

我忍不住还是给巴金写了信，特别是因为知道了萧珊病逝。不过怕惹麻烦，收信人是李小林，我知道她和她爸爸那时都在武康路原来的家里（住楼下，楼上早被造反派封了）。很快就收到了巴金的回信。从“文革”开始到结束，我和巴金的信都是问询、报平安式的，很简短，没什么流露情绪的话。关于萧珊，信中只简单地说，他们俩一直惦记我们一家的，“我想总有一天会得到你们的消息，蕴珍也这样想，但是她等不及病故了”。——就这些，波澜不惊。

算起来我给罗荪写信时，萧珊还活着，她没有等到我一家的消息，我总算知道他们的消息了，这个消息却是她已在另一个世界。

第二年五一节我向学校请了假去上海，说是去看亲戚，其实主要是为了看望巴金。最想问最想谈的肯定是萧珊了，但在武康路住了三四天，我都没敢说这个话题，生怕触发他的伤心事。巴金也闭口不谈。我只是从李瑞珏那里听到一些当时的情形。

“文革”结束后我接受《中国文学》的约稿，写一篇关于巴金的文章。为这事我专门去了趟上海，在巴金那里住了几天。那时楼上还封着，楼下巴金住一间，李瑞珏和九姑妈住一间，就在她们房间里放了张行军床。晚上她们拿出一沓子照片给我看，是萧珊躺在太平间，巴金和遗体告别时家人拍的。照片她们一直藏着，不敢让巴金看，怕他受不了。有一张是巴金叉着腰站在遗体前，表情简直难以形容。还有一张萧珊头发是湿的，肚子隆起。我一张一张地看，听她们说，忽然就忍不住流泪了，过去一直压抑的情绪一下起来了，压也压不住。那一夜，李瑞珏、九姑妈都没睡好。

也是那天夜里，我有写文章的冲动，纪念萧珊。后来的确也写了，题目是《梦萧珊》。那是散文，“梦”是对她的想念，不是实指的，但我的确是梦见过萧珊的，不仅是当时，甚至近年也梦见过多次，梦里的她有时是昆明时的学生样，有时是中年时候的她，背景是模糊的，似乎更多是在武康路院子里。不管哪个时候哪个背景上的萧珊，有一点是不变的：她总是穿得很时髦，神情开朗，大说大笑的。

（杨苡 口述　余斌 整理）

2006年王文娟在北大

秦来来

2022-08-14

发端于浙江乡村、辉煌于上海的越剧艺术，极具江南灵秀之气，唯美典雅。1958年首演的越剧《红楼梦》，把唯美推向了极致；1962年拍摄的电影《红楼梦》，把影响推向了全球，越剧成为影响全国的大剧种。

为了纪念越剧诞生百年和越剧入沪90周年，2006年5月13日至21日，上海越剧院《红楼梦》《梅龙镇》《蝴蝶梦》《早春二月》和《家》五台大戏以及一台大型演唱会进京举办“北京演出周”，把越剧百年盛事的纪念活动推向高潮。

林妹妹惊现北大

上海越剧院此次进京，一如既往地坚持与青年观众的紧密联系，在剧场专设大学生观众席，提供学生优惠票，还在北京大学举办了一系列讲座、演出和研讨会。

2006年5月14日，北京大学图书馆外，一条醒目的横幅悬挂在大门口：“天上掉下个林妹妹——越剧表演艺术家王文娟北大见面会”，越剧表演艺术家王文娟率先进入北大举办讲座。

至今不会忘记，黛玉来到贾府时那一抬头、一个眼神，那种不近凡尘、清丽绝俗又忧郁的美曾经迷倒了多少戏迷粉丝。“两弯似蹙非蹙罥烟眉，一双似喜非喜含情目……娴静时如姣花照水，行动处似弱柳扶风。”曹老夫子的诗意描绘，被王文娟的形象、气质表现得如此具象化，并镌刻在观众的心里。因此，当王文娟走进北大图书馆南配殿的时候，早就等候争睹“林妹妹”风采的学生一片欢呼。

令人意外的是，现场粉丝中不少是男学生；更令人意外的是，北大、清华两所高校“越剧协会”的会长也都是男学生。为了给讲座预热，12日，他们特地在学校放映了越剧电影《红楼梦》，除了有座的观众，还有不少同学是站着看完了2小时40分的电影。

主持者张梧，北大哲学系的学生，身材魁梧，开场白简短明了；王文娟直奔主题。

因为一部越剧电影《红楼梦》，几乎全国观众都认识了王文娟。难以想象，当年舞台银幕上娇滴滴、弱柳扶风的“林黛玉”，已是80岁耄耋之年，但同学们见到的王文娟，依然风姿绰约、神思清明，丝毫看不出岁月的痕迹。

“北大我本来是不敢来的，这是著名的高等学府；在座的不是教授，就是高材生，我是个小学生，我只念过三年书，所以坐在这里很胆怯。”王文娟直抒胸臆，“我说我不去吧，这里的同学很热情，一定要我来，而且说他们都是从各地来的。我感到对宣传越剧是一个非常好的机会。我知道，北大有好多研究《红楼梦》的专家，我不会讲理论，讲一讲演出的点滴体会。讲得不对，请大家指正。”王文娟坦率、谦逊的开场白，赢来了全场的掌声。

演好林黛玉必须解决的两个问题：哭和小气

王文娟说，《红楼梦》影响太大了，从小她就听大人说过无数遍，印象最深的就是林黛玉“爱哭”。

“作为一个演员，我必须解决这个问题。她到底为什么要哭？是天生爱哭，还是碰到什么样的事情才哭？我在台上要演林黛玉，我什么时候要哭，什么时候不哭呢？我不见得一上台就哭，唱两句就哭，那就不像话了。”王文娟风趣的表白引来同学们的笑声和掌声。她说：“我觉得林黛玉在三种情况下要哭。一是寄人篱下，看到了贾母、王熙凤、薛姨妈等亲眷在一起有说有笑，很开心，而自己在这里一个人，很孤独。”

王文娟举出自己的例子。她出生在浙江四明山脚下的一个坑边村，爸爸是教书的，因为妻子去世了，王文娟的妈妈就成了填房嫁给了他。婚后，生了王文娟和两个弟弟一个妹妹，“虽然家境不太好，但是我有妈妈、弟弟妹妹在一起，心里很温暖。”王文娟有个表姐叫竺素娥，在上海演戏，已经蛮红了。为了照顾家里，妈妈让她去上海跟表姐学戏。爸爸不肯，妈妈就跟爸爸吵，王文娟在边上哭，为妈妈助阵，爸爸不得不同意。可是，当她真的要去时，又害怕了。“妈妈给我做了两件热天穿的短衫，两件对襟罩衫，一件棉大衣，拿出了我表姐给她的大皮箱，盛放衣物。我的小弟弟只有5岁，还在那里嘻嘻哈哈地转；我的妹妹有点儿懂事了，有些不舍。那个时候我要哭了，上海是个非常遥远的地方，要历经半个月才能到；何况表姐我也只见过一面。想到要挣钱给家里，我又狠下心来；当时妈妈送我，骨肉分离之痛，讲不出来。”

就是这种难舍难离的感情，为王文娟演好林黛玉提供了帮助。

到了上海，表姐虽然是个红角儿，但也买不起房子，她就睡在表姐的阁楼上。“我那时小，就跟在表姐后面，她既是我表姐又是我老师。她朋友多，经常有人请她吃饭，我就一起去。但是也难受，人家请的不是我。吃东西的时候，总是少吃一点儿，好在我表姐会搛给我……”表姐“有朋友一起玩，我只是站在边上，又不舒服，晚饭后我没事，就先上阁楼睡觉。他们吃夜宵，特别是肉丝炒年糕，还放了大蒜，多香啊，到现在我还感觉得到。表姐善解人意，会叫我，彩娟（那时我叫彩娟），你起来，吃年糕了。我假装睡着，其实很想吃；但是我又不敢起来。这种日子实在不好过。我想林黛玉寄人篱下，这种情况何尝没有。”

这种寄人篱下的境遇又是王文娟塑造林黛玉的依据。

王文娟继续讲解，“第二种情况，就是贾宝玉受委屈的时候，比如贾宝玉为了琪官的事受到父亲的鞭打，动也不能动。书里描写，林黛玉哭得眼睛像桃儿一样。”这种情况她要哭了。

“第三种情况，当误会消除，知道宝玉对自己好的时候，比如，紫鹃‘试玉’，说林姑娘要回到南方去了，贾宝玉听了以后失魂落魄，病倒了。林黛玉知道后，狠狠地骂了紫娟。她真正感到贾宝玉对她的真情，哭得更厉害了，一夜哭到天亮。”

王文娟说，有人讲林黛玉很小气，人家讲什么，她要么是哭，要么是很尖刻地回答。

“一千个人心中有一千个哈姆雷特”。王文娟在塑造林黛玉时，演的是她自己心里的“这一个”。“我怎么爱上林黛玉呢？我感觉她不会用一些小手段。她是用真挚的感情去争取理想的生活。而且是用自己的生命（的代价）去争取的。”王文娟说：“她跟贾宝玉从两小无猜，发展到心生情爱，所以在贾宝玉，特别是贾宝玉和薛宝钗的问题上是非常敏感的。我感到这个小气很可爱，不令人生恨。在恋爱问题上，我想没有人会那么大方。你们都会碰到这样的情况，没有小气，就不真了，不可爱了。”

多情的女子我都喜欢

见面会现场，一位来自王文娟故乡的女学生告诉王文娟，她的母亲不识字，“是你的《红楼梦》陪伴了她的一生，丰富了她的情感世界和精神世界。今天是母亲节，我代表母亲和我自己，向你深深地鞠一躬，表示感谢！”全场响起了热烈的掌声。

一位女生对王文娟说，“我来自四川，刚下火车。”全场同学给了她热烈的掌声。她说，有人说你的前半生很像林黛玉，很内敛，不张扬，不愿曝光；后半生你走在了改革的前沿，敢干、敢闯，带领了“红楼团”的改革，这又像孟丽君。我想问，是你塑造的角色使你的人生前后有这么大的反差，还是自身的性格让你成功地塑造了这两个人物？这个问题又赢得了全场鼓掌。

拍摄电视剧版《孟丽君》时，王文娟已是70岁高龄；她以自己创造的人物形象，留下了再度登临巅峰的不朽光辉。

《孟丽君》引起轰动是可想而知的。孟丽君本是一个极富才情的女子，为救未婚夫女扮男装，竟高中状元，官居宰相……人物的传奇经历为舞台创造了很大的空间。更难的是，王文娟是旦角演员，戏中大量融合了小生的表演元素。而这个小生又不是越剧常规演出中的张生、贾宝玉这样的人物，是一个一路官至宰相的高位，迥异于才子佳人式的小生形象。王文娟在这出戏里充分展示了炉火纯青的唱腔和刚柔相济的表演特点，令喜爱她的观众深深着迷。

对于如此尖锐的问题，王文娟没有回避，“我不敢讲我像孟丽君，因为她是宰相，一人之下，万人之上。但是我呢，还是想闯。我又不像林黛玉那样忧郁，哪些是正确的，我还是敢去做的。我们红楼剧团改革是非常困难的。”王文娟说，当时上海越剧院有400多号人，只有两个团在演出，她和徐玉兰觉得这样不行，好多人的才能没有发挥。单说小生，就有徐玉兰、范瑞娟、陆锦花、陈少春，下面还有曹银娣等很多人，花旦也有好多。“我们认为可以再产生一个团，人才可以得到锻炼，经济可以得到发展，我们就决定这样做。那时我们只能自己闯。徐玉兰大姐就提出我们自负盈亏。人员问题，我们就到浙江去找，我们好多学生都在浙江，钱惠丽徐玉兰去叫，王志萍、单仰萍是我的学生，我去叫。”王文娟说。但是这很难得，当年王志萍、单仰萍、钱惠丽到上海，是经历了曲折的。

又一名学生说："王老师我也是来自余姚，特别喜欢你的王派艺术，你是性格演员，不仅林黛玉演得好，我喜欢的孟丽君也演得非常好，处理很微妙。你是怎么把握这两个不同人物的？尤其你在女扮男装的时候，做功、扮相，都令人倾倒。对这两个截然不同的女性角色，你是怎么看的？”

王文娟显得很兴奋，说："两个角色我都喜欢。林黛玉的感情真，她对贾宝玉一往情深。孟丽君对皇甫少华也是一往情深，一般来讲，皇帝喜欢她，她可以做娘娘了，但是她不，还是喜欢皇甫少华。总的来讲，多情女子我都喜欢！”全场一片笑声，掌声热烈。

我们俩白天见不得人

眼看全场的情绪越来越热烈，主持讲座的张梧不失时机抛出了重磅炸弹，他说，《红楼梦》这部戏为王文娟老师带来了美满的婚姻。大家知道，王老师的先生是著名的电影表演艺术家孙道临先生（鼓掌），这对王文娟老师在表演上讲究性格，一定带来不少帮助。虽然已经八十高龄，突然听到这个问题，王文娟似乎也没有准备，居然用手掩面，有些羞涩。“这个问题嘛，好像跟今天的话题没有关系（笑）……”张梧朗声说道："孙道临先生跟我们是校友，他是燕京大学的学生；跟我是系友，他也是哲学系的嘛。”全场大笑，响起了掌声。

面对充满期待目光的莘莘学子，王文娟说："好，大家要我谈，就谈一点儿吧。"

孙道临出身于北京一个书香门第，在燕京大学哲学系读书期间，受同窗挚友黄宗江的影响，逐渐走上从事电影艺术的道路。之后，他在《乌鸦与麻雀》《渡江侦察记》等影片中成功地塑造了一系列个性鲜明的艺术形象，成为中国电影界一颗璀璨的明星。

在黄宗江的牵线下，孙道临和王文娟认识了，恋爱了。

他们俩谈恋爱与别人不同，就是白天不能谈，不能一起出去，因为孙道临有影迷，王文娟有戏迷，他们一起出去人家会认出来。他们相识的时间不长，当时孙道临住在武康路，王文娟住在华山路，不算远。每次分别，孙道临送王文娟，到了华山路，王文娟再送孙道临；不一会儿，到武康路附近了，孙道临回身再送王文娟……这样的"拍拖"，一定是热恋中的人的最爱。

有一次王文娟到北京开会，孙道临正好在北京拍片，于是孙道临就约王文娟到北海公园的白塔下见面，并且说好，孙道临在公园门口等。王文娟很珍惜这次难得的机会，如约而去。到了公园门口，只见孙道临被很多青年围着，不得脱身。因为孙道临的影迷是全国的，而王文娟当时在北京的戏迷不多，她只身一人冲上前去，把围着孙道临的人群撕开一个口子，拉着孙道临就走。那些热情的影迷很执着，不依不饶，紧随着他们二人追去。走到北海游船码头，孙道临赶紧说，我们下湖划船吧。他们希望用这个方法"甩开"围观人群。谁知他们刚下船不久，那些影迷纷纷租船，紧跟着他们的船，玩起了"追捕"的游戏。孙道临一看，叹了口气，没办法，只好"弃船上岸，落荒而逃"。

距离王文娟在北大的演讲过去16年了，但当时的情景依然挥之不去。

我的漂亮妈妈

童自荣

2022-08-23

我的老母亲明年100岁了。

最近她老人家大病一场。幸运的是，居然死里逃生，还重返老人院，几可说创造了一个奇迹。

那是本月9日，母亲突遭病魔袭击，肺部严重感染近至衰竭，还发高烧超过39℃。可怜她已这把年纪，又是在反反复复的疫情之中，获此消息的人们都无奈摇头，对我母亲能否闯过这一难关，皆不抱多大希望。其实，我亦做好了两种精神准备，虽然总是难以相信，我的妈妈会就此走上那条不归之路。谁能想到，奇迹竟然发生了。

先是老人院及时发现并迅速组织抢救。他们叫到了救护车（须知救护车也真不是好叫的），让我陪同去我家附近一家大医院，经医院急诊、病房大夫们和医护人员的精准、有效的诊治，两天后我母亲的病情便来了个大逆转，且之后病况一天比一天令人乐观。从医生嘴里不断听到“人挺精神”的字眼。终于在三周之后，她老人家竟以一个战胜病魔的斗士姿态，从从容容由我护送回了老人院。

这一幕就此有惊无险地落下了。本可打个句号，然我却有所不舍。不错，我妈妈只是千千万万普通老百姓中的一员，是个不起眼的小人物。但细细想来，她还真有点儿与众不同之处，值得和“杯友”们一起分享。

人都以为天下的母亲自己这一位最美丽，此乃人之常情。然我的母亲真是个美丽的女子（可惜“文革”中妈妈的结婚照不知去向，她年轻时的模样也只能凭想象了）。她的美集中在她的五官。首先是眼睛好看，让她绝对上照。其次是鼻梁高挺（回族女子大概多半有这个特点）。还有就是母亲有一口洁白的牙齿，不仅整齐，形状亦好，大小又适中，这一点当时相亲时，男方家十分讲究。母亲是个开朗的人，说说笑笑无所顾忌。一大笑，便露出她美丽的牙，而不会像有些人那样，下意识地抬手背挡一挡。

母亲的容颜在我看来堪比一流影星，却无意进入这个领域。我说：我的音色有你大半功劳。后来公映《佐罗》，邻人又笑称她是“佐罗”妈。还有这样那样官方及民间的表彰……面对这一切，她当然是开心的，但也只是笑笑而已，日子依然是踏踏实实地过。

我这个大儿子，1944年初却让母亲吃足了苦头——难产，我就是不肯出来。（难道那会儿就喜欢躲在幕后？）这可让来亭子间接生的大夫大伤脑筋。最后只好冒险动用钳子，硬生生把浸在血泊中的我钳出来，弄得我至今头上还留有伤疤，但总算两条命都保住了。

母亲家教中报恩思想浓重得很，深深地影响着她，尤其是报国家之恩、人民之恩。我母亲、父亲两家都是抗战时被迫逃难到上海的，这番惨痛历史刻骨铭心记在母亲心里。因此就可理解，我母亲对新社会的爱，对共产党的爱。新旧社会，母亲有一个很朴素的对比。她嘴上不说，行动上是先从自己做起。想当初，她纯粹是一个家庭妇女，但她充满热情地为自己寻找机会，逮着个培训班就进去学习，掌握了不少技能。等到我们三个孩子都能自理了，她就托付给乡下来的阿姨，自己去闯荡，七上八下的居然找到了一份最能发挥自己能力学识的工作——在钢铁厂车间里给工人同志们扫盲。哇，这

是一幅对比多么强烈又温暖的画面：一群闹腾、五大三粗的炼钢工人，这个时候都乖得如同羔羊，而被他们团团围着的正是这位年轻貌美的扫盲女教师。那时的母亲，站立着，正神采飞扬地发挥她的口才和极高模仿力的口语。这些心地纯朴的工人，我母亲若受什么委屈，他们会为她去拼命，一点儿也不夸张。他们响亮地亲亲热热地称呼她马老师，这师字还拉长了说，那实在是最动听的音乐。这一幕又一幕，在我母亲的记忆中永远是光辉而引以为傲的！

以上说的这些对于我们是切切实实的来自母亲的身教。而她时时叮嘱我们的口头禅是一句话：你不要影响工作。尤其在我踏上心仪的工作岗位之后，她更是强调这七个字。我当然也很清楚，这工作是人民交下的工作，是党交下的工作，必须做好的，应当尽最大的努力。而这样努力的结果，很可能是要付出一些代价的，但代价再大，也终究并无悔意。这里我要说到我可怜的早逝的父亲。

我父亲未到六十，就患上了尿毒方面的重病，但我们都没有意识到它的严重性。尤其那一回，一早送他去医院，这是惯常的思维，疏忽大意了，没有估计到病情会有突变。母亲只晓得让我放下父亲赶紧走，不要影响故事片厂工作——那回正巧被借去为《青春万岁》配音——等我配完戏回到医院，父亲已进入抢救。而因为没有碰到最合适的人、最合适的药，我进了急诊室不久，父亲就一声未吭一头栽倒在我的怀里。我的父母亲感情是很好的。爸爸不多话，但不怒自威，是家里拿大主意的。可以说，妈妈挺崇拜他的。父亲这一走，母亲并未号啕大哭，她是默默地苦在疼在心里。回到家里，唯记得她对着父亲遗像喃喃说了一句：“老童，你就这样走了。”……

是啊，我的老母亲可算命大，这回逃过了一劫（我向关注、呵护帮助我母亲的所有朋友，深深地鞠躬，谢谢了，你们的救命之恩）；与此同时，我不由得衷心希望天下做父母的，都能健康、长寿。从某种角度说，我亦是你们的孩子，因为没有你们的关照和悉心栽培，就不会有我今天的一切，我心里明明白白，不是吗？我说的都是真心话，请大家相信我。

乐平说官话

张慰军
2022-09-27

我的老爸张乐平不会说普通话。

从小，我就听他说带有浓重的家乡浙江海盐口音的上海话。他和朋友交谈是如此，接受电台采访是如此，做报告也是如此。他常自嘲他的普通话是“吖乌国语”，或是“夜壶国语”，此两句上海话发音相同，意思是非常蹩脚的普通话。

“夜壶国语”一词出自他20世纪50年代在北京开会。有一天他发烧想看医生，便在大街上拦了一辆三轮车。可是，车夫怎么也不明白他要去哪里，而且车夫又不认识字，他连连比画着说，从“一屋医院”说到“呀窝医院”，甚至说是“夜壶医院”，车夫还是不懂。总算边上来了个识字的，老爸才知道，“原来是读：协！和！医！院！”——他加重语气一字一字地强调。

他的朋友们知道后大笑，便调侃道：“天不怕地不怕，就怕乐平你讲官话！”

上次还听米谷叔叔的女儿说起，那时候他们住南小街，老爸到北京要看望米谷叔叔的妈妈，也是和车夫为地址纠结一阵。老太太便要纠正我老爸的发音，说北京话是应该说“乃小该”，父亲说应该是“呐小噶”，一番海宁话和海盐话的辩论……

20世纪80年代有一天我下班，刚进门就被老爸叫住。我一看，书房里几个北方记者来采访，他们竟然是借助纸笔交谈！见我回来，我便成了他们的翻译。临别，一位女士握着老爸的手说："张老，真想不到您的三毛漫画没有文字大家都能看懂，可我们之间交流却要借助文字才能说话……"

以前没有空调，我们家中的走廊在夏天是最凉快的地方了，我们常在地上铺一张席子休息。一天我正躺着看书，老爸过来笑眯眯地说："六七来，六七来。"见我没反应，他又说了一遍。可我还是一脸懵懂，他便大声说："碌！起！来！"（爬起来）

我赶忙起身让路，一拍脑袋：原来刚才老爸讲的是"普！通！话！"

今年9月27日是老爸离开我们30年整，我还是非常非常想念他……

开国大典上的那位擎旗手

何建明

2022-10-01

李冠英是一位普通的军人，但他的人生却又有着非凡的一面。按出生年月计算，他若还活着的话，今年应该是整100岁了。我们纪念他，纪念那些为共和国奉献一生的军人。

义无反顾投身革命

一个人的命运有时无法想象。他就是这样一个人。

走在西域边境与哈萨克斯坦国交界的那条G318国道公路上，突然有一座非常醒目的墓地吸引了我，墓地大如一个半篮球场。墓的正中央竖着一块足有两人高的红色大理石墓碑，上面刻着七个大字：李冠英同志之墓。

可他为什么会长眠在这遥远的边陲呢？而且又受到人们如此厚待！这到底是怎样的故事呢？这个“秘密”封存了40余年，而且当年开国大典上的国旗擎旗手，竟然在新疆留下一段难以想象的传奇——

百年前的4月9日，李冠英出生于河南固始。其父亲是张学良手下的东北军高级军官。“七七事变”后，他父亲因被日军通缉，不得不举家迁往甘肃兰州。英俊少年李冠英在兰州考取了西北话剧团，后因战争原因，该团在

1944年解散。通过父亲的关系，李冠英参加了国民政府的赴英海军人员培训班。在英国学习期间，他在训练同时开始思考人生和国家命运，渐渐接受共产主义学说。这个时候国内发生的一件事改变了李冠英后来的人生命运：当时英国政府为抵偿香港英当局代国民政府保管却丢失的中国6艘港湾巡逻艇，所以决定将他们的“阿罗拉”号巡洋舰移交给国民政府。后此舰改名为“重庆舰”。

1947年，李冠英作为国民政府派遣到英国学习海军舰艇专业的海军专业学员，回国后就去执行将“重庆舰”接回的任务。该舰后来成为蒋介石国民党军队中最强大的主力战舰而在一段时间内耀武扬威。也正是由于“重庆舰”作为当时的“国之重器”，共产党对这艘舰进行策反工作。

“舰长，我们跟着国民党、蒋介石就只有死路一条……我拥护你的决定，跟共产党走！”1949年2月25日“重庆舰”起义前，李冠英对舰长邓兆祥誓言道。“好，我们一起干！”邓兆祥非常欣赏李冠英，他俩的手紧紧握在一起。起义那一天，李冠英穿上中国海军的新军装，扒掉了国民党的军徽，然后与舰友们一起迎着朝阳，将“重庆舰”缓缓驶入山东解放区的烟台港，向即将成立的新中国报到。毛泽东曾专门为李冠英他们的起义发来嘉奖电。李冠英第一次感受到作为国家主人的荣耀感。

1949年仲春，我东北丹东解放区举行了一场隆重的仪式——新中国第一所人民海军学校成立，校长正是率“重庆舰”起义的邓兆祥。李冠英荣幸地有了该校第一批老师兼学员的双重身份。

“同志们，现在上级命令你们50名学员将接受一项秘密军事任务……今天下午立即出发！”一声令下，李冠英和49名海军学员某一天登上南下的列车，在深夜到达北平前门车站。随后上了卡车进入黄寺兵营——也就是现在北京黄寺大街的解放军原总政治部宿舍大院。

这天夜里，李冠英和其他学员兴奋得没闭上几回眼。当黎明响起军号起床后，他们才被告知：参加新中国开国大典阅兵式！“我们要见证新中国成立啦！”这是李冠英做梦都不敢想的事。而让李冠英更想不到的是：因为小伙子长得帅，又是标准的1.76米个头儿，军姿与队列训练动作规范又出色，所以他被选拔上了海军方队的旗手，也就是走在最前面的首席引队人。紧接其后的三个月，李冠英不敢有一丝马虎，每一个动作都严格训练，直到琢磨到位、练到娴熟为止。参加过阅兵式的人知道，虽然经过天安门前的那一刻万众瞩目，但几个月训练并不是所有人都能经受得住的。

光荣的擎旗手

李冠英他们作为参与新中国的第一次阅兵的官兵，不仅训练时间紧，而且还带着军事任务——随时准备在阅兵过程中与任何企图破坏的敌人战斗。

伟大而庄严的时刻终于到了：1949年10月1日下午3时，天安门前欢呼新中国诞生的欢笑声淹没了整个首都北京城。

“阅兵分列式开始——”这是新中国开国大典上的第一次阅兵，李冠英的方队也是新中国第一次阅兵式上第一支出现的队伍，而李冠英则是1.6万人组成的受阅大军中最前列、最耀眼的一员：开国大典上的这一次阅兵分列式采用的是由海军代表旗手作为全体阅兵队伍的先锋，恰恰李冠英又是三位护旗手中的擎旗人——他左右两旁是两名端着冲锋枪的护旗兵。作为擎旗手的他自然格外耀眼，万众瞩目，而且他和两名战友荣幸地紧随在聂荣臻将军的敞篷车后面，也就是说他是第一位接受毛主席、朱总司令检阅的将士！李冠英太光荣了！只见他英姿威武，迈着铿锵有力、无上自豪的步伐，走向天安门……他的眼睛有些湿润，但必须目光炯炯；他的心脏怦怦直跳，但必须平静始终……这是历史镜头里所看到的新中国开国大典上的擎旗手形象，而且这样的阅兵排序也是唯一，唯有李冠英才能享受到这般崇高殊荣，因为自新中国成立之日起，后来所举行的十几次天安门阅兵式上，都是按照陆海空军进行排序的，唯有开国大典上李冠英是以海军形象作为走在最前面的擎旗手——李冠英的这一“唯一”也因此载入了共和国史册。谁也不会想到，李冠英也因为这份荣誉，使他后来的命运发生了巨变——在他沉寂了几十年之后，人们竟然在新疆重新认识了他，重新给予了他应有的荣誉。

参加开国大典之后的李冠英，回到老部队的海军学校，之后又被分配到大连海军学院当了4年教员。然而到了1954年，李冠英有些莫名其妙地接到了转业的通知，被分配到大连造船厂。作为一名起义人员和转业干部，本应得到相应的妥善安置，然而在那个特殊年代，李冠英在安徽合肥民政厅招待所住了两年，但工作仍然没有着落。两年之后，李冠英觉得再不能在合肥干等了，于是他想到了去北京，去曾经给予他至高荣誉的北京申诉……

接待他的内务部领导听完李冠英的陈述后，非常生气。然后问李冠英：“那么你愿到哪里工作呢？请你自己选择，我们尽量满足你的要求。”李冠英顿时热泪盈眶，说道：“首长，我一切听从组织安排。”“好呀！”领导听后很高兴，说：“现在国家最需要人才的地方就是新疆，你愿意去吗？”“愿意！只要是祖国需要的地方，我都愿意！”李冠英想都没想，便答应了。选择仅是一句话。然而从北京到新疆的距离则可以用“天南海北”来形容。李冠英到新疆后，被分配到生产建设兵团第六师直属农场。李冠英的工作就是屯垦种地修水库。那个时候的屯垦建设，不仅艰苦，还要拼命。李冠英曾一天挖土方8.5个立方，创下所在农场的最高纪录。由此他也被兵团战友们称为“拼命三郎”，并荣获“劳动标兵”。

昔日曾是开国大典的擎旗手，如今成为挥舞锄头的农工。1960年，李冠英所在的农场划归自治区交通厅养路段，他便成了养路工。1961年10月养路段集体下放支农，李冠英毫不犹豫地第一个报名，从此他把生命交给了“和布克赛尔”这个蒙古自治县的广袤边疆。最初在红旗公社（今查干库勒乡）当牧民，当地的蒙古族人有点儿远距离地悄悄看着这位单身而又喜欢在原野上唱歌的人，后来一打听原来是个“劳动标兵”，且竟然还是个会写能唱的“文化人”，于是开始同李冠英亲近起来。

“能帮我给在西安读书的孩子写封信吗？”“能。”“能帮生产队出期黑板报吗？”“能。”“能……能每周给全乡的干部们上一堂文化课吗？”

“能！我光棍儿一条，无牵挂、无负担，只要你们认为能用得上我的，尽管派活儿！”“老李——我们由衷感谢你、心疼你……”牧民邻居、大队支书、公社干部捧着暖心的话，对李冠英说：“你就是大家的亲人，有啥话、有啥冤屈、有啥心头烦事，说出来，我们一起跟你把天托起来！”

“谢谢。谢谢你们……你们就是我唯一的亲人……”李冠英40岁生日那天，十几户在草场一起放牧的牧民，在帐篷里为他举行了隆重的蒙古族式生日庆典，极少饮酒的李冠英那天醉了，醉得无比幸福，醉得热泪长流。

“老李，你年龄不小了，蒙古族姑娘喜欢你的不少，该成个家了！”不止一次有人这样专门前来相劝。李冠英总是淡然一笑，说：“我的心可以归为这片疆土，我的情留给了已经飞动的云……”

为边疆守一生

直到1997年之春，当有人走进李冠英那间仅有8平方米的简陋得不能再简陋的单身宿舍，看到里面陈设的一个小灵堂，这个谜才被揭开……年轻的时候，一表人才的李冠英有位心爱的女友，但因李冠英颠沛流离的命运，让这份真挚的爱情像岁月般流淌得无影无踪，并深深地刺痛了一个男人一生的心灵。

这事得从当年李冠英在1942年考上西北剧团时，演了《雷雨》中周朴园的小儿子周冲说起，与他演对戏的丫鬟四凤演员陈氏小姐，便是他的女友。两人正在热恋之时，剧团却因战火而解散。也就在此，李冠英考得了留英海军学习的机会，并一去就是三年。其间两人鸿雁传书不断。1948年李冠英回国，尚未来得及与女友联系，他便和起义的战友们北上解放区，参加开国大典去了。此后，当两人好不容易建立联系，部队又刚刚接到全体军人随时准备上朝鲜前线的命令，并且不能随时将部队的战时动员和军事情况外泄，最终这段恋情无疾而终。

1954年从部队转业的李冠英得知他以前的女友已经另嫁给一位陆军军官，而且随军到了兰州。该前女友还特意看望过李冠英的母亲。两年后，正在寻求工作旅途上的李冠英，得知母亲病逝。无奈不能赶回兰州，托了这位前女友帮助料理母亲的后事。李冠英既感激，又扼腕痛楚：她要真是娘的儿媳多好啊！他哭了。这样的哭声常常在漫长的夜晚里……外人并不知道这一切，只知道那个只住8平方米的“老李”是位乐观豁达的老边垦。

41年新疆屯垦生涯、38年在塔城的牧民人生，时常有人问李冠英，你真的没有想过回北京或兰州？你真没想过吃亏和后悔，或者多少有些埋怨？

“没有。我确实没有。”李冠英肯定地回答道。“从组织告诉我你现在有工作了，安排到新疆工作的那一天，我就没有感觉后悔和吃亏的事……在新疆、在塔城，虽然苦些，但我充实，有荣耀感，因为我是一个有工作的人，一个受人尊敬的人，特别是跟这里的各族人民亲如一家，又能为边疆建设贡献一份微力，这就不枉此一生了！”

李冠英说的时候，没有半点儿做作，那副真诚让人感动又心酸……

1999年，中华人民共和国成立50周年的大庆之年，这年5月，中央电视台《大阅兵》的摄制组千里迢迢，找到李冠英。当他们来到他的那间8平方米的小土屋，看了看这位共和国开国大典上的擎旗手的生活现状，忍不住纷纷掉下眼泪。

“老前辈啊，你咋不跟人说一声你曾经的那段光荣历史嘛！那样政府至少也能给你解决一些生活困难呀！”摄制组的人说。李冠英颤动着双手，握着北京来的记者，说着一句话：“我挺好，在这里我有份工作就很知足。我给这里的各族人民做了点儿事，他们认可我……我很幸福。”

关于李冠英的“谜”这才被解开。次年即2000年12月的最后一天，这位饱经磨难却又顽强不息的开国大典阅兵队伍的擎旗手，悄然辞世，终年78岁。

当他在祖国最西边的大地上静静躺下时，没有半点儿喧嚣，没有丝毫争议，其本人没有一点儿财产，没有一个后人，唯有枕头底下压着一面五星红旗。入土的那天，数以百计的各族人民和他生前的好友，纷纷向这位老屯垦人献花、敬酒……

牛人鲁光

赵丽宏

2022-10-29

人上了点儿年纪，喜欢怀旧，爱回忆往事。多年来交过的各路朋友，经常一个一个出现在回忆中，想起好朋友，脸上会泛起由衷的微笑。鲁光就是让我经常思之微笑的好朋友。我和鲁光相交40年，是知己至交。因为疫情，疏于走动，好几年没有和鲁光聚会了，很想念他。今年10月，鲁光策划办一个“文学入画六人行”，约了我和石楠、肖复兴、连辑和冯秋子，在他的家乡浙江永康办画展，但因为防疫，临时取消了行程。很遗憾，只能网上相见了。

书写《中国姑娘》，把文学引入体育

我和鲁光是校友，是文友，是画友，更是挚友。我们都是华东师大中文系的毕业生，他是1960年的毕业生，我是“文革”后恢复高考的第一届毕业生，虽然相隔20年，但对母校有相同的感情。20世纪80年代，鲁光以报告文学《中国姑娘》名满天下。他用激情洋溢的生动笔墨，书写中国女排发奋拼搏为国争光的事迹，感动了无数中国人。

80年代中期，鲁光曾任《中国体育报》总编辑，他主持的体育报，增添了文学色彩。他常常邀请作家参加和体育有关的文学活动。每次开全运会，《中国体育报》都会派出大量记者编辑做采访报道，鲁光当总编辑后，提出邀请一个特约作家参与全运会，在赛会期间每天为《中国体育报》写一篇文章。1983年第五届全运会的特约作家是黄宗英。鲁光知道我喜欢体育，1987年第六届全运会在广州举办，他邀请我当他们的特约作家，在广州白云宾馆住了半个月。那些日子，白天可以到任何我有兴趣的赛场看比赛，采访运动员和教练，晚上用散文写一篇观感，第二天就见报。这是我一生中第一次如此密集地看体育竞赛，接触运动员，也是第一次以如此频率采访写作发表文章。鲁光笑着对我说："体育运动追求快，这是你当作家写得最快，发表也最快的半个月。"

一次，鲁光邀请我去他的办公室，他很得意地指着压在玻璃板下的一张报纸说："你看看！"这是体育报的头版，上面刊登着一幅邓小平在家里微笑着阅读《中国体育报》的大照片。

体育界朋友多，画家朋友更多

鲁光在体育界有很多朋友，萨马兰奇、荣高棠、何振梁、徐寅生、庄则栋、袁伟民、郎平……他是中国体育事业发展变化的见证者。在美术界，他的朋友更多，而且都是大画家：李可染、李苦禅、华君武、黄胄、吴冠中、崔子范、方济众、周思聪、韩美林、徐希、张桂铭、刘勃舒……我和鲁光相识之初，只知道他关心美术，爱交画家朋友，不知道他还在学画画。

80年代中期，鲁光邀请一批作家到浙江千岛湖开笔会。在那次笔会上，我发现鲁光热衷于绘画，本来是文学的笔会，但只要有空，他便铺开宣纸挥笔作画。他用一支大笔饱蘸水墨作画，居然画出了栩栩如生的鸡雏和鲇鱼。他还邀我和他合作，我画竹子，他画鸡雏。他说："你别笑话我，画画，我还是小学生。"我发现，鲁光落笔不俗，在宣纸上挥毫落墨时胆子极大。我少年时代有过一点绘画的经历，可是面对画桌，绝无鲁光的气魄和胆量。后来才知道，原来他曾向国画大师李苦禅学过几手，所以能在宣纸上画小鸡，画鲇鱼，画猫咪，他的大胆并不是鲁莽和瞎蒙，而是有来头的。看他只寥寥几笔，便能画出鲜活的生灵，很有一点儿大画家的派头。

原以为鲁光只是画着玩玩，没想到他还当了真。渐渐我发现，鲁光文章写得少了，画却越来越多。他不仅画鱼和鸡，也画牛，画花卉，画山水，画故乡的村宅河流，画得拙朴而大气，泼墨淋漓中，荡漾着灵动睿智的气息。他发表的文章，也大多和绘画有关。他居然还拜北京的国画大家崔子范为师，正儿八经地画起了大写意国画。

90年代初，有一年收到鲁光寄来的一本挂历，挂历里印的是他自己的画。看挂历的封面，让我大吃一惊，无数支燃烧的红烛密密麻麻排满了画面，火苗闪动，红烛耀眼，眼前一片鲜亮的红色，给人强烈的视觉冲击。鲁光为这幅画题名为"生命"。在此之前，我还没有见过有人在宣纸上这样画红烛。

作家转身为画家，钟爱画牛

作家鲁光，转身为画家，也是文坛的新闻。鲁光的画家朋友，都是大家高手，鲁光和他们交往，耳濡目染，取法乎上，但他的绘画绝不是模仿，他把自己的才华和智慧，大胆无羁地用笔墨挥洒在宣纸上，逐渐形成了自己的独特风格。他的画越来越有名堂，名气也越来越大。他在北京，我在上海，不时听到和他的绘画有关的消息，他的作品被各种各样的单位和个人收藏。他的国画也出现在北京荣宝斋的展厅中，标价一点儿也不比那些画了一辈子的大画家低，而且听说他的画有价有市，很受欢迎……鲁光的名字，和中国画连在了一起。

鲁光属牛，他小时候曾经在家乡放牛，熟悉牛，喜欢牛，对牛有特殊的感情。鲁光的国画中，出现最多的是牛。他用极为简洁的笔墨，画出了各种形态的牛：伫立静态的牛、奔跑活动的牛、蹒跚独行的牛、成群结队的牛。鲁光笔下的牛，憨厚质朴、灵动大气，在牛的不同形态中展露出丰富的感情：欢乐、激昂、沉思、惆怅、痛苦、愤怒。鲁光画牛，在技法上也独辟蹊径。开始时，他用泼墨画大写意，后又尝试用随性的墨线画牛，寥寥几笔，便画出一头头刚劲有力的牛。有人不喜欢这样的墨线牛，称之为“空心牛”，鲁光不以为然，继续不断地画，他在他的墨线牛图上题诗：“自古画画有墨法，有法不依必挨骂。骂便骂，我且图新用新法。”他的“空心牛”，现在已经和他的大写意墨牛一样，受到越来越多的赞美。

鲁光常常以牛自比。他画一头拙憨可爱的大黑牛，画题是“自画像”；他画一头水牛和一个横吹竹笛的红衣男孩，画题为“知音”，并信手题款：“画牛实乃写心写意也”。

我曾对鲁光说：“你会画各种动物，你不会画人。”鲁光一边点头一边笑着说：“对，人难画，我不敢画。”但是他的画中，越来越多地出现人物：骑牛的牧童、放牛的女孩、田野里的村姑、散步的老人，这些写意人物，都是用极为简洁的线条笔墨，有时还会用艳丽的色彩。他还为自己画像，也是寥寥数笔，活脱脱画出了一个幽默散淡的鲁光。

画有价，友情无价

鲁光虽然有名有地位，但在生活中是个极其随和的人，他的脸上总是保持着和善的笑容。他的古道热肠、豁达聪慧，他对朋友的忠义挚情，也是文坛佳话。他给每个朋友都画过画，他说:“我的画，如果能让朋友们喜欢，这比什么都让我高兴。”画有价，友情无价。

鲁光心胸豁达，同事下属有危难，他会仗义执言主持公道，朋友有困难，他会毫不犹豫出手相助。庄则栋也是鲁光的朋友。庄则栋当年过关斩将打成世界冠军，鲁光曾经为他写过文章。鲁光叫他小庄，庄则栋也钦佩鲁光，称他鲁大哥。庄则栋走红一时，鲁光和他反倒少了往来。有一次，庄则栋在会上批徐寅生，批诗人郭小川，鲁光听不下去，事后问庄则栋：徐寅生是你的队友，也是你的好朋友，你真的这么恨他？你以前那么喜欢郭小川的诗，很崇拜他，现在为什么骂得这么狠？人不能昧良心！庄则栋无言以对，也没有发火。那时，鲁光是唯一这样提醒他的人。

后来，庄则栋的风光岁月也结束了，他在山西当教练，几乎被人们忘记。庄则栋的收入，只是一个普通教练员的工资，经济上很窘迫。这时，鲁光向他伸出了援手。鲁光邀请庄则栋到他的家乡浙江永康，为人们表演打乒乓球，谈乒乓球，还和他一起骑车漫游。这次浙江之行，庄则栋非常愉快，还得到一笔不菲的酬金。这对当时的庄则栋来说，是雪中送炭。在家乡，鲁光和庄则栋长谈了几夜，庄则栋对鲁光说了很多心里话，对自己在“文革”中的作为，真诚地表达了悔恨之意。此后，鲁光一直和庄则栋保持着交往。每年正月初一，鲁光总要和庄则栋通电话，互相拜年问候，讲一些心里话。2013春节，鲁光给庄则栋打电话，对方铃响却无人接。事后鲁光才知道，那次电话铃声响起时，正是庄则栋离开这个世界的时候。庄则栋去世后，鲁光为他写了一本传记《沉浮庄则栋》，真实地写出了这位乒乓球王跌宕起落的人生。2014年，由我做媒把这部书稿推荐给人民文学出版社，出版后引起很大反响。

鲁光已经是公认的“两栖艺术家”，既是大作家，也是名画家。在他的家乡浙江永康，乡亲们以鲁光为荣。近日，鲁光在微信中发给我一张他在家乡拍的照片。照片上，鲁光站在一个巨大的石头牌坊下面，牌坊横额上镌刻着鲁光画的各种形态的牛，牌坊两边的立柱上，刻着他写的对联：站着是条汉，卧倒是座山。

曾经如雪一般的霜

本　原

2023-01-09

1月8日的大事，国人真正地知晓，却是在1月9日的早晨。我始终记得那个异常寒冷的清晨。

读书期间，苦神经衰弱症久矣，一老教授知晓后，专门教我学习杨式八十五招太极拳。练了两年，那位孔先生说我已可抵达十年开外的功夫，这样的鼓励更让人刻苦练拳。

每天早上六点前起床盥洗，六时半开拳，风雨无阻。当时，我作为李白诗选前言组组长，因开门办学的需要，住在上海一个经济部门的党校，这个地方毗邻现在的北外滩。条件特别好，大花园，大草坪，树木葱茏，西式平房，方圆有五六千平方米。所不足的是，晚餐之后，人员都回家了，仅我一人住宿在大办公室后边隔出来的房间内。清寂之至，常觉此处不可久留。

那天早上，寒气袭人，天蒙蒙亮时，我踩在满是雪霜的草坪上，准确地说，是草坪上的霜如雪一般。面南而站桩马步，左右二十米开外是两棵大雪松，运气三周，凝心聚神，徐徐展开，稳稳发力。把我两年来，对拳法每一招式的理解，化入手眼身法步之中，眼到、心到、气到，三十分钟之后，额头、后脊，甚至手背上毛孔皆开，内气沁出，人已完全进入状态。

早上七点，当是中央台的新闻节目，由门卫室控制的广播打开。大草坪两个角上安有较高分贝的喇叭，这天怪异，起始没有新闻播报，连放三遍哀乐。人虽沉浸在运气打拳的状态中，反应却是异常灵敏，让人隐隐感到一股不祥之意袭来，即使向天承运、立地启下的百会穴，也有些许凛凛之感。顿生拳势不可展开，必须收缩战线。于是，如鹤展翅，单鞭之后立即转到云手，以做应对……

我早已收拳，于大草坪上与肩同宽而站，一个巨大的噩耗从天而降。听完播音员特别低沉、悲哀的周恩来总理讣告之后，长年累月，种种思绪，瞬间汇合在一起，恍若铺天盖地压下，人突然悲从中来，眼泪几乎不是滴落，而是涕泪横流，伴随而来的是无限的忧虑……

我一动不动，只记得那时突然间，对着大寒之节的天地，和泪大号了三声。悲声空旷，如鹤鸣长空。

上午对一万五千字前言初稿的讨论会，完全没有进展。十多个人，默默无语，凝噎有之，放声而泣有之，只是流泪只是擦泪的有之。

数十年来，到目前为止，如那个寒冷早晨的悲苦流泪，我还有一次，是母亲病故之后的痛悼。

其余，无他。

每逢元旦之后的1月8日，我总难忘草坪上曾经如雪一般的霜。

回家过年的谢晋

赵　畅

2023-01-23

对于绍兴上虞，乡贤、著名导演谢晋的脚步声永远留在故乡春节的时光里——缓慢而不匆忙，从容而不仓促。是的，自1990年的春节起，谢导每年都会回到老家上虞一个叫“谢塘”的小镇过年，雷打不动，风雨无阻。

在谢塘，谢导虽有祖屋，但已飘摇衰败。于是，20世纪80年代末，他便另外择地，筑造了一座具有江南水乡民居特色的二层楼房。也正是从次年楼房落成起，谢导便开启了回老家过年之旅。

如果说，老家对于谢导是一个港埠的话，那么，过年对于他分明就是一艘彼此约定、过时不候的渡轮。尽管谢导手上总有做不完的工作，但习惯于倒计时工作的他，到了廿九夜这一天，他总是会横下心来暂时做个了断。在他心里，这一天没有比早早赶回老家过年更重要的了。尤其当他一脚落地，听到老乡们“谢导侬好！侬回老家过年来啦”这亲切的问候时，升腾在谢导心里的不啻是欣喜，更是一泓乡愁！

因为工作的关系，我曾30多次接待谢导。通常情况下，谢导一年中间也会回来一两次，但都是出差路过。每每陪他到老家，最多住一宿他便匆匆离去。然而，我发现只要是携全家回老家，哪怕时间再迟，他也是显得格外笃定，连走路都放慢了脚步。难怪，谢导夫人对我说：“谢晋呀，只要回到老家，他就心定神安，连走路都会比平常慢几拍！”是的，放缓的脚步里缱绻着谢导被满满的乡亲、乡情陶醉的温暖感、幸福感。

过年回老家，对于谢导自是他一年中最期盼的愿望。因为也只有在这个特别的时日、特别的地方，才能让他重温童年时的梦魂，享受团聚里的亲情；也才能让他放下忙碌的身段，放缓匆忙的脚步，让疲惫的身心得以放松、放飞。

缓缓的脚步，显然拦不住他勤劳的双手。是的，他要利用这难得的时光，弥补作为丈夫、父亲因日常忙于工作而疏于家庭眷顾的缺憾。回到老家，谢导一日三餐用的是柴灶，他常在我面前夸赞：“这柴灶烧出来的饭菜，就是香。只是，在上海没有这个条件。”他不仅上街采购年菜，还经常下厨掌勺，并教智障儿阿四用柴灶烧剩的余烬煨粥、煨藕。利用晴天，谢导更是与阿四、外孙他们在不过七八十平方米的院落里踢足球、打雪仗，间或替阿四理发、刮胡子。

白天，谢导忙而快乐着，但等全家吃了年夜饭，他一回到自己的卧室，便沉浸在属于他一个人的世界里。其实，每年春节回老家，对于谢导确乎还有躲开繁杂应酬而给自己留一点儿时间酝酿下一部电影，并为之找点儿资料、买书读书积累素材的考量。记得有一年，他说要拍一部反映南京大屠杀的电影，春节回老家时，他竟花6000多元买来了《拉贝日记》等一大堆书籍；而为了拍《茅以升》，他更是找各种资料比较着读，并反复考证。有些计划拍摄的影片虽最终因种种原因而未能搬上银幕，但谢导为拍电影而认真读书、细心思考、反复考证的品质，始终令我们感动。

只要谢导回老家过年，大年初一上午九点半左右上门慰问，这是上虞领导班子的惯例。只要在会客室一落座，谢导便急着招呼阿四给我们端上在煨粥甏里煨制的莲藕，并自豪地向我们推介：“这可是咱家阿四亲自用煨粥甏煨出来咯。”而阿四似乎也心领神会，他赶紧接过父亲的话茬，一边端着盛了莲藕的碗送上来，一边羞红着脸轻声地对我们说:“老好吃咯，老嫩老糯了，倷快吃快吃!”于是，在藕香果甜的簇拥里，在谢导阵阵爽朗笑声中，我们更能听闻谢导对家事国事天下事的独到观察，对乡情乡谊乡愁的无限感叹。

过年了，老家早已斟满谢导爱喝的女儿红，也备就了他喜爱的谢塘豆腐干、白马湖螃蟹、长塘冬鞭笋、下管“家里猪”，只等他像15年前一样放缓匆匆的脚步，携全家回老家过年。

又见蜡梅

梁波罗

2023-02-16

又是蜡梅绽放的季节，当别的花枯萎凋零，蜡梅却傲然挺立，将幽香洒满大地。

睹物思人，每当看到蜡梅，总会联想到一个人。

记得20世纪50年代末，一天乘公车途经衡山路，目光被街对面手捧一束蜡梅的中年女士吸引：她身材娇小，体态轻盈，黑色收腰盘花纽扣小袄搭配灰色西裤，足蹬半高筒皮靴，十分干练，黄色的花骨朵在黑丝绒映衬下尤显典雅。她走得不徐不疾，怡然自信……

“上官云珠！”不知哪位乘客喊了一声，引起车厢一阵骚动。没错，第一眼我就认出了她，她以前演的《万家灯火》《希望在人间》，中学时代就镌刻在我脑海里，对她细致入微的表演十分欣羡，尤其是《一江春水向东流》中的何文艳，妖冶美艳、风情万种，被她演绎得出神入化，不可方物。

不久，我被分配到上影，成了她的同事。每每谈及此情景，她都会粲然一笑说：我特别喜欢蜡梅！

犹记20世纪60年代第一春，上影剧团假座当时号称海上最大的演出场地文化广场举办过一场综合晚会，酬谢社会各界对剧团的支持。当年从市工人文工团调来一批青年舞蹈演员，所以除了朗诵、戏曲、歌唱之外，还赶排了几个舞蹈节目。也许是秦怡在云南拍《摩雅傣》牵的线，我们“现学现卖”，跳了个傣族舞《在赶摆的路上》，我有幸也忝列其中。上官的节目是朗诵《毛主席在我们中间》，当时朗诵尚不流行音乐伴奏，因之独自在偌大的舞台上将七八分钟的长诗念下来，并引发观众的共鸣，确非易事，上官却做到了。她的朗诵时而语调轻柔，时而奔放激越，将领袖与百姓的鱼水深情表达得恰如其分，观众报以经久不息的掌声；殊不知就在演出前，她发觉服装与二道幕撞色，她的审美意识立马警示她，视觉疲劳会影响视听效果，于是她当机立断，边与舞台监督协调节目顺序，边速令儿子韦然回家换取另一件旗袍，颇有几分《南岛风云》中游击队护士长符若华雷厉风行的做派。

同样令人印象深刻的是1963年她与孙道临、高博被北影借去拍摄谢铁骊导演的《早春二月》，当时我和李农正随张骏祥导演的《白求恩大夫》剧组在京修改剧本。一天，孙道临邀约五位上影人聚餐，上官却姗姗来迟，进得门来满脸绯红，一迭声道歉后告知迟到是去东单市场为她即将扮演的“文嫂”觅耳坠去了。“大商场根本没合适的，倒是在摊档上被我找到了！”随即向众人“献宝”:“看，这副文嫂戴合适不？”大家自然称好；原来她正是以角色的名义在寻找着属于人物的美，而这，也是对演员审美的考验。眼尖的高博发现她手里另外攥着两副，问道:“私货吧？谁戴的？”她一把塞回包里扭头狡黠地说:“不告诉你！”一阵欢笑，俨然家人之间的调侃，那年她43岁，正值演艺生涯最成熟的时段。

其实，演员的审美不仅表现在角色该穿什么、戴什么，更在于对角色的选择。上官的气质公认为最合适扮演中产阶级少妇；但她不甘于在表演的“舒适区”徘徊，拒绝“扮靓”“装嫩”，不断主动出击去开拓新的表演空间。

1961年上影厂筹拍根据王炼同名话剧改编的影片《枯木逢春》，讲述

江南农村在防治血吸虫病的过程中，一家人悲欢离合的故事。上官扮演命运多舛的方妈妈，据说这个角色是她向导演郑君里自荐的。此消息一经披露，厂里议论纷纷，因为该片拟将同时起用两名新人尤嘉（苦妹子）和徐志骅（方冬哥），皆是未涉足影坛的新人，剧组已然压力山大，一旦决定由擅演贵妇的上官扮演方妈妈，风险太大，万一“砸锅”，后果不堪设想……

此刻由事发地青浦县任屯村体验生活归来的郑导力排众议，很有担当地宽慰道：“各位尽可放心，我相信上官的演技！”一锤定音。上官心无旁骛、淡定自若地带着两位大学生深入任屯村，开始建立剧中的人物关系，边体验，边调教……在导演严格把控下，果然不负众望，硬是将一部深情隽永、催人奋进的佳作，奉献给全国观众。

在这部影片中，我扮演一名医务工作者，仅一场大段台词的戏，惜乎未与上官同框，无缘对手戏；但我曾不止一次潜入4号棚，现场观摩、学习她的表演，时常惊诧于娇小的体魄内竟蕴藏巨大的能量，她用心、专心、细心、耐心、悉心、真心、无私地释放着真诚和善意，提携和成全着两位后辈，往往表演沉浸于生活之中，情到深处物我两忘……此刻，很难将眼前这位瘦弱凄苦的江南老妪与珠光宝气的贵妇重合起来；唯有在卸妆时，从脸上剥落的层层塑胶，你才会体会到她的付出和艰辛。影片获得极大成功，上官的精湛演技获得业界内外一致好评！

纵观上官云珠的银幕形象，五行八作皆有涉猎：贤妻良母、知识女性、纺织女工、名交际花、游击战士、农村寡妇、过气名伶等，就连《今天我休息》仅有几个镜头龙套的儿科主任和《舞台姐妹》中仅有一两场戏的落寞头牌，都被她演绎得深入人心。

不知上官演戏做人是否受蜡梅品格的影响，无论面对何等艰难险阻，她宠辱不惊、沉着应对，无不显示出蜡梅的风范。我猜想，也许这正是她特别喜爱蜡梅的缘由吧。

兔年新春又见蜡梅，定格在我脑海中那幅颇具年代感的画面——衡山街景，突然出现在眼前并鲜活了起来。尽管斯人离我们远去已55个年头，仿佛依稀感受到飘散在空气中的阵阵暗香……

替陈冲看孩子

翁敏华

2023-03-27

陈冲近年在《上海文学》上开专栏,《轮到我的时候我该说什么》，好看，我每期都急着看。看着看着，想起多年前替她看孩子的趣事，独自开怀大笑。

2005年6月22日，陈冲担任上海国际电影节评委的间隙，汪天云本事大，竟能请动她到上师大来开了一场讲座。那天文苑楼二楼报告厅一座难求，人山人海，我也闻讯紧赶慢赶地骑车去，锁上车，正要冲向电梯口，忽然听到有人叫我，回头一看，正是汪天云，还没来得及问候，他已急匆匆地开口了，说陈冲该上报告厅讲课了，可是她两个女儿不放妈妈，我定神一看：可不是！陈冲就站在汪天云身边，穿着普通，我一下子没认出来，加上她小女儿正黏在妈妈怀里，母女二人的脸贴得紧紧的，陈冲的脸在我眼帘中不完整。哈哈！我跟汪天云打趣：那就让妈妈抱她一起上台吧！

“那不行。那讲座就开不成了。”“格么——”“想叫侬看小人。侬就覅上去了。”

啊？我是专程来听陈冲讲座的呀！一路憧憬着来的，现在叫我不看大人看小人，还不止一个小人：陈冲的大女儿正抱着她大腿不放。这可如何是好？

汪天云见我犹豫，说:“今朝全程录像，侬真心想看，明朝放拨侬看，哪能?”

汪大人把话都讲到这个份儿上，不答应不行了。忙着点头。“这位是上师大女子学院院长，顶会哄小人了，交拨伊，放心。”汪天云已经在和陈冲介绍我了，陈冲无声地朝我笑笑，把手中的女儿往我这里送，我顺势拍两下手，“囡囡——来!”

她竟然要我。两只小小手松开妈妈的脖颈，向我扑来。真正是有缘。为写作此文，今天我上网查看了一下，陈冲的小女儿许文姗2002年出生，当年3岁，今年20岁，比陈冲1980年演小花时还大1岁了，已经是有名的电影明星了!

就这样，抱着文姗，拽着文婷，我来到了贵宾休息室。汪天云反手替我们关上了门，喧嚣声立即远去。

“你叫什么名字啊?”我对着大的发问。我是想试试她们能否听懂中文。在我的猜想中，我将听到的，或者是艾米丽，或者是婷婷之类。结果，作用于耳膜的，是意想不到的两个字:“大便!”哈哈!有趣!我马上做了个皱眉捂鼻、摇头嫌臭的表情。

姐妹俩见状更来劲儿了。伴随着笑声，大的更高亢地说:“我叫大——便!”小的脸颊上还挂着刚才的泪痕，也咧开嘴角:“嘻嘻，大便，大便!”鹦鹉学舌一般。

“那么妹妹呢?”妹妹的眼睛马上看姐姐，姐姐代答:“小便!”“小便，小便，小便!”“妈妈呢?”

两姐妹名字分占一大一小，看她们给妈妈安个什么臭名。“放屁，哈哈!”“放屁，放屁，放屁!”

看来平时姐姐教妹妹学单词，也是这样重复读三遍以示巩固的。当然，

不能漏了爸爸大人的名字。一问——“厕所！”

得，这下全齐了！

陈冲在她专栏文章的《一支遥远的歌》中写道：她丈夫彼得是位心脏病专家，工作忙得臭要死，可是因为陈冲常常不在家，他“每晚编一集《J和T的故事》讲给孩子们听”，“每一集都有丰富的情节和各种屎尿屁笑话，女儿们总是笑得前仰后合，百听不厌”。我后来还咨询过一儿童心理学家，她说这在三四岁处在“肛欲期”（弗洛伊德语）的孩子身上，极为正常。“孩子们正在培养自己的社交能力和幽默感呢！”

感谢这个欢声笑语、诙谐轻松的下午。如果那天下午我听了陈冲报告，也许早就忘了；可小姐儿俩给我带来的屎尿屁笑话，至今历历在耳，还能再现在文字中。想到陈冲这两个女儿，一个后来是哈佛大学高才生，一个现在是好莱坞明星，真后悔当年没跟她们合个影！

爱夜光杯 爱上海

2022

丁香来“客”

邱根发

2022-06-26

2009—2015年，我在丁香花园工作时，每年春节以后，总有许多陌生客，不惊动他人，悄悄地、静静地来到丁香花园。他们不走院子，就在花园的一号楼周边走走；有时候还会到一号楼的楼下几间房间看看。有时候，他们谁也不打扰，悄悄地来了，随后就悄悄地走了。

一

2010年3月的一天，来了一位“陌生客”。她穿着很平常的衣服，咖啡色夹克外套，彩色丝巾，气质不凡。走进院子，她似乎对周围环境很熟悉，对其他美景都不感兴趣，直接往一号楼走去。她是要看什么呢？我迎了上去，陪她到一楼。

她仔仔细细看着房间的每一个角落，在最里面的主间房停留了片刻，静默着，似乎在沉思着什么。我马上知道，她是来缅怀陈赓将军的。她说，这是将军逝世的房间。我说，陈赓将军是1961年3月16日在这里逝世的，太可惜了，才58岁……她看我惋惜的神态，又对陈赓将军这么敬佩、了解，方才道出：她是将军的女儿。我脱口而出：“陈知进，陈医生。”陈知进是解放军总医院麻醉手术中心主任医师、教授。

走出门外，她说，院内院外已大变样了，包括房间的格局。我告诉她，前几年院内院外都进行了大整修。当时，电视台正在重播连续剧《陈赓大将》，我几乎每一集都看，完全沉浸在那个时代中，被陈赓将军的英雄气概所感染、感动。于是我问道："侯勇演陈赓将军，演得可以吗？"她点点头，说还可以。接着，我们就聊起了陈赓将军的革命经历，从黄埔军校征战到上海狼窝锄奸；从亲历长征的艰难险阻到带着三八六旅在太岳山坳打鬼子……

我还讲到宋庆龄在20世纪30年代营救陈赓将军的故事。大概是她在医院工作的缘故吧，她对宋庆龄特别敬重，她说宋庆龄跟父亲关系很好，在她父亲被抓捕的时候，就是宋庆龄亲自到监狱里看望并想方设法营救出来的。说着，她神情中充满了尊重，是怀念父亲，也是怀念宋庆龄。我说，陈赓将军在上海疗养时，还曾亲自拜访宋庆龄，并送花篮到宋庆龄寓所，宋庆龄办公室收到后亲自回信表示感谢。陈赓将军病逝后，宋庆龄也万分难受……

我们在院子里走着，聊着。她对其他景色不怎么感兴趣，只是在一号楼前面的假山旁停了下来，抚摸着假山石，充满了感情。当时我也不明白是怎么回事，只是藏在心里一个疑问。

二

2013年，夏秋季的交替时光，经常有人来到丁香花园一号楼来瞻仰。那天上午10点左右，天气特别好，五六位年过花甲的男男女女缓缓从大门口方向走来，在一号楼门口停下来了。他们看来都很熟悉这个地方，好像也不止一次来过这里。我赶紧走了过去，说道："欢迎，欢迎！"他们走到一号

楼的第一层的房间，说这说那、问这问那，有时候，还会纠正彼此的说法。当说到当年陈赓将军逝世时的床放在什么地方的时候，我指着进门右手墙边这个位置，他们朝我看看，很惊讶，表示同意我的看法。我感觉他们是和将军有感情、有特殊关系的人。

人群中有一位穿着微红连衫裙的妇女，特别有气质，普通话也说得好，看到我这么认真，就问我说："丁香花园来活动的老干部们现在都好吗?"我说："蛮好的。"她告诉我，她叫周秉德。我马上回答道，您是总理的侄女啊。

总理和陈赓将军在半个世纪革命生涯中结下了深厚的革命友谊。1961年3月16日陈赓将军逝世，周总理在广州开会，得知噩耗，非常难过，请求陈赓大将的追悼会要等他回北京以后再召开，并亲自为陈赓大将骨灰盒上题字，并连连说"可惜、可惜……"我说，陈赓将军永远活在我们心中，总理也永远活在我们心中……我们又谈起总理在中南海的日子。1949年后，总理把最喜欢的侄女周秉德带在身边，视为女儿，居住在一起，直到1964年9月，周秉德结婚离开。看我谈到这些细节小事，头头是道，她点头表示认可。她看到我对曾经陈赓将军当时所住的房间、所有的摆设都了解得很清楚，因此，聊得很多。

在我们交谈过程中，走过来一位军人气质的老人，周秉德连连招呼他。他说，我叫陈知建。他穿着很朴素，短袖灰裤子。他告诉我，我们脚下的这块大草地，原来是种植蔬菜的。接着他也走到了那块假山石旁，说道，我们小时候在这里玩耍，拍过照片。

这时候我恍然大悟，他的妹妹陈知进当年走到这假山石下停留，原来是因为这里留下了他们兄妹小时候的印记和足迹啊！后来，我看到了这张全家福，那时候他们都是小孩子，如今也都已年过花甲……

三

3月16日这天，总会有人来怀念革命前辈陈赓将军，有时候是一两个人，有时候三五成群。碰到这样的人，我总是热情接待，和他们交流对陈赓将军的尊敬与热爱。

经常来活动的一位老机要工作者叫姜文焜。他曾经跟我说，这里发生了很多故事。一号楼曾经是很多领导办公休养的地方，当然，最难忘最令人伤心的就是陈赓将军在此逝世。还有一位老人陈国，也是老机要工作者，他曾跟随陈老总进上海，他也对我说过，一号楼的故事很多，要好好研究传承。所以，有时候我走在一号楼里，会肃然起敬：说不定这就是陈赓将军当年走过的地方和摸过的扶手呢?

最难忘的是一位老者。那是在2014年的中秋节，院子里特别安静，连树叶掉下来都有沙沙的响声。这位老人来了，说，他曾经是陈赓将军部下，今天他要向老首长说说心里话。他说着说着，眼睛里闪出泪花，充满感情。我很遗憾，没能留下他的名字，我问他，他不肯说；留他吃饭，更是不肯，倔强得很。我打量着他，眉毛已经白了，穿着发白的旧军装，满头的白发，步履蹒跚，但离开丁香花园时，步伐是那么坚定。他说，我来瞻仰过将军逝世的地方，就满足了！

今年7月1日是中国共产党建党101周年的日子，此刻，我们更加怀念革命前辈。谨以此篇小文，纪念陈赓将军，他永远活在我们的心中！

淮海坊59号

陆正伟

2022-07-14

淮海路上有条与之同名的弄堂叫淮海坊，建于1924年。20世纪30年代，巴金先生从拉都路敦和里（现襄阳南路306弄）搬到淮海坊59号居住，直至1955年9月乔迁至武康路113号。

我随友人曾数次走访淮海坊，前弄面朝热闹的淮海路，后弄与茂名路、南昌路相通，闹中取静。我听说巴金早年常在南昌路上散步顺路拐进白俄人开的书店淘旧书，一举两得。淮海坊清水红砖，钢窗蜡地，每个门牌号里有天井，59号的墙上比左邻右舍多了块镌刻着“著名文学大师巴金1937年曾在此居住”的铭牌。我曾随巴金胞弟李济生和翻译家杨苡走访过59号。那天，大门关着。我们只得站在铭牌旁照了几张相。杨苡还仰头望着曾留宿住过的二楼窗户，说起与巴金夫人萧珊在“亭子间”促膝谈心至深夜的情形……我见这样的铭牌在弄内有不少，其中有3号的夏丏尊和99号鲁迅先生夫人许广平，26号竺可桢及徐悲鸿、胡蝶等科技、文化界名人。

按惯例，楼上的住户都从后门进出。我后又去过几次都吃了“闭门羹”。一次，59号门开着，经住家同意，便走了进去，经过卫生间、厨房就是楼梯。拾级而上，在二楼亭子间转弯处设了一道栅栏门，那天，门关着，只得下楼。但上楼脚踩木梯声使我找到了巴老养子马绍弥对我说过的感觉。他是巴老友、翻译家马宗融和女作家罗淑之子。其双亲病逝后，巴金夫妇收养了他们姐弟俩，视若己出。马绍弥寓居淮海坊59号时，在楼上只要听到“咚、咚、咚”上楼的沉重脚步声，就知道是李伯伯又买书回来了，他赶紧下楼帮助一起提上楼。淮海坊的家留给他的印象是各个角落全塞满了书。老马还向我介绍：三楼靠窗是书桌，除放一张铁床外，多余之地都被书柜挤占，只像老城隍庙“九曲桥”那样侧身过人的通道，连亭子间都成了“书库”。

巴金在淮海坊完成了“激流三部曲”中的《春》和《秋》，我在《秋》的序言里读到他在淮海坊创作时的情景：它是我一口气写出来的，当时我在上海的隐居生活很有规律，白天读书或从事翻译工作，晚上9时后开始写《秋》，写到深夜2点，有时甚至三四点，然后上床睡觉……

在这期间，巴金还辗转广州、桂林、昆明、贵阳等地忙于文化生活出版社的出版、发行。1946年5月，他与妻子萧珊带着不满周岁的女儿小林从重庆回到淮海坊。由此，59号热闹了起来，成了文化“沙龙”的聚集之地。巧得很，我无意间看到作家汪曾祺在散文《寻常茶话》中对那段岁月的描述：“1946年冬，开明书店在绿杨邨请客。饭后，我们到巴金先生家喝工夫茶。几个人围着浅黄色老式圆桌，看陈蕴珍（萧珊）表演，炽炭、注水、淋壶、筛茶。每人喝了三小杯。我第一次喝工夫茶，印象深刻。这茶太酽了，只能喝三小杯。在座的除巴老先生夫妇，有靳以、黄裳。一转眼，43年了。靳以、萧珊都不在了。巴老衰病，大概再没有喝一次工夫茶的兴致了。那套紫砂茶具大概也不在了……”鲜活的文字，我好似置身于其中。同年末，巴金的又一部长篇小说《寒夜》在淮海坊杀青。

1949年后，巴金在淮海坊居住时应邀出访了波兰、苏联和印度，创作并出版了《纳粹杀人工厂——奥斯维辛》一书。20世纪50年代初，巴金两度从淮海坊启程，率中国文联“战地创作组”赴朝鲜战场深入生活，历时一年之多，与留守淮海坊的萧珊往来书简就达80余封。回国后，根据积累的素材创作了一批讴歌志愿军战士勇于献身、保家卫国的军事题材作品，这批作品影响最大的数小说《团圆》，影片《英雄儿女》系根据此改编的。20世纪60年代初，巴金虽然在杭州花港招待所创作了小说《团圆》，但淮海坊59号作为电影《英雄儿女》原著的诞生地是毫无悬念的。

上海人的糟货

袁念琪
2022-09-08

上海人的“糟货”就是用糟卤做的冷热菜。我20世纪80年代当记者跑财贸新闻，到夏日会发“糟货上市”消息，就像中秋前必报“月饼开炉”。有外省朋友对此茫然，纳闷为啥要宣传糟货而不去宣传好货？而且这糟货卖得比同类好货还贵。时至今日，糟货已不再是夏日专利而成四季佳肴。家里上海人叫“糟油”的糟卤常备，只不过夏天消耗更快。

糟货分两大阵营。一是糟卤浸腌的冷菜，常见的是荤有糟鸡素有糟毛豆，美食家袁枚说的糟鲞和糟菜罕见。这路菜家里自制较多，糟卤过去用色黑如墨的太仓货，按袁枚说法，“糟油出太仓州，愈陈愈佳。”现多为本地产，色浅似琥珀。除用糟卤浸，我更欢喜家乡嵊县的干糟做法，用酒糟包裹白斩鸡白切肉，糟出来的肉鲜美香浓，别有味道。

这阵营里，人们最熟的要数糟钵头了。宁波菜馆把猪肝、心、肠、肺等杂碎切薄片，放砂锅文火久炖，酥烂后加糟卤浸腌。

糟钵头不是甬菜独家，本帮也有。曾在报上读到，有人带糟钵头乘机，香了一机舱，勾出一路馋痨虫。德兴馆的糟钵头也味道独特，听他家大厨、市级非遗“本帮菜肴烹饪技艺”传承人缪云飞透露：“主要是原材料要选得好，猪爪选靠猪爪这一段，上面一段不要了，这段吃口有弹性，肉质也很好。圈子一段里最多选6片。肺主要是出水要出干净，把里面杂质都去掉，然后拿水泡一下，关键是要煸得透。”

现在外卖糟钵头没钵头，用塑料碗或大盆。老人和在金陵中路79号和瑞金二路418号时，我买一钵头获部优的糟鸡22块，吃完退钵头2元。钵头有无倒无所谓，发现里面猪肚没了，圈子跑了，就连杂碎，也只剩上海人叫“门腔”的猪舌头。拍死“前浪”的“后浪”是基围虾、鸡肫和毛豆，还有比猪脚爪性价比低的鸡脚爪。

说到糟钵头，想起《海上繁华梦》中一桥段。一干人去湖北路349号著名京菜馆雅叙园，其中钱守愚点糟钵头。值堂问“糟钵头”是什么菜？

“守愚道：‘你枉做了酒馆里的值堂的，连糟钵头都不知道，那是用猪脏糟的。’

值堂的微笑答道：‘这菜乃是小饭店里卖的，我们馆子里头没有。’

守愚晓得差了，脸上一红。”

正应了法国美食评论家萨瓦兰那句话，“告诉我你吃什么，我就能知道你是什么样的人。”

糟货的另一阵营是热菜，上海人最熟是糟熘鱼片，老人和这只菜拿手。同样是糟与青鱼搭档，我较欢喜糟香甩水。乌青尾糟后红烧，色是继承本帮浓油赤酱，糟香入味有味道。原来天钥桥路有家海上阿叔，糟香甩水做得好，可惜关店吃不到了。吾生晚矣，老正兴的白糟腌青鱼、春笋火腿川糟也无缘品尝。更别提美食家唐鲁孙所说的，大鱼大肉后，吃口“清淡爽口”令“肥腻全消”的加糟红苋菜汤。

本帮还有只糟卤大鱼头，据同为市级非遗“本帮菜肴烹饪技艺”传承人的上海老饭店秦卓男说：“这个鱼头相当难烧，因为汤要浑厚，入口要滑。”叫她为难的是浓度不高、香气不够。师父、本帮菜泰斗李伯荣点拨：“起鱼头慢，鱼头要起透。起透后，鱼头就挥发出香味，香味出来后再投料加水。”用秦卓男的话来说，“师父的这一句话：慢。这一个很小的字眼，就让这个菜好了。”

糟入热菜还有一个窍槛，就是糟卤一定要最后放；如同放蚝油。吃糟卤就要吃糟香，早放就没糟香，还易发酸。

糟货姓糟。糟是个纲，纲举目张。唐鲁孙这老吃客道出老正兴糟货好的奥秘：“他家的糟都是自己特制的，所以凡是用糟的菜，他家都比别家高明。”

糟货要做得好，要用自家做的糟。一是浸米做米糟，《随园食单》里的糟鸡糟肉，用的是米糟；本帮菜里，有酒香米糟肉。二是自制清糟浑糟。清糟用绍兴花雕吊，比例1斤糟2瓶酒；花雕与泥糟搅拌成糊状，纱布过滤24小时，滴到碗里成清香可口的清糟。浑糟是1斤糟加4斤水，浸半小时以上再慢慢搅拌融合，过滤出浑糟。

缪云飞大厨说：“比较香一点儿、比较清的菜用清糟，像三丁糟蟹柳。比较重的菜用浑糟，比如糟香大鱼头和糟钵头。”

真所谓：糟得狠，好得很。

戏剧情怀安福路

胡雪桦

2022-09-23

武康路最北的那条约一千米的街道叫安福路。安福路过去叫巨泼来斯路，是以法国海军将领巨泼来斯命名。英国、法国、西班牙文艺复兴式建筑和名人故居折射出这条街道在上海发展进程中的人文情怀，也承载了上海的一个重要文化现象——话剧，当然也孕育了这条美丽街道上难忘的戏剧故事。这里曾经有两个在全国，甚至在全世界都有影响的一流戏剧团体——201号上海青年话剧团和284号上海人民艺术剧院。

上海是中国话剧艺术的发源地，1907年，春柳社与春阳社分别在上海与东京上演了《黑奴吁天录》。上海一直是中国话剧重镇，出现了一批戏剧家，洪深、熊佛西、夏衍、黄佐临、于伶……

安福路201号，从前的巨泼来斯路201号，是幢典型的英国式别墅。大花园，砖木结构三层西式楼房，四坡顶屋面，红瓦盖顶。入口门廊为一对多利安柱，廊前平台台阶左右竖着一对维纳斯塑像。曾为敌伪时期汉奸潘三省宅邸。抗战胜利后，吴国祯在1946年5月任上海特别市第七任市长。经过他的改建和调整，原先的英式乡间别墅，改变成一座中西合璧式的官邸。解放后，1957年上海戏剧学院成立了实验话剧团。1963年，该团归属上海市文化局，改名上海青年话剧团。田稼是青话第一任团长。从此，安福路201号便成为中国话剧精英的聚集之地，上海青话也是中国最具学术风范的话剧精英摇篮。因为，它的成员基本上都是清一色的上海戏剧学院毕业生。

安福路284号，也是一栋花园洋房，曾经是菲律宾领事馆。据说，丁玲和胡也频也曾在此住过。1950年，上海人民艺术剧院在此创立，由华东文工二团和一些来自解放区的文艺工作者及上海戏剧电影界人士组成。首任院长夏衍，副院长黄佐临、吕复。1954年华东话剧团并入剧院，1960年蜜蜂滑稽剧团、朝阳通俗话剧团划归上海人艺。其时，剧院拥有一、二团、方言话剧团、滑稽剧团，人数达400余人。

“文革”时期，上海青年话剧团与上海人民艺术剧院合并，改名上海话剧团。1978年，恢复上海人民艺术剧院和上海青年话剧团。1985年开始黄佐临担任名誉院长，沙叶新任院长。两剧院于1995年1月23日合并新生为上海话剧艺术中心。

上海青年话剧团有一位非常了不起的导演——胡伟民，他是我父亲。20世纪80年代初，他提出一个戏剧理论：“东张西望”“得意忘形”“无法无天”。“东张西望”是指要打开眼界。向东看，看东方戏剧、东方美学、民族经典；向西看，对世界各国戏剧学习借鉴。“得意忘形”在生活中是贬义，在艺术上，是褒义。意境，求意舍形。展开艺术的想象，探索舞台的多种可能性。“无法无天”是指不要墨守成规，艺术的本质就是要创造，追求艺术个性的创作精神。戏剧舞台不能仅仅局限于现实主义创作方式。艺术规律的设立就在于让人不断去打破它，只有这样艺术本身才能发展。“无法而法，乃为至法。”当时他的理论提出之后，在话剧界引起了巨大的反响，也引发了不小的争议。但我父亲坚持认为，除了传统的现实主义之外，也应该对其他的艺术流派、美学方法都要充分学习。他回到上海，在短短的十年里，排了26个戏。其中，13部是在安福路完成的。和他合作最多的是著名的话剧演员——焦晃。

焦晃叔叔与我父亲志同道合，参演了我父亲导演的《秦王李世民》《安东尼与克莉奥佩特拉》《红房间白房间黑房间》《休伊》等多部话剧。焦晃有个习惯，每当排演新戏，他就会拿着铺盖卷住到青话宿舍。中午，远远就能看见他光了脚在花园草地上绕着圈走。一次，我实在忍不住好奇，问他：“焦晃叔叔，你干吗呢?”他回答：“你不懂，我接地气呢!”很幸运，我从小在青话长大，看父亲排戏，看着这些伟大的演员和艺术家怎么把平面的文字呈现在舞台上。从一开始的对词、初排、连排、彩排到最后演出。一切都令我如痴如醉，潜移默化地使我对舞台艺术产生了憧憬和崇敬。最终，我选择了导演作为自己的终身职业。

1985年，我在空政话剧团担任王贵老师的助手，后到人艺工作。导演了我在人艺的第一部戏《WM我们》，成为当年中国最年轻的话剧导演。1987年出国前，又与黄佐临院长合作导演了由奚美娟和野芒主演的《中国梦》。15年后，我回到安福路话剧中心排了《狗魅Sylvia》。这是部很有意思的戏，讲了一只狗和一个男人的关系，其中人和狗，人和人的关系写得特别意味深长。我看了剧本，脑海里就跳出了一个名字“金星”。这个角色她演最合适。《狗魅Sylvia》这部戏引起了巨大的轰动，金星演得非常出色，剧本就像是为她写的。后来，我又排了萨特的经典作品《肮脏的手》。这是我父亲20年前成功排过的戏，压力巨大。如何排这个戏?我反复地研究剧本。萨特把故事放在了二战后的一个虚构的国度里。当我把故事的背景改在中东的时候，这个戏独特的导演构思形成了。我将自己导演的《WM我们》《中国梦》《狗魅Sylvia》和《肮脏的手》作为对安福路和话剧事业的致敬。

对我而言，武康路是上海历史长河里充满了故事的船，它安静地荡漾着。这条路上有很多故事，戏剧当然是这条美丽街道上不可忽略的绚丽现象，难忘的故事。武康路的传承，历史的演绎少不了各种各样的艺术形态来推波助澜，安福路的存在便是为它的浪漫而歌唱，为它的传奇添色增彩！

“淮国旧”，值得张望的舷窗

沈嘉禄

2022-09-29

20世纪70年代初，灰蒙蒙的天空下涌动着无序的人潮，疲惫、兴奋、焦灼、茫然……我已经在读初二了。那时候读书也就装装样子，课堂里乱得像茶馆店，老师讲的东西你根本别想听清楚。好在作业也没有多少，有些同学忘了做，临时抱佛脚向同学抄一下便可应付过去。下了课就在外面瞎逛，神聊，抽烟，大把大把地挥霍时间。

按当时的政策，中学生毕业后大多数分配到广阔天地去“修地球”，只有极少数可以留在上海，去工厂当学徒或读技校。于是有几个前景不妙的学生就“鸡鸡狗狗”地学起了小提琴，盼望有朝一日部队来招文艺兵。按照有关政策，我已经有四个哥哥在外地务农或当工人了，我铁定留在上海，但经不起同学的蛊惑，也加入了学吹打的行列。

对了，一开始我先是从同学那里借了一把吉他来玩。哈，当我抱着吉他雄赳赳气昂昂地走进弄堂时，正在谈山海经的几个老太太说：“哦哟，迭只外国琵琶真大啊！”

学了几天，弦线断了，跑遍整个上海滩也配不到。有人建议我去“淮国旧”看看，我跑到那里，找到乐器柜台，抖抖豁豁一开口，老师傅就指着头上悬挂着的大字报说：“侬先看看上头写点儿啥。”抬头一看，不得了！大字报的标题是《彻底砸烂资产阶级乐器吉他》。文章指出：吉他自它出生那天起，就是为封建贵族和资产阶级服务的，死心塌地产生靡靡之音，所以必须彻底砸烂，确保无产阶级文化阵地的纯洁性。

我头皮一阵阵发麻，耳朵嗡嗡作响，赶快逃了出去。

但也不是所有西洋乐器都要被砸烂，比如小提琴，因为加入了弦乐五重奏《海港》而实现了“洋为中用”，于是，整个上海滩很快掀起了学小提琴的狂潮，据说当时学小提琴的青少年达到20万之众。那么我就学一学小提琴吧。

当时小提琴也很难买的，乐器商店只有样品，蒙了一层薄薄的灰尘，市百一店偶尔会放出一批，闻讯而动的顾客早早地排起了长队。我同学历经千辛万苦买来一把，44元一把，超过普通工人的一个月工资，问题出在音质，实在不敢恭维。

为了适应几十万人学小提琴的“大好形势”，“淮国旧”就将里边的乐器柜台搬到门口来，门板上像挂火腿一样挂了好几把小提琴，琴背有楸木或枫木自然形成的“虎皮纹”，琴头和琴轴雕刻得相当精致，很有点儿贵族气质。默默地来了一个中年男人，跟营业员交谈几句，就像杨子荣在威虎厅与土匪对黑话，我听不大懂。营业员取下一把小提琴，那个男人将琴夹在下巴上，操起弓子在弦上一滑，那声音像女人的尖叫，一下子撕裂了我的心。

如果运气好的话，可以听一段《山丹丹花开红艳艳》，或者《新疆之春》。围观的群众越来越多，一绺湿漉漉的头发耷拉在拉琴人的额头上，慢慢地，我被挤到了边上，伤感地退出。

我的小提琴是从亲戚那里借来的，虽然是一把旧琴，琴面边框却一丝不苟地嵌了一圈乌木镶线，望琴肚子里看，有一张泛黄的外文商标。我学琴是愿意下苦功的，只是琴弦时常要断，最贵的G弦5角一根，最便宜的E弦也要2角一根，开销有点儿大。“淮国旧”的乐器柜台有琴弦出售，产自北方某座城市，相对便宜些。还有松香、琴桥、琴轴、琴盒及肩垫等，所以我跑得比较勤。

卖琴的老师傅是个石骨铁硬的老克勒，抽板烟斗，吹起小提琴来头头是道，从他口中我知道了瓜纳里尔、阿玛蒂、斯特拉瓦迪里三大制琴家族和他们的传奇。“淮国旧”出售的小提琴基本上就是七八十元一把，极少超过100元。会不会混进一两把意大利古董名琴呢，我不知道，但也不敢说没有可能吧。有时候老克勒会突然冒出一句：“国产的百灵牌是自力更生的产物，劳动人民拉拉蛮不错了。”

围观群众笑了，他则故意板起面孔。这个时候乐器店里卖出的小提琴弓子，弓毛都是杂色的，纯白的就是没货。中国交响乐团演出《红旗颂》，几十把小提琴一起上上下下，一水的纯白弓毛，端的漂亮。对此老克勒也难以解释：“难道白马都死光了吗。”大家又是哈哈大笑，他则仍然屏牢不笑，猛吸一口烟。他的柜台前总是围满了人，我每次去，都像听一堂免费的西洋乐器鉴赏课。

等到我毕业时，果然有两个同学被昆明部队招去当了文艺兵。我幸运地留在上海，在一家饮食店当学徒，干的是体力活儿，我的手指很快就变得像胡萝卜一样粗，拉《金色的炉台》把不准半音阶，我急得哭出来了。

但是“淮国旧”还是经常会去，因为那里有许多物品是清贫人家急需的。我不是有四个哥哥在外地吗？他们经常来信，希望家里寄点儿日用品，我就跟老爸到那里淘旧货，军用毛毯、棉手套、解放跑鞋、搪瓷脸盆、铝饭盒、煤油炉、闹钟等，都是知青的伴侣。

好几个钟表专柜拼成一个“围城”，英纳格五六十元一块，浪琴、汉密尔顿差不多也是这个价，欧米茄就贵多了。绝大多数人是买不起的，只能看看，如果营业员与某位顾客比较熟的话，就会拿几块手表放在木盘上送到他面前，看看，听听，共同品鉴一番。上海滩不缺老克勒，他们的生活质量大幅度下降了，但对好东西还保持着很高的鉴赏力。

服装柜台有运动衫裤和粗布棉大衣出售，因为不需要布票、棉花票，所以每次投放一批就会吸引很多人来选购。但最大亮点是那五六根钢管，每根长四五米，每根钢管上吊一排裘皮大衣，至少有二三十件的样子。你可以估算一下，应该会有一两百件的总量吧。裘皮大衣是我生活经验之外的高贵之物，此时却代表了腐朽和奢靡，羔羊、水獭、红狐狸、灰狐狸、银狐狸、紫貂、黑貂、水貂……它们冰冰冷地悬挂着，像死尸一般，高高在上，我只看得到它们毛茸茸的下摆，挂一块小布条，上面写着价格，好像也只有几十元，100元以上了不得了。有时候来了一个人，围巾遮住了他的半张脸，轻声轻气地要求看一下。营业员就走出柜台，解开绳索，将其中的一根钢管放下来，几颗人头凑过去看几眼，伸手摸摸，神色木然地交谈几句，然后营业员再收紧绳索，灰狐、灰鼠、银貂又升上去了。

20世纪70年代末，它们似乎一夜之间消失了，无影无踪了，据店里的老法师说，都弄到外贸部门去了，广交会上也有，出口创汇去了。在那个年代，这或许是资产阶级奢侈品的最好归宿。

后来，大约是20世纪80年代末，谢晋拍白先勇的《最后的贵族》，里面有四个大家闺秀，有一场戏是她们披着裘皮大衣走出来，但你叫上影厂到哪里去弄这四件名贵的裘皮大衣啊？谢导只得在报上刊登广告，向市民租借。后来我看到电影中这个场景，四位贵族小姐鱼贯而出，前三位是裘皮大衣，最后一位披的是坎肩——偌大的上海滩啊，四件老货裘皮大衣都凑不齐啦？

从“淮国旧”后门出去就是长乐路，那里有几只简陋的大棚，里面的红木家具堆得叠床架屋。口号喧天的时刻，人心惶惶，谁也不会欣赏红木家具

的西式浮雕与明亮的花旗镜子。但我们中学生没事可干，就在那里看热闹。一张红木八仙桌只卖50元，一只蛋凳卖5元。还有一次我看到一辆10吨头卡车装了满满一车红木家具，喇叭一响开走了。听老师傅说，这是卖到民族乐器厂去的，拆散之后做胡琴、扬琴，再小点儿的碎料也不浪费，送到算盘厂做算盘珠。红木珠的算盘打起来声音清脆响亮，珠与珠之间有因碰撞而产生的缝隙，不会粘珠，老财务喜欢用红木算盘。

后来——20多年后我已经当记者了，采访一个专做旧家具生意的老法师，他是“淮国旧”的职工。他告诉我，当年他负责在民间收购旧红木家具，稍许整修一下后卖给外贸部门。有一次店里收进一只红木大橱，他在登记时觉得这只大橱特别笨重，仔细一看，发现抽屉下里有夹层，拆开夹层，乖乖隆地咚！里面居然夹了金银首饰，还有几根金灿灿的大黄鱼。但那个卖主没有留下地址，怎么也找不到了。20世纪70年代初的某一年，他在静安区一条弄堂里收到一张紫檀雕花大床，作价2400元，但单位领导认为买贵了，属于生产事故，要他赔400元，每月从工资里扣除。等这笔钱赔清爽，他也退休了，自己单干，倒也发财了。“这几年我一直在寻找这张紫檀大床，照现在行情它至少值2000万！”

我还有一个朋友，那时候待业在家无聊，就跑到“淮国旧”看西洋钟，法国钟、德国钟都有，他有几个小钱就买一只两只，改革开放后到国外发展，赚了钱后就到处搜寻西洋钟，最终收藏了500多只，其中不少还是遗世孤品，他就成了西洋钟专题收藏家。“是‘淮国旧’的师傅引我走上这条路的。”他念念不忘地说。

那个时候供应紧张，南京路、淮海路等主要商业街的店堂里常常挂着标语口号，一句是“为人民服务”，另一句就是“发展经济，保障供给”，而“淮国旧”则不同，它的口号是“厉行节约，勤俭持家”。在这个口号下，许多象征资产阶级生活方式的物品就被巧妙地开发利用了。

所以说，那个年代“淮国旧”给市民打开一扇窗，让市民有一个透气的地方，通过承载世界文明的陈旧器物，可以大致想象大千世界的生活状态，同时，也成了许多青年人窥视与认识世界文明的启蒙之地。这，也是海派文化的机巧与通达之处。

我住荣宅

邓伟志

2022-10-06

最近读了王梦珍写的《走进荣宅》，让我想起我住在荣宗敬老宅的那段经历。1960年大学毕业后，我被分配到上海社会科学院学习室。工作地点先在瑞金花园陈毅住过的1号楼，晚上住在谭震林住过的3号楼。不久就迁到陕西北路186号的荣氏老宅。先与冯契牵头的上海哲学书编写组的专家同住荣氏老宅。哲学书编好后，社科院经济所搬进来，我们又同经济所的专家同住荣氏老宅。说同住，实际上只有我们学习室的几个单身汉住在里面，专家们是白天在这里忙碌，晚上各自回家。

当时，大家不称186号“荣氏老宅”，而是称“荣家花园”。荣家花园是我的学习园地，是我的学术起跑线。学习室主任由庞季云副院长兼任。庞主任在延安是中共中央研究室学习室成员，在中央东北局又是研究室学习科科长，1949年后他在中南海工作，又任中宣部理论处副处长。他深知学习是打开知识宝库的钥匙，教导我们读书背书。他几乎是每月请一位大学者来给我们做报告。请厦大校长王亚南给我们讲经济，请复旦大学周谷城、周予同讲史学，郭绍虞讲文学，请冯契讲哲学，请文汇报陆灏讲新闻学，请金仲华副市长讲国际关系学，请市委大秀才、新民晚报原总编蒋文杰讲写作，我们听得津津有味，念念不忘。有次周谷城先到，周予同穿着一身新的呢子中山装缓缓走进。周谷城劈头就说:“今天是什么节日？穿得这么漂亮!”周予同似严肃、似轻松地面向等着听他俩报告的年轻人说:“大家注意：西周又在发起对东周的攻击。”他看我们有点儿愕然，继续说:“我浙江人是东周，他这位湖南人是西周。”幼稚的我本来见了他们大学者有点儿畏怯，他俩这番对话，让我一下子轻松了好多。

让我们敬佩的还有三位文学老师，其中有一位年近八旬的王震老师给我们讲《论语》。大约讲了七八次。我们每人都一本正经地捧着老版本的《论语》听课，他这老师居然两手空空，全靠背诵，背一段讲解一段。普天之下有谁能把两万字背下来？有滚瓜烂熟的老师在跟前，他不劝说也让我们懂得不废寝忘食、引锥刺股不行。

《走进荣宅》里讲的那间二楼西头的荣宗敬卧室，是庞院长的办公室，小会在他房间里召开。东面隔壁面积较小的房间，是社科院党委书记李培南的办公室。李培南曾任瑞金红大的班主任、延安抗大的老师。陆定一称他“小马克思”。他冬天穿一件旧军大衣，夏天中午休息是在地板上铺张草席，枕头边常常放个留声机，从留声机里学法文、德文。“小马克思”如此刻苦学习，我们作为他学生的学生怎么能不感动？中午我们与他俩同在一间只能放三四张桌子的小食堂吃饭。他吃什么我们看得清清楚楚：就是比我们多一小碟油拌辣椒粉……我默默地以李老为楷模。

那时大名鼎鼎的黄逸峰，是经济史组长。我知道他是老资格，便羞答答地请他讲革命故事。身材魁梧的他会拍拍我的头，问我:“看《东进序曲》没有?”我回答“看过”。他说:“那我就给你讲讲《东进序曲》以外的故事。”他有声有色地讲三次武装起义。扯得远一点儿，有关三次武装起义，除了他在荣家花园讲过，后来我又看过两次，两次都跟他与给我讲的一模一样，足见他不做墙头草，活像荣家老宅里的大理石那般坚强。

老宅美，在老宅求知的生活比金碧辉煌的老宅更美!

梧桐，上海人的乡愁

湘 君

2022-10-17

提及能够代表上海特色的风物，很多人都会立即联想到梧桐树。一位移居海外的朋友，漂泊了大半辈子，魂牵梦萦念念不忘的始终是童年时代的梧桐街区。她常常认真地对人讲："于我而言，世界的尽头不是如来佛的五指山，不是哥伦布的新大陆，而是小时候居住的'巨富长'。"梧桐是她的乡愁，带着忧郁的轻蓝。

也不是每个人都喜欢梧桐树的。我曾经携一位邻居去梧桐街区行走，遍数一排排密集整齐的行道树，欣赏一座座青苔留痕的老洋房，走着走着，忍不住一声感叹——好漂亮的树啊。可我的东北芳邻毫无感觉，在我絮絮叨叨、津津有味、满腹诗情画意的时候，她冷静的语调浇灭了一切煽情："你从小在这样的环境里长大，可我的成长经历并没有这样的氛围，所以你能感受到的，我完全不能。"我知道，在她的眼里，梧桐树是灰色的。

梧桐树真实的基底是绿色。生如夏花，树亦同花，它把最旺盛的生命力都攒到了盛夏时节，舒展，茂盛，绽放，密密匝匝，层层叠叠，枝叶参天，华荫如盖，隔绝了暑热，带来了清凉。两边参差交互的叶子沿着街道无限延伸，仿佛一条条绿色的时光隧道。四下的房屋建筑，路过的车辆行人，好像都被染上了一层绿意。

也有人偏爱深秋里的梧桐。叶子变成了金黄色，间或几片枫叶般的嫣红，映着秋日明艳艳的阳光，灿烂，耀眼，让人着迷，仿佛一年一度的盛宴。城中辟出数条景观街道，踩在厚厚一层落叶上，犹如高山积雪一般，发出咔嚓咔嚓的脆响，奏响一曲人与城市的恋歌。

秋去冬来，梧桐树叶几乎落尽，仅剩的几片孤零零地吊在枝头，随风摇摆，像是欧·亨利笔下那些带有特殊使命的叶子。有一年冬天我路过陕西南路永嘉路附近，突然发现干枯的梧桐树叶呈现出一种奇异的色彩。我掏出手机拍下来，更加明显了：它竟然是一种轻柔的粉色，原本属于樱花的颜色。干枯衰败被赋予了神奇的生命力，显出一种不真实的浪漫。带着对超自然现象的疑惑再走几步，我心中顿时豁然开朗。

路边的明复图书馆，以前叫卢湾区图书馆，我曾在这里度过了整个高中时期，特别是临近高考的那些日子，我和同学们几乎每天放学后泡在图书馆温习功课，争分夺秒，两耳不闻窗外事，山中不知岁月长。也是在那时，我情窦初开，与“同桌的你”萌生了纯洁美好的小时光，那个英俊温柔的男孩伴随我度过了一段难熬的日子，温暖了我苍白的青葱岁月。原来，我并未眼花，而是记忆幻成了通感，珍藏在心底的秘密化作了眼前的轻舞飞扬。

想起国外某地一个奇特的习俗，见面打招呼说：今天你的心情是什么颜色？初听一愣，难道人的心情也跟彩虹似的，生出赤橙黄绿青蓝紫的变化？后来才明白其中的奥妙，用的是赋比兴手法，借颜色之名施关怀之心，问候你今日心情如何。梧桐树也是这般，答案与每个人的经历和心境有关，一千个人心中自有一千种颜色。今天你的心情会是什么颜色呢？就以每日不同的心情，去解锁这五彩斑斓的城市风景吧。

玩味汉口路

何 菲

2022-10-20

每次去汉口路，只要时间许可，我总会去申报馆大楼坐坐，喝杯桂花拿铁，吃块巧克力熔岩蛋糕，心里会非常柔软，似能感到曾外祖父儒雅温煦的气息。

我的曾外祖父凌树焘（1880—1956），浙江富阳人，曾历任上海市立西城小学（后改名为蓬莱路第二小学）首任校长、上海南洋商业专门学校监学等，协助刘文渊、许铸成创办上海青年书画会。1927年受史量才聘请，加入申报馆务管理团队，直至1942年荣休。出版有《翰雪楼画评》等著作，书工魏碑。曾外祖父即使到了晚年，还是妥妥的型男，不仅在于貌，更在于气。他在汉口路工作了整整15年。

上海汉口路曾是全国报业中心。汉口路309号是申报馆，著名的《申报》创刊于此。对面300号则是解放日报大厦。山东路是汉口路上的一条狭窄枝杈，当时叫望平街，短短200余米，在这片弹丸之地，曾有十四五家报馆。1916年中国报业泰斗史量才斥资70多万银两在汉口路望平街转角，推倒旧房舍建造起一栋拥有100余间房间的五层大楼：申报馆大楼。这幢新古典主义装饰风格的建筑也成为中国近代报业发展史上的一个缩影，《申报》也成为近代中国发行时间最久、影响力最大的报纸。这片报馆麇集的地区也曾活跃着大量中小型食肆，每天凌晨出没着许多通宵编稿排版的各报馆编辑记者和校对员。一壶善酿佐以豆腐干、荷包蛋、花生米便可醺然。席间大家交换信息，分享情绪，然后踏着醉步各自散去。

狭窄的上海汉口路不仅是报业街，还是海关街、金融街，满满的历史、墨香与传奇。长度仅1500米左右，因信息量巨大而显得既深且长，波澜壮阔，风云诡谲。她东起中山东一路，西至西藏中路，连接外滩与人民广场。鸦片战争后上海开埠，黄浦江畔开辟了英租界。清朝江海北关所在马路被命名为海关路。1865年，海关路更名为汉口路，至今已有157年。

在汉口路，有1927年落成的海关大楼，有1908年竣工的中国第一家中央银行大清银行旧址，1912年中国银行在此宣告成立；有中南银行大楼、四行储蓄会大楼、原浙江第一商业银行、中国最早的证券交易所……汉口路193号是原公共租界工部局，这栋大楼见证了上海各个历史交替的时刻。1949年5月28日，陈毅市长和国民政府最后一任上海代市长赵祖康在此举行了新旧上海市政府移交仪式。可以说，汉口路的许多建筑，都见证了中国的觉醒和力量。

曾看过电影《时光倒流70年》：一家历史悠久的酒店让男主人公回到70年前，重温了一段美丽的爱情故事。第一次踏入坐落于汉口路740号的扬子饭店时，我下意识想起这部电影，甚至脑海里还回荡起了电影插曲，这种感受奇妙而走心。1933年开业的扬子饭店是一朵时间的玫瑰，她是上海建筑遗产级历史酒店，凭借欧洲30年代装饰艺术风格蜚声全球。曾被誉为“远东第三大饭店”，毗邻邬达克设计的远东著名教堂沐恩堂。阮玲玉、胡蝶、周璇、姚莉、徐来等明星都与之有着深刻的联系。这里有太多宝藏和传奇，作为古董级酒店，她玲珑秀美，不会轻易泄露自己的过去，只会像掌纹一样深藏起来，在被烙印进钢窗的纹饰、楼梯的扶手、沙发的材质、阳台的风格、前女掌门人微妙的刘海儿弧度中惊鸿一瞥……每一道印记都是海派遗风的伏藏品。

二战结束前的上海是全球情报人员最密集的城市之一，是远东第一情报之都。多方势力盘桓牵制，进行着合作与争斗，是全球政治风云的小镜像。而当年行政机构、报馆、洋行、饭店、舞厅、文人学者、革命志士、明星富商、情报人员、各路洋人、基督教徒云集的汉口路，也是谍海风云的真实发生地、场景地：中共历史上唯一的五重间谍袁殊是比谍战剧男主人公更为传奇的“伪装者”，曾活跃于上海文化界与政商界，汉口路绸业银行是他的据点之一；东方旅社则是全国苏维埃区域第一次代表大会筹备期间的中共联络处。

从颜值和知名度来说，汉口路当属“魔都”的第二梯队。但她的气场不可名状，气质深不可测。各种中西新旧业态比肩，庙堂与江湖貌似融合，本土与国际仅一步之遥。既有大闸蟹的鲜腴，也有埃塞俄比亚豆子烘焙出的咖啡香。机关、银行、酒店、报社、教堂、商厦、民居、玉器行、珠宝店、茶馆、瑜伽馆、各种小型食肆、深夜食堂、便利店、烟纸店、武馆、中医馆、中古店等云集。周边阡陌密布，高低错落。纹理凹凸不平，纵横捭阖，值得细细揣摩。

70年代，上海人流行“调房子”

陈建兴
2022-11-20

调（换）房子，这样的事现在几乎闻所未闻，可在20世纪70年代，却是普通上海人改善居住条件的有限选择。

那时，马路上时常会看到手拎糨糊桶的人在电线杆上张贴调房启事。这些启事大都写明自家房屋的情况，希望调换的房子的要求，并留下联系方式。

我家前弄堂的邻居老汪在秀水路一家木器厂上班，家里孩子大了，要将居住的大房子，换成两处小房子，当时叫“一调二”。他知道我在弄堂里出黑板报，字写得端正，便去曹家渡战斗文具店买来几张蓝印誊写纸，让我帮忙写调房启事。我也不清楚怎么写，就去马路上看了许多别人贴的启事，回来再着手写。先打草稿，问清他家房子的面积、朝向、房屋性质和对人家的要求、联系地址等，再写定正稿，最后才正式誊写。我用仿宋体一笔一画地写，底下垫着三张蓝印誊写纸。但第一第二张还算清晰，第三张就有点儿模糊了，而且这样手工誊写的速度太慢了，我便又去单位里借来了钢板、铁笔和蜡纸，改用刻印的，一下子刻印了100多份。大功告成，我把启事送到老汪家，他高兴极了，请我到华阳路口的华五饮食店吃了一碗阳春面。接下来我帮忙帮到底，再帮他去电线杆上贴启事。他推出那辆“老坦克”，我拎着

盛满糨糊的铁皮罐，坐在自行车后座上，每条马路的每一根电线杆都贴上了。看到人家调房启事上有符合老汪心意的房源，他也会让我摘抄下来。启事也确实蛮多的，“一调一”“一调二”“二调一”，什么都有。

半个多月后，有人约老汪面谈了。老汪喜出望外，不抽烟的他也买了一包“万宝路”塞在上衣口袋。他叫上我，我坐在他的自行车后座上，一起来到长寿路上的燎原电影院门口。见到来人，老汪赶紧递上烟，急切地问起人家房子的情况，还将自家房子的草图给人家看。谁想那人看了他的草图兴趣不大，没过几分钟就找借口走了，老汪很是失望，悻悻而归。

过了几天，我又陪他去了一家公园办的调房会。这里人头攒动，场面壮观，不少人将调房信息写在纸上，放在地上，互相寻找合适的调房对象。老汪把自己的调房启事贴在硬纸板上，双手举过头顶。放眼望去，人群里不少人都是这样举着牌子的。调房的理由也是各种各样的：家住中山公园附近的要调到杨树浦去上班，住在大柏树的却要调到曹家渡来上班，那些年的公交车又挤又慢，有的人花费在上下班的时间就要两三个小时，无奈，只能跑到这里来碰碰“额角头”；有的想把房子调到离父母近一点儿的地方，好让父母帮着带小囡；也有与邻居多年失和的，房子调开，眼不见为净。我俩站了几乎大半天，也有人来聊来摘抄启事上的内容，就是没有人约看房子。回家的路上，站累了的老汪坐在后座上，换我来骑车，他感慨地说：“啊呀，调到一间自己满意点儿的房子，比娶一个漂亮的老婆还难！”

回家我继续帮老汪刻蜡纸，印启事，夜晚一根根电线杆贴上去。功夫不负有心人，终于不断有人打公用电话给老汪了，想约时间来看房。老汪怕阴雨天上门看房，光线阴暗影响调房，往往特意选择阳光灿烂的日子。事先，他还与左邻右舍打招呼，不要在看房人面前“触壁脚”。这样，几十次的折腾之后，老汪终于与武宁路上一个调房户“对上眼”了，调到了双方都较满意的房子。我依稀记得，还陪老汪去房管所取回了一张表格，登记后就算是办完了手续。搬家那天，我也去帮忙。在“新家”，老汪一家人喜不自禁。老汪先是烧了一壶滚滚开的开水，说是要“财源滚滚”；然后又将水龙头开成一条线，说是“细水长流”；还买了“高升”炮仗，在弄堂里“乒乒乓乓”放着。不少与老汪熟悉的调房人也赶来道喜，老汪拍着我的肩膀说：“这个小伙子帮了我大忙了！”我也嘻嘻笑着，为他感到由衷高兴。

演变中的上海年俗

叶　辛

2023-01-20

过年了！

今年的年俗肯定又要同往年不一样。这是左邻右舍在电梯里、弄堂小区里碰到，必然要涉及的一个话题。

现在逢到过年，老人们都会感叹，现在过春节，年味是渐渐淡了。再不像原先那样，有那么多的规矩，那么多的讲究，很多事情，只能意思意思，走一个过场。意思到最后，不知不觉就消失了。

在我的青少年时代，过春节，是生活中的一件大事。除了家家户户要打扫卫生，家庭里要为每一个孩子准备新衣裳，孩子们私底下议论得最为热烈的，是过大年夜那天夜里，会给多少压岁钱；并且猜测着，压岁钱是睡觉之前给，还是等小孩睡着，悄悄地塞在孩子的枕头底下，让小孩在春节一大早醒过来，就会有个惊喜。从小孩在新的一年开始的时候，就有个一切重新开始的心情。

也有的孩子因为考试的成绩差，或者在学校的表现受到批评，甚至老师年终的品德评语直接指出了他的种种不足，除夕那晚没有拿到压岁钱，心里说今年是得不到奖励了。而到一觉醒来，意外地看见了压岁的红包，孩子必然拿这件事在小伙伴中间炫耀，并且表示，在新的一年里，一定不会让家长失望。

在一个家庭里，过年最大的事情，其实并不是小孩们看重的压岁钱，而是祭祀活动。过了腊八节，家里的老人就开始唠叨祭祀了。置办些什么食品，是选择老母鸡，还是腊鸡？总而言之，鸡、鸭、鱼、肉四大样要备齐，祖父祖母或外公外婆中的某一位，还会提出，哪个已逝的先人生前喜欢吃雀舌，天天晚上要抿一口酒，要把他喜欢吃的东西备齐，菜要炒得香，酒要选择好一些的。小孩子们往往听了觉得好笑，所有准备的菜肴，到头来都是家人们欢天喜地吃的，偏偏要借着祖宗的名义说是为他们准备的。

记得是在腊月廿四以后，各家各户根据商定的日子，会聚在一起，举行祭拜老祖宗的活动。家家户户都设起供桌，供桌前方还有祖宗们的一张张照片。有刚记事的娃娃不认识照片上的人，家中的大人就会指着告诉孩子，这是太祖，这是老外婆的妈妈，小娃娃听着，巴瞪巴瞪睁大一双眼睛点头。然后大人们先后在供桌前的坐垫上虔诚地跪下，朝着祖宗们的照片磕头，膜拜。不少人家会点起蜡烛燃起香。大人们磕过了头，会让家中每一个从大到小的孩子照着做，把这一仪式认认真真做完。

隆重祭典的人家，往往是家境比较富足的，除了供桌上放满了美味佳肴之外，会点燃起大红蜡烛，粗粗的香，供桌上罗列的饼、水果令人眼花缭乱。

在我童年的记忆中，春节的祭祖是最为热烈和普遍的。可到了20世纪50年代末、60年代初，这一年俗活动不知不觉地淡化和消失了。究其原因，一是遇到了三年困难时期，二是社会上提倡“破旧立新”。破旧就是破除旧风俗、旧习惯，立新就是树立新风尚、新习俗。发展到后来的大破四旧，大立四新，上海过新年时的年俗活动，便也演变成一大家子人聚一聚，在相互恭贺新年的说话间，缅怀一下记忆中的老一辈人。

如果说改革开放之前，只是相约在一家住房宽敞点儿的亲属家聚一下的话，到了改革开放初显成果时，一家人的团聚就移到了饭店酒楼之中，变成了真正的欢乐聚会，迎接新年。

我和上海整整相伴了70多年，亲历了上海年俗的演变。但是，透过岁月的烟尘，我仍然感觉到，上海的年俗无论怎么变，有两样东西没有变。

一是吃一顿的年俗不曾变，再精简的过年，还是要好好地吃它一顿，对得起舌尖，对得起辛苦一年的身体。

二是给下一代娃们的压岁钱，总是挂在老人们的心头，临近春节了，想方设法也得给孩子们一点儿欣喜，毕竟娃娃们是我们的未来啊。

灶披间里的三个女人

龙　钢

2023-01-24

老底子，过春节最热闹的要数灶披间（厨房）了，冷菜、热炒，家家户户没个八个十个，那就算不上过年，缺少了年味。

小时候住在一栋三层老房子的底楼，一层三户，虽然住房不大，才十几个平方米，但公用灶披间却有十来个平方米，三户合用各占地盘，倒也其乐融融。

三户人家的女主人中，最年长的要数我母亲，正宗的上海本地人，一口标准的上海话。我们家紧靠灶披间，灶披间的一举一动，听得最清楚。原籍江都的王家阿姨住在中间一间，说一口苏北话。而住在最前面一户的姜家阿姨，是位山东人，旧社会受封建思想影响，裹了小脚，走起路来，地板会发出"叮咚"响。一到过年，灶披间里成了女主人们大显身手的地方，在准备过年菜肴时，上海话、苏北话、山东话此起彼伏，加上锅碗瓢盆发出的响声，宛如一首"春节交响曲"。

灶披间里，母亲的春节特色菜极具上海特色：酒糟白斩鸡、笋丝走油肉。鸡是托人从郊区农村买来的，为了白斩鸡吃上去嫩，水煮沸后把鸡放进沸水，然后母亲掐着时间，一秒不少到时拎起来，放在冷水里浸上一个来小时，斩成一块块，用黄酒浸放在搪瓷缸里。客人们过年上我家，都夸这白斩鸡既嫩又上味。

而王家阿姨的菜则多少带有苏北特色：狮子头是少不了的。那些年肉要凭票供应，王家阿姨事先一个月不吃肉，省下的肉票就为了过年上道狮子头菜肴。当时，上海人过年喜欢做小肉圆，而王家阿姨喜欢做狮子头，她说这是我们老家上好的菜品。

山东人过年喜欢蒸馒头，做饺子，姜家阿姨年前总是忙着做饺子馅，她做出来的饺子个个挺立，标标准准的山东饺子，大年初一，还会给我们邻居送上一碗。灶披间里三个女人各自拿出绝活儿，烹饪着春节的菜肴。楼上邻居羡慕地说，年味最浓的要数底楼的灶披间了……

王家阿姨和姜家阿姨来上海生活了多年，也渐渐地融入了上海人过春节的氛围中，特别是看到母亲做的上海菜，也很想学上一手。“周老师，你烧的笋丝走油肉味道好香，能否教教我们。”因为母亲是位老师，所以街坊邻居都叫我母亲“周老师”。于是，母亲手把手地教她们怎么做笋丝走油肉：先用淘米水把笋干浸泡数天切成丝，再将买来的五花肉，焯水后放冷水里浸一下，然后放油锅里煎炸，最后切块放入笋丝红烧，吃时再蒸一下。第二年春节，王家阿姨和姜家阿姨按照母亲的传授，各自做了笋丝走油肉，母亲一边指导一边帮着烹饪，两家人开心地说，我们终于会烧上海菜了。

20世纪90年代初，因建造内环高架道路老房动迁，“春节交响曲”便成了一种回忆。如今每到春节，就会想起当年灶披间里的“春节交响曲”那浓浓的年味。

张园和斜桥，还有盛公馆

吴少华

2023-02-19

最近，南京西路的“张园”修复对外开放，成为沪上新闻热点。但今天的张园已非昔日之“张园”，它只是在旧园址上建立起来的民国新式里弄房子，正式名称叫“张家花园”。昔日的张园，原为西人别墅，1882年被无锡人张叔和购得拓展成园林，故称张园，又叫“味莼园”，它早在20世纪20年代就消失了。随着张园一起消失的还有一个名声非常大的地名“斜桥”。

说到地名斜桥，人们就会想到陆家浜路上的“斜桥”。其实在上海滩有两个斜桥地名，另外一个在今成都北路至石门一路的南京西路一带，这个斜桥与张园有关。原来今石门二路与石门一路前为苏州河的一个叫东芦浦的支流，弯曲向南与长浜（今延安中路）相交。随着上海租界的繁荣，1879年英国侨民福布斯等人购东芦浦之东（今上海电视台界）建立了一个“英国乡村俱乐部”，使沪西地区逐渐热闹起来。1882年，经无锡人张叔和改建后的味莼园对外开放。为了方便游客往来，经协商后便在东芦浦上筑了一座桥，因南北向河道与东西向的马路并不呈垂直状，因而造成的桥就称为“斜桥”。英国乡村俱乐部也因此成了“斜桥总会”。

从一座桥而演衍成一个地名，是因为有故事。1909年2月霍元甲来张园比武，吓跑了自吹“天下无敌”的西洋大力士奥皮音。上海市民就是穿过斜桥去一睹霍元甲风采的。有意思的是，穿过斜桥到英国乡村俱乐部的小路畔，也有条小浜叫石家浜，1894年填浜筑路，初名斜桥路，1943年改成吴江路。据说在填浜前这里小河流水，树木扶疏，幽雅宜人的环境，吸引了不少外国侨民情侣来此幽会，这条小路的英文名字便成了“爱情小街”（Love Lane）。因为这里的环境宽容，集聚了不少白俄难民，留下了经典菜肴罗宋大菜。

从一个普通的地名跃升成著名的地名，是背后有大故事。这里曾经住过一位中国近代史上叱咤风云的人物，他就是大名鼎鼎的盛宣怀，在今上海图书馆盛宣怀档案中，许多信件上都写着“上海斜桥盛大人收”。盛宣怀于1880年前后在南京西路吴江路一带，购地105亩修建了盛家花园豪宅。与盛公馆隔墙的是另一家钟鸣鼎食之府，其主人叫邵友濂，1882年出任苏松太道道台，举家迁居上海。后来被称为海上奇才的邵洵美即邵友濂的孙子。两家子弟都喜欢踢球，久而久之，两家草坪合成一个大足球场。后来这片大草地还一度成为东华足球队的训练场地。

1916年盛宣怀病逝于上海，翌年的11月19日上海《民国日报》“盛宣怀出殡纪盛”记载，昨日送殡队伍下午一时从斜桥寓所出发，前有巡捕开道，后有各种仪仗86套之多。既有洋号枪旗，又有清代衙门执事；有道士也有和尚；百余名前清卫队和现代铁路机车、汽车混合；广东锣鼓和西洋乐队同行，可谓五花八门。队伍长达5华里，商人乘机捞外快，在沿途搭建看台设座，每站位大洋3角，座位6角，可谓生财有道。

往事如烟，东芦浦填平，斜桥早已拆除，辉煌的盛家花园也烟消云散。盛家花园旧址上的建承中学与新成游泳池，也在20世纪90年代随着南北高架建设拆除。在一座城市的飞速发展中，地名可以变迁，但发生在这座城市的记忆，我们不应让它湮没。

爱夜光杯 爱上海

2022

念故人

大道至简，母亲一样的秦怡老师

赵 静

2022-05-13

5月9日，清晨，我打开手机看见两个未接电话，是秦怡老师的女儿斐斐姐打来的。我心里一沉，这么早就来两个电话肯定是秦怡老师出了不好的情况，立即回电斐斐姐，可一连打了十几个都是忙音。我马上给剧团严琳主任、徐文书记打电话，打不通，后又给佟瑞欣团长打电话，也不通，我的心开始慌了，难道……正猜想，佟瑞欣团长来电话了，不等我多问就直接告诉我："秦怡老师今晨四点零八分走了！"

按说，秦怡老师已经一百岁了，随时都会面临生死不测的绝境，可是，今天我就是接受不了这个现实。

我仰天悲号，以泪洗面，但脑海中却像过电影似的闪烁着我和秦怡老师的一幕、一幕……

一次，上海电视台一位编导给我电话，让我去做一趟节目。我问什么节目？编导说是"家庭演播室"。这个节目，我曾经被电视台邀请做过一次，就问这次谁的？编导说："秦怡老师的，她点名要你做她的嘉宾。"我愣住了。

秦怡老师和我应是两代人了，她是我的偶像。年轻时，秦怡老师的名字就流芳艺坛，不愧为20世纪40年代话剧界的"四大名旦"之一。1949年后，她在电影《马兰花开》中饰演青年女工马兰，扮相十分甜美。我最爱看《铁道游击队》，秦怡老师塑造的“芳林嫂”这一角色，真是家喻户晓，脍炙人口，她老人家特别爱唱“弹起我心爱的土琵琶，唱起那动人的歌谣”。之后，秦怡老师又拍了《女篮五号》《青春之歌》《海外赤子》等一系列红遍大江南北的影片，成为当年最受欢迎的电影明星，被周总理称赞为中国最美丽女性，受到毛主席的接见。她曾获第一届中国电视金鹰奖优秀女演员奖、中国电影世纪奖最佳女演员奖、第十八届金鸡百花电影节授予的电影“终身成就奖”，并荣获第七届“中国十大杰出母亲”荣誉称号。这样一位前辈、著名表演艺术家，这样一位德艺双馨的资深老师，点名让我做她节目的嘉宾，我何德何能，我行吗？于是，对电视台的人说：“我怎可以呢？我担当不了。”但对方回道：“这是秦怡老师定的，她既然点了你，自有她的道理，你就不要推托了。”这一说，我心里再怎么忐忑也没法犹豫了。

到了电视台，只见满头银发的秦怡老师，精神矍铄，一亮相就赢得观众席上一片掌声和阵阵赞叹。

她是带着她的儿子“小弟”来的。我马上明白主要话题围绕着“小弟”。秦怡老师的儿子叫“小弟”，其实他已经不小了，但是50多岁的人看上去还像个未成年的孩子。秦怡老师就开始讲她儿子发病时的种种情况，她又是怎样带着儿子。“小弟”本名金捷，他的父亲是曾经颇负盛名的“影帝”金焰。金捷小时候，健康又聪明，学东西也非常快。只是，因为秦怡和金焰都是电影演员，长期外出拍戏，不能时刻陪伴在孩子身边，只好让他进托儿所。在托儿所，受大孩子欺负，经常被人打破头，甚至被人用小刀划伤。他从小内向、害羞，回家不敢说，就这样憋着。秦怡老师根本想不到儿子早已患上了抑郁症。直到17岁那年病情暴发，从抑郁症发展为精神分裂症，她才感到事情的严重。她舍不得把儿子送到精神病院，每次外出拍戏，总是把儿子带在身边，亲手照顾他的饮食起居，为的就是弥补这么多年的亏欠。

轮到我讲。我说，今天秦怡老师为什么特别叫上我？因为我们一起参加的活动特别多，中国影协和上海影协、文联，以及外地的一些公益活动，我和秦怡老师都是一起出席。久而久之，我就发现，秦怡老师每次出来都带着儿子。我就觉得秦怡老师不容易，觉得她是天底下最好的母亲。“小弟”智力有问题，她并不在乎别人说什么，而总是尽心地做一个母亲该做的一切。这样的母亲，怎能不得到周边的人同情和尊敬呢！

所以，每次一有活动，我都抢先上前帮她一把，主动搀扶“小弟”。上车后，只要“小弟”能开口讲话，我就善意地找一些他能接受的话题和他聊天，好让在家辛苦操劳的秦怡老师休息休息。就这点儿细微的小事，秦怡老师一直记在心上。她总觉得我能理解她，与她走得最近。而从一个母亲的角度，我特别敬佩秦怡老师。后来“小弟”得了尿毒症住在瑞金医院，我知道后就去看望。她穿着医院的蓝色护理服，戴着帽子，戴着口罩，全副武装，俨然一个老护工。儿子在做血透，她就守在病房，一会儿理理管子，一会儿掖掖被子，一会儿又给儿子喂点儿温开水……真是可怜天下父母心呀，看着看着，我心里说不上是什么滋味，只觉得要找个地方抹一抹眼泪。

我的母亲不在身边，我就把秦怡老师当成自己的母亲一样，作为一位老艺术家也好，老师也好，再伟大再尊敬的称呼也比不上——母亲！

对她，我帮不上多少忙，最多只是平时在一起时上前搀扶一把，一有活动上台阶下台阶总是我搀着她。每每，心里总在想，这样一位女性，得有多大毅力，多么坚强，才走到了今天？

外人眼里，秦怡老师雍容华贵，风光无限，殊不知她骨子里一直很苦啊。你看她，一副金丝眼镜，配上她明媚的笑容，尤其眉宇间的干净气息，整个演艺圈上下几十年似乎也难找出几个。这样的女人，应该衣来伸手饭来张口时刻被人宠着，哪知，在家里她就是个普普通通的家庭妇女，能自己做的事情都是自己做，连内衣都是自己洗。看似小事，却很了不起。所以，我就一直把她当作自己生活上的楷模！

她的生活非常节俭，但做公益却很积极。记得一次搞义演，要捐款。你就看她吧，不张张扬扬地公开数钱，而是从桌下自己的提包里随手一掏，不数，说："我就这些钱。"我说："你就意思一下，行了。"

"不！"她把提包又拿上来，仔细看看，而后悄悄地把所有的钱都捐了，起码也有一万元。类似这样的事情，好多。2008年，汶川地震，秦怡老师把手头仅有的20万元现金，全部捐出。别人问她怎么生活，她说还有工资，这个月没有了，下个月还来。秦怡老师就是这样充满大爱的人，一心想着别人，却总是忘了自己。

做人，一丝不苟；演戏，也是一丝不苟。

我常和秦怡老师一起演出，一起拍戏，她留给我的印象是对待自己的工作十分敬畏。我们一起拍电视剧《母仪天下》，她都是早早地起身收拾好自己等着去化妆，她因身体曾经生过病，所以她出门工作时经常不吃早餐，到了现场甚至连水都很少喝，她怕到时候要上厕所耽误了拍摄时间。每逢朗诵作品，她都会尽量把朗诵稿从头至尾统统背下来，她说这样就不会老低头看稿子，而与观众没有交流。如果遇上大段的台词，她总是反复地琢磨着，怎样把最美最好的形象呈现给观众。

秦怡老师常说，美貌是可以给演员加分，但真正要演好一个角色，光凭美貌，是不够的。角色都是人，先把人做好了，角色也就演真了！

她说得认真，做得也认真。

这些点点滴滴的事，对我们这些小字辈的演员真的是一种鞭策，一种激励。当我观看她在演艺生涯的极限年龄自编自演的电影《青海湖畔》时，情不自禁地泪眼婆娑。她的真诚，她的气质，她的执着，无不时时感染、激励着我。

而今，秦怡老师突然走了，永远地离开了我们，留给我的最大遗憾是因为疫情不能够见到她最后一面，送她最后一程……只能泪水长流，在心里呼喊：

永别了，我母亲一样的秦怡老师!

大道至简，母爱如山!

百年邱岳峰

孙渝烽

2022-05-10

今天是邱岳峰一百周年诞辰，他于1980年3月离开我们也有40余年了。在他短暂的一生中，配过200多部译制片，他是一位真正的配音大师。我们永远怀念他！

“我感恩陈叙一”

邱岳峰籍贯福建福州，1922年出生在内蒙古呼伦贝尔，母亲是俄罗斯人。战乱中，父亲把他带回福州。邱岳峰从小在福州求学，19岁后就开始独立生活，在东北和北京谋生。1942年进了天津大亚剧团，战乱中演出无法维持生计，后在朋友帮助下来到上海，进了上海剧艺社任演员。1950年2月，上海剧艺社演出话剧《红旗歌》。刚成立的上海电影厂翻译组组长陈叙一在观剧中一眼相中了普通话纯正、挺有表演能力的邱岳峰。就这样，邱岳峰成了翻译组的第一批配音演员，从此在陈叙一的关怀下开始了他的配音生涯。

邱岳峰曾多次对自己的四个孩子说：“没有陈叙一老厂长，就没有我邱岳峰。”后来也对我说过：“如果在译制配音方面我有些成绩，我感恩陈叙一。”陈叙一是邱岳峰的伯乐，很多事实证明了这一点。邱岳峰进厂时身上

背着一个沉重的包袱——“历史问题”，在阶级斗争为纲的年代，有“历史问题”的人是不会被重用的。当时曾有人建议送邱岳峰去农场劳动改造，是陈叙一挡下来，他说：“邱岳峰是个人才，留他在这里工作，也可以帮助他、改造他。”陈叙一深知邱岳峰是不可多得的配音演员，声音虽不洪亮，甚至有些喑哑，但音域有宽度，这种嗓音有辨识度，配出的人物会更有特色。

陈叙一懂得，对演员必须压担子，所以不断地给邱岳峰各种不同的角色，让他在众多的实践中展示自己的才华。邱岳峰也不负陈叙一的期望，十分努力刻苦。20世纪50年代上译厂的配音条件很差，他整天在昏暗的录音棚、放映间琢磨角色，训练自己的语言表达能力，节奏最快的台词，他也一口气拿下来。很快，他在《红与黑》《雾都孤儿》《奥赛罗》《王子复仇记》等多部影片的配音中展示了能力和才华。接着在意大利新现实主义代表作《警察与小偷》中，为主角小偷埃斯波西多配音，用他独特的嗓音、疲惫而颓丧的语调，把小偷悲凉动情的神情展示在广大观众面前，一下子受到电影圈内的认可、观众的极大赞扬！

邱岳峰几十年间时刻保持着谦逊、低调。每天都一大早赶到厂里，扫地、打开水。最难能可贵的是，他一直坚持着做口型员的工作。这是一项很枯燥乏味、极其辛苦的工作，每天陪着导演、翻译在暗房里不停地数口型、记录改词。当时有成绩的演员都不担任口型员，往往是年轻演员为了锻炼把握口型基本功才来担任。但老邱（我们都这样称呼他）干得十分认真。我担任译制导演工作，好多部电影都请他担任口型员。我喜欢和他合作，我从他那里学到很多编中文台词的知识和宝贵经验。他对演员开口、闭口用什么样的中文台词都十分讲究，这样编出来的台词口型准确无误。他有着丰富的生活阅历，语言表达能力又强，会给配音剧本提出很多精彩的建议。和他在一起工作，你会感到特别有收获，特别愉快。搞配音台本，是我们译制片工作中的头等大事。剧本剧本，一剧之本。老厂长陈叙一特别看重这项工作，厂里很多剧本他都参加最后审定。老厂长带着我搞过的多部影片，如《猜猜谁来赴晚宴》《孤星血泪》，都是请老邱担任口型员，那口型本做到严丝合缝，为演员配音提供的台词，流畅、节奏停顿准确，是绝好的对白剧本。

那一声声“简”

1971年我从奉贤五七干校被借到上译厂参加内参片配音工作。在演员组没有见到邱岳峰，苏秀、赵慎之告诉我，他仍在木工组劳动。我当时除了参加配音工作，还负责每部影片完成后的“消毒”批判工作。老厂长还带着我参加译制影片生产的全过程，从“初对”搞配音台本一直到影片混录完成的全部流程。慢慢我明白了，老厂长想留下我，培养我担任译制导演工作。1973年老厂长把美国电影《海底肉蛋》(又名《紧急下潜》)交给我导演，我才见到邱岳峰。因为人物众多，老邱也来参加，为水手长一角配音。由于众多老演员的帮助，影片完成得很顺利。老邱对我帮助很大，我们结下了缘分，后来有空我常去他木工间坐坐，聊聊配音的事。他的木工活儿干得很出彩，后来他送给我一个亲手做的木头相框，光滑精致。

1975年老厂长带着我译制《简·爱》。剧本是他亲自翻译的，搞完口型本，陈叙一开出了配音演员名单：李梓配简·爱，邱岳峰配罗切斯特。名单送工、军宣队审批，工宣队说：“邱岳峰还在审查，配主角不合适，换人吧！”陈叙一顶了回去：“只有他最合适，没人可换。”开会讨论后他们明白，陈叙一是专家，不听他的，将来再返工，责任担不起！老邱再次走出木工间，回到话筒前。

译制片有一个创作环节：所有参加影片工作的人员有一次看原片的机

会，以完整地了解影片的内容、风格样式以及人物之间的关系。老邱看完原片后，深感担子很重，这也是他多年未遇到的好戏，极大地激发起他的创作激情。每天他都早早来到录音棚，和平时一样为大家打好开水，他自己抱着一个当茶杯的大咖啡瓶。

老厂长录音、日程安排是非常科学的，他从不按影片顺序往下录，而是挑一些过场戏先录，难度大的感情戏放在后面录，最后录一些大喊大叫的戏，让演员有一个逐步深入角色的过程，以保证戏的质量。那天录简·爱和罗切斯特在花园的那场重头戏。我看到老邱茶杯里有几片白色的东西，泡的不知道是什么。李梓和老邱录得十分动人。李梓把简·爱不卑不亢的情绪表达得非常好。后来留下老邱一个人配罗切斯特醒来发现简·爱离去的戏，痛苦疯狂地呼唤：简，简……

老邱站在话筒面前，看了两遍原片，对老厂长说："来吧！"打了无声，他又对着画面轻声地念了念，对对口型。实录棚红灯亮起，正式录音。老邱对着画面喊着："简，简……"直喊到简·爱在荒原奔跑的画面止。我坐在老厂长身后，感到老邱配得十分动情，语气跟画面上罗切斯特的表情也十分贴切，还带着从楼上奔下来重重的喘气声。可老厂长坐在那里什么也没说，习惯性地抖着二郎腿。老邱和老厂长合作了几十年，一看就知道，这次配的还不行。"我再来一次。"这次喊得更动情了，最后那个简·爱我都听出来有点儿嘶哑了！回放再听，老厂长说了五个字："还不够揪心！"老邱说："我明白了。"老厂长说再听两遍原声。这实际上是让老邱休息一下，喘口气。老邱也喝了一大口水。我看清楚了，泡的是西洋参片。随后老厂长一声令下："实录！"老邱一口气把这场戏拿下来了。我不禁轻轻地鼓起掌来。

我看老邱一身汗，嗓子也哑了！后来他告诉我："这些年难得遇上这样的好戏，我不能辜负老厂长对我的信任。怕顶不下来，买了点儿西洋参提提神！”我对老邱的敬重油然而生。后来接触更多了。我执导的很多影片他都帮我出点子，在以后的日子里，我们成了好朋友。

由于我全程参加了《简·爱》译制，李梓和老邱又配得如此成功，我便又重读了这部小说，为上海电台写了《简·爱》录音剪辑稿，请李梓用第一人称，用内心独白的方式把整部电影串联起来。《简·爱》录音剪辑在电台播出后，反响很强烈，我收到很多观众来信说：“听电影比看电影更有味道，可以静静地欣赏李梓老师和邱老师那美妙动听、富有激情的声音，这是一种莫大的艺术享受。”我也因为这部电影的解说词荣获电台优秀作品奖。当然最应归功的是李梓、老邱的成功配音。之后我先后为上海电台、中央电台写过40多部电影剪辑，老邱也听了好多部，给我点赞！

我至今还保留着这盘《简·爱》的录音剪辑，有时听听，是一种享受，更是我对老厂长陈叙一、老邱和李梓的深深怀念！

最后的促膝长谈

20世纪80年代，上海市规定，单位实行值夜班制度。那天又轮到演员组，我约上老邱跟我一起值班。下班后，我把在襄阳小学念书的女儿送回家，等我赶回厂里，老邱已先到了，烧了一壶水，沏好两杯茶，在演员室地板上铺好了席子，把我们俩睡觉的一切都准备好了。他做什么事都很细心，想得很周全，一切都井井有条。我去过老邱家，在南昌路一条小弄堂里，“裕德浴池”后面。老邱住在二楼，才17平方米一小间，夫妇俩带着四个孩子，拥挤程度可想而知，可老邱安排得整整齐齐、干干净净，孩子们睡在他亲手搭的阁楼上，房间里居然还种了一棵橡皮树，有一米多高，很醒目。他一个人的工资，从进厂定的103元，至今也未加过。妻子原来在杭州话剧团

工作，1957年辞职回到上海，在里弄加工厂工作，工资很微薄。一家人收入虽少，但也艰苦惯了，只求全家和和睦睦，平平安安。

我约他值班是想和他聊聊："老邱，咱们也算老朋友了，你是老大哥，恕我直言，最近厂里对你有些传言，说你拍摄了电影《珊瑚岛上的死光》，又导演了译制片《白衣少女》，社会影响大了，有点儿翘尾巴了。"

"小孙，你来译制厂也有10年了，我是那种翘尾巴的人吗？几十年都是夹紧尾巴做人还来不及。最近记者采访我是多了一些，话我也许说得多了些。几十年都没出头露面，可能给人造成翘尾巴的感觉了。小老弟，你的提醒很重要。"

我们俩从这里说开去，我告诉他，拍电影《秋瑾》时，我有幸和于是之老师住在一屋，我们也聊到过这事儿，凡出身不好的知识分子，都会夹紧尾巴做人，而且往往会有三不易：事业有成不易，尊老爱幼不易，为人处世不易。老邱喝了一口茶，十分感慨地说："我的历史问题一直是我的一块心病，也一直连累着四个孩子，这么多年我一直认认真真改造自己，努力认真工作，勤勤恳恳做个好人，以后总该给我一个结论吧！"

这些问题我们俩也扯不清楚，又扯到艺术创作上去。我问老邱："你配了那么多人物，罗切斯特，凡尔杜先生，希特勒，小偷，还有那个《悲惨世界》中贪婪无耻的小客店老板德纳迪埃……你是如何把握这些不同性格、不同身份的角色的？"

"小孙，搞艺术有两个字很重要：'感觉'。人都有共性，也有差异。也许我经历得多，看的书也杂一些，这30多年来接触的影片也比较多，很多人物一出现，我就能比较快地找到这个人物的个性特点，把握人物特有的情感色彩、语言节奏，以及他同周围人物关系之间的分寸，很自然地就会融进这个人物中去了。首先找到这种感觉，如果感觉对了，我心里也就踏实了；如果没有这种感觉，我肯定会配砸的，外人也许看不出来，可我自己心里有数。”

我又问他：“你又如何在台词上下功夫呢？”

“台词是一定要认真琢磨的，一定要把人物的台词说出‘字儿’（念清楚）‘事儿’（潜台词）‘味儿’（艺术趣味）来，做到三合一的境界，这样观众才能听清楚，听明白，听出话里有话，而且能揣摩出感情色彩。我们常说的动听、动人，就是这个意思。”

“老邱，还有件事我也不会忘记。在配《紧急下潜》时，我让你配的水手长发火再强烈些，你当时说，小孙，我看情绪够了。但我还是要求你再强烈些。后来接起来一看，情绪的确过头了，又补了戏。你给我上了生动的一课：艺术一定要把握分寸感，人物的感情色彩没有不行，白开水一杯，但过了头也不行。艺术的高低就在于恰到好处。”

“都过去好几年了，你还能记住这个，太好了。你当导演，现场把握分寸太重要了，演员有时会控制不住自己的情绪的！小孙，今天咱们聊开了，说说我有些想法。我看过你导的很多戏了，你作为导演很尽责。可你参加配戏太少了，你除了搞导演，完全可以多配点儿戏，《佐罗》里你配的传教士弗朗西斯科挺出彩的。我知道你是南方人，语言上有些问题，不就是四声字、前后鼻音、轻声字吗？只要多听，多练，带上小字典，下足功夫能克服的。孙道临是语言大师，他还随身带着一本字典呢。”

“是的，老邱你说得对。我也叹叹苦经。两个孩子，我们夫妇俩工资很低，现在很多杂志约我写稿，我除了白天在厂里搞戏，几乎所有时间都用在爬格子上了，我想努力，每月不借工会5元的小额互助金。”

老邱停了很长一会儿，拍拍我肩膀：“理解，理解！为人之父嘛！”

后来我们又聊到读书，老邱说：“说实在的，要在译制厂干，就得认真读书，而且要读得杂一些，因为我们接触的电影人物，三教九流都有，上至总统，下至流氓，五花八门，应有尽有。有很多生活我们是无法体验的，只有从书本上间接去获得。我们老厂长就是一位杂家，他生活阅历丰富，6岁就去上海滩看电影，加上外语好，所以什么样的戏他心里都有底，能把握。小孙，这些年接触下来，你有个优点，爱看书，也爱动脑筋，还写影评，这对搞译制片有好处。这点你要坚持下去。我们演员组，老卫、苏秀、尚华、小伍（经纬）都爱看书。”

最后老邱感慨地说：“如果我有小书房就太美了！真的，这30多年来我一直很内疚，到现在孩子们还睡在阁楼上，我这个父亲无能啊！真对不起孩子们。”

“是啊，我也梦想今后有个小书房。《秋瑾》组外景戏拍完和于是之老师分别时，他给我留下两件墨宝：‘笔墨有情’‘不容易’。我要有个书房，一定取名‘不易斋’。”

这次促膝长谈，最后让我们两人都陷入遐想之中……

没想到那次长谈后不久，一个星期一的早晨，我一进厂门就感到气氛不对。突然听到老邱的噩耗，当时我傻了。

老邱啊！你不该走得这么早。你要活着，儿女们会听到你更多的教诲，你会以温暖的手扶着他们成长；你要活着，还能为广大观众留下更多的译制片经典，人们爱听你那富有魅力的略带沙哑的声音；你要活着，我们可以在你的书斋里海阔天空地聊个痛快，你也可以来我的“不易斋”，咱们泡上杯清茶或是煮上杯咖啡，接着聊你对艺术创作的想法；你要活着……

老邱，在你百年诞辰之际，我深深地怀念你！你的孩子们为你做了件大好事，把你的墓迁移到海湾公墓老厂长陈叙一墓边，让你们在天堂里可以快乐地切磋译制片配音艺术！

天上多了一颗星星
——忆天野老师

何冀平

2022-06-09

我和蓝天野老师相识很早，20多岁的我在工厂做工人，和几位来到基层的专业艺术人士，写了一个描述工人的剧本《淬火之歌》。人艺“建院四巨头”之一赵起扬，当时在北京市文化局统管业余文学创作，他不知从哪儿看到了，马上通知北京人艺，人艺把蓝天野派来给我们做导演，宋垠做舞美，谢延宁和胡宗温是表演指导。这么多顶级专业人士到来，一开始把我们吓着了！后来发现，几位老师都很温和，只有导演蓝老师很严肃，他的话很少，也不笑。

为了贪新鲜，我混在戏里演一个扎着小辫子，跑来跑去，说东问西的小丫头。其实，我哪会演戏呀？蓝老师坐在导演席上，我不敢看他，他也从来不说我，不知是给我留面子，还是根本不入法眼。

当时北京人艺想要我到剧院做编剧，正是1978年恢复高考，我想上大学，人艺没有拦我。四年后毕业，他们直接从中戏把我接了去。虽然同在一个剧院，但很少能见到蓝老师，每次见他，他还是很严肃的样子，我也依旧不敢和他说话。

和蓝老师密切接触是10年前。北京人艺院庆60周年，我应张和平院长之邀，写了剧本《甲子园》。故事来自生活。我有一批“老朋友”，他们是我的“忘年交”，是因为《天下第一楼》相识的一批文学艺术界精英。他们比我年长许多，平日来往不多，但一直关注我，无论什么场合见到，都对我一如既往，君子之交淡如水，却是我心中一道亮丽的风景线，就像落日余晖般华美，却又隐而不露。《甲子园》就主要写了几个这样的“老朋友”。

蓝老师60岁主动离休，离开人艺，从此画画写字，很少来剧院。《甲子园》中我写了五位老人，原来想，能有几位70岁上下的出演，就很满足了。没想到来的是90岁的朱琳、85岁的蓝天野、88岁的郑榕、82岁的朱旭，还有吕中、徐秀林。再次见到蓝老师，他已经85岁，样子没怎么变，依然高大儒雅，却从严肃少话变成了善谈可亲的长者。

60年院庆有十件大事，最要紧的是要有一部新戏，眼看已经迫在眉睫，依然没有定论，主抓院庆剧本的蓝老师很着急。听说剧本有了，他可高兴啦，说还以为是剧本大纲呢，想不到连初稿也已经有了。

剧中第一男主角黄仿吾，是我集中了黄宗江、吴祖光、苏民等“老朋友”的形象塑造的人物，知识分子，世家出身，达观坦诚，风流倜傥，虽饱受磨难，仍不失希望。蓝老师非常喜欢这个人物，他说，就像他自己，他以斯坦尼的“从自我出发”，加之人艺的“深刻的体验”，是从心到身的体验，从人物造型到化妆服饰，都是自己设计。他已经30多年不上舞台，要记住大量台词、调度，还要有深沉热烈的情感爆发，我们都很担心，又不敢说出来。

蓝老师一上场就把全场镇住了，那风度气派，洒脱自然，举手投足周身是戏，一张口，浑厚的声音直达最后一排，感动了台上台下所有人，加上那几位人艺第一代，天天碰头好，每天不下台。剧本出自真情，但难免仓促，他一直和导演，和我盯在排练现场，夜以继日。这么多年，我终于和蓝老师说话了，有了说不完的话。

《甲子园》公演惊动了黄永玉——看着我长大的黄叔叔。一个下雨天，黄叔叔带着女儿黑妮和我小时候的伙伴，冒雨来看戏，见面就叫我的小名，说，你不请我看戏，天野请了，愧得我无地自容。后来有了黄叔叔家的大聚会，天野老师、郑榕、朱旭、吕中，还有卢燕、曼玲姨、小唐夫妇。黄老很高兴，当场写了“人说八十不留饭，偏要吃给你们看”，凡在场的，都签了字，现在就挂在永玉叔叔的厅堂里。

蓝老师住在北京天通苑，三年多前，我去找吕中老师，出门时正好看见蓝老师，吕中老师说，小何给你的巧克力留在我这儿了。见面很高兴，但我又有点儿不敢见他，他希望我把曹雪芹写成话剧，说了几次，还送了不少书。蓝老师相托，我是认真的，书都看了，《红楼梦》也看了又看，越看越不敢写，只有坦言相告。

夕阳下，蓝老师身量挺拔，高高瘦瘦，风采依然，一头银发闪着光。看得出他很想留我，但只是笑着拥抱我，让我常回来，李东在一旁拍了下来。想不到这竟是别离，再也见不到的别离。

有些人把物质看得很淡，重的是情义和品格，是可以为他人牺牲一切的君子，纯真、真挚、真性情，有一颗透明的、金子般的心，那么清亮，永远年轻发光。蓝老师就是这样的人。

天上多了一颗星星，我抬起头就能看到。

三呼贺友直

王汝刚
2022-09-11

在我的心目中，贺友直先生有着崇高的地位，他是德艺双馨的一代大家。我不仅欣赏他的精品力作，更敬佩他的为人处世。贺老思维活跃睿智，谈吐风趣幽默，我有幸与他相识20多年，耳濡目染，受益匪浅。今年是大师诞辰一百周年，追思故人，感慨良多，时光流逝，岁月更迭，我对贺老的崇敬心情一如既往，始终不变，不过，这几十年来，我对他的称呼，却时有变化。

"贺老师"

1991年秋天，《新民晚报》举办"漫画大奖赛"，赵超构社长担任组委会主任，郑辛遥兄等倾力操办，邀请华君武、丁聪、贺友直、方唐等大师担任评委，因此，活动办得很成功，产生了很大影响。颁奖晚会那天，郑辛遥先生以组委会的名义邀请我去现场表演，我欣然答应，兴冲冲赶去凑热闹，由此结识了不少画家朋友。

初次与大画家贺友直见面，我有些拘束，随众尊称他为"贺老师"。我知道他曾经在中央美术学院担任教授，称作"老师"理所当然。虽然我俩初次见面，但是居然一见如故。跨界交流，其乐融融。原因在于，我喜欢阅读连环画及书籍，对贺老师笔下的人物情有独钟，相当欢喜。贺老师则操着一口“石骨挺硬”的宁波话坦言：“阿拉对滑稽戏蛮有兴趣。”他鼓励我：“在苏浙一带，滑稽戏交关（非常）有观众，你们应当做到雅俗共赏，萌发画家的创作灵感，共同扩大社会影响。”

晚会结束，我向贺老师道别：“希望再次与您见面。”贺老师幽默地回答：“我是老老头啦，面孔没啥好看，希望见面少见见，碰头多碰碰。”话音未落，引来哄堂大笑。郑辛遥先生得意地问我：“怎么样？贺老师噱头好吗？服帖吗？”我连声应答：“服帖，服帖得五体投地。”贺老师笑容可掬，对我发出邀请：“欢迎来我家‘狮门厅’碰头。”

本以为，贺老师自称住宅“狮门厅”，想必一定是幢富丽堂皇、舒适宽敞的豪宅。一连几天，我竟对“狮门厅”充满幻想和期待，终于鼓足勇气，去贺家登门拜访。

走进贺家，我立即再次领略了贺友直的风趣和幽默。原来，他居住在普通里弄房子的二层楼，所谓“狮门厅”真正含义是：人口众多，住房拥挤，一间不大的前楼，被隔成四小间住房，各自安装一扇板门，故称为“四门厅”，我却误听为“狮门厅”。大笑过后，我不由得产生一丝惆怅：“没想到大名鼎鼎的贺老师竟然是住房困难户。”贺老师却坦然地说：“住房面积不算太小，主要我的画桌太占地方，不过，已引起有关方面关心，相信会改善的。”受到乐观情绪的感染，我脱口而出：“祝愿‘狮门厅’早日成为‘狮子楼’！”

“贺伯伯”

从此，我对贺老师更加关注。他长期生活在上海这座城市之中，热爱海派艺术，熟知人情冷暖，因此，他笔下描绘的人物栩栩如生，造型艺术独树一帜，难得的是有情有趣，生动诙谐，达到艺术高峰。贺老师为人更是有口皆碑，平易近人，诲人不倦，乐意提携晚辈后生，因此，当我工作遇到困难，就去请教他。

1992年年底，剧团排练滑稽戏《噱战上海滩》，我在戏中扮演一个地下党员，这对我来说是一个挑战，别说人物形象的塑造，就连这个人物穿的衣服我都没搞清。最后，这个人物还将穿着国民党的军服，陪同最高首长出场，他穿着国民党军服，胸口戴着勋章。于是，我想到了贺友直先生，他曾经对我说，年轻的时候曾在国民党军队混过日子。他肯定知道这些勋章的来历，但是这毕竟是困扰他多年的历史问题，他愿意告诉我吗？我仗着自己年轻，居然上门去询问他。谁知见了他，我一时不知如何开口，只得结结巴巴地说："贺老师，我们在排戏，我在戏中扮演地下党，要穿上国民党的服装，不过，这勋章红红绿绿的，吃不准到底什么意思，你也不太清楚吧？"贺老师笑了："王小毛，侬在摆噱头，要套我口供。"我急忙摆动两手："岂敢，岂敢。"贺老师爽朗地说："我在国民党里混过日子，这个东西我知道。"我忙打断他："哦哟，这是侬的隐私，不能讲的。"他哈哈大笑："我又没有杀人放火，不过是当个小兵，而且我还把这段经历画在连环画里呢！"说完，他找出一叠画稿，指着画上一个小兵："喏！他就是我。"我打趣地说："侬年轻时候蛮漂亮的嘛，头发很多。"贺老师笑着摸摸光脑袋："现在虽然头发少了，不过人变聪明了。"随后，他取过一张白纸，凭着记忆，画出了当时军官佩戴的勋章和标志，我暗暗佩服。

回到剧团后，按照贺老师的意见制作了服装，果然大为增色。新戏上演了，我请贺老师到美琪大戏院看戏，散戏后，我向他询问意见，他幽默地说："戏名《噱战上海滩》，名字蛮噱的，内容还能多点儿噱头。不过，两件服装没弄错!”我哈哈大笑:“贺老师,侬点评得真到位。”

1993年,剧团排练清装滑稽戏《明媒争娶》,安排我扮演“媒婆杨玉翠”。这种男扮女装的反串角色对演员来说,是个不小的挑战。思前想后,我又一次向贺老师请教。他听完剧情,随手取过一张白纸,寥寥几笔,把“媒婆”这个人物素描勾勒出来,可谓神形兼备。贺老师还现身说法,即兴演绎宁波“肚仙关亡”的做派,说到得意时,眉飞色舞,手舞足蹈,给我上了一堂生动的艺术课。我豁然开朗,激发了艺术创作的灵感。

真没想到,两天后,贺老师居然找到我爱人单位,委托她带给我一幅扇面,画面上的内容,正是《小二黑结婚》中人物“三仙姑”,只见一位穿红戴绿的媒婆,跃然纸上,活灵活现,呼之欲出,让人忍俊不禁。他还附上一纸短笺:“知道你最近在排戏,画个媒婆送给你。”我大为感动,连夜赶往贺家,真诚地说:“贺老师,感谢您像长辈一样帮助我,以后我称您为‘贺伯伯’好吗?”他一本正经回答:“可以,但是,不要叫我‘王伯伯’。”众所周知,在沪语中,“王伯伯”泛指那些讲话不负责、做事不牢靠的人。哈哈,贺伯伯厉害,开口就是噱头。

“阿爸老头”

贺伯伯生活很有规律,每天笔耕不止,最怕有人上门打扰,只有日落黄昏,夕阳西下,才是一天中最享受的休闲时间。贤惠能干的贺师母端出可口的家常菜,温好黄酒,备好碗筷,轻声招呼:“老头呀,吃晚饭啦。”贺老闻声搁笔洗砚,移坐饭桌,乐滋滋端起酒盅,吃吃老酒,看看电视,嘎嘎讪胡,交关有趣。如果此时有客上门,贺老定会热情招待。

我就挑选此时去拜访他,用“宁波方言”与他嘎讪胡。话题往往从饭桌开始:“哦哟，今天下饭（菜肴）交关好嘛，这几条小黄鱼多少新鲜，黄泥螺介大……贺师母，侬本事真大，菜肴数量不多，花色不少，小碗小碟，很有大画家饭桌的特色……”贺伯伯黄酒下肚，脸色红润，嗓音响亮:“阿拉老太婆菜烧得好，有名气的，华君武、丁聪这些老朋友到上海，就喜欢到我家里吃家常菜。来，侬一起来吃。”我摇动双手:“我已经吃过晚饭，特地来陪侬吹牛，今天侬画了什么?”说起画画，贺伯伯劲头十足，语言生动，说得兴奋时，立即搁下酒盅，取出作品:“今天画了《三百六十行》中的人物‘白蚂蚁’，类似现在的房产中介，这种人专门代人买卖房屋，吃了上家吃下家，所以我把他画得尖嘴猴腮，一看不是好东西………喏，这个肥头胖耳的人是专门欺侮妇女的‘花蛋鬼’（下作胚）……”贺伯伯娓娓道来，别有情趣，言谈中不乏妙语连珠，笔端下道尽人间沧桑，使我在积累人物创作素材时受益匪浅，犹如阅读一本丰富的人生大字典，我忍不住惊呼:“阿爸老头，侬真是万宝全书啊!”他笑眯眯把杯中酒一饮而尽:“小毛兄，过奖啦……”

从“贺老师”“贺伯伯”到“阿爸老头”，称呼不过是一种情感交流的口头符号，最使我敬佩不已的是：贺老步入晚年后的高风亮节——在夫人及小辈支持下，他毅然把亲笔绘制的精品力作全部捐献给国家收藏，艺术瑰宝，永载史册。

今年是贺友直大师诞辰一百周年，我写些词不达意的文字，表示对“阿爸老头”的思念和感恩。这些人生交往成为永恒的记忆、美好的追念，我衷心祝愿大师百年诞辰，艺德流芳百世。

红豆寄相思
——忆父亲陈望道

朱良玉
2022-10-23

“红豆生南国，春来发几枝。愿君多采撷，此物最相思。”

家中客厅内，有一个一人高的四格椭圆形玻璃橱柜，橱柜底层中，一个白色瓷盘里有十几颗暗红色的红豆。几十年来，家几经搬迁，但这些红豆始终随家而行。它们有什么特别吗？

是的，它们很特别。它们饱含着我们的无尽思念——父亲望道先生生前曾告诉过我们：“这些红豆是我从广西带回来的，它坚硬不褪色，伴随我几十年了……”睹物思人，每次看到它们，就会想起父亲。自从1977年10月29日父亲永远离去，至今已将整整45年。打开思念的闸门，父亲数十年间点点滴滴的经历，一幕幕呈现眼前。

相思因情深

1930年，父亲与母亲蔡慕晖举行了一场简单、文明而又浪漫的婚礼：既不放鞭炮，也不设宴席，而是在东阳蔡宅乐顺堂正中悬挂上孙中山的遗

像，桌上放着红烛、鲜花和两张彩色花纹的结婚证书，在风琴的伴奏下，几位学生唱起歌曲，婚礼不到一个小时就结束了。

父亲与母亲自由恋爱而结合，婚后夫妻恩爱，感情笃厚。1933年9月父亲去安徽任教，11月从安徽大学回到上海，回到妻子身边。短暂的相聚难分难离，他俩摄影留念，望道先生还在其中一张照片背面写道："菊花时节望道从安徽回到上海看慕晖，两人纵谈今前今后事历七日不倦，仿佛我们始恋时。临别尚觉谈得未畅，摄此留念。1933年11月24日，望道补于安徽大学文学院。"

1935年父亲辗转去了广西，8月，母亲被公派前往美国留学，获哥伦比亚大学哲学和教育学硕士学位，1937年回国。他俩一直是聚少离多，1944年，母亲因太久没收到父亲的信件，实在放心不下，也赶去了重庆北碚。1946年与父亲一起返回上海，在震旦大学外文系任代理系主任。1952年，全国高校院系调整后来到复旦大学外文系任教。

母亲对望道先生照顾无微不至。好多年后，父亲仍带着歉意告诉我："每次我吃苹果，你婆婆总是吃苹果皮，还说皮的营养价值高。"母亲1962年患脑瘤，在华山医院手术，1963年身体逐渐恢复，父亲陪同她去青岛疗养时，发现她非常喜欢百日红（紫薇），返回时购买了好多紫薇小树苗带回上海，分别种植在去学校的国年路两旁和校园内，还种了两棵在九宿舍51号庭院内。1964年母亲因医治无效驾鹤西去。日后我们每次陪同父亲一起散步，他必定先会默默地伫立在家门口的紫薇树前许久……父亲多年来养成很少显露的性格，但每到此时，我就能深深领悟到，这是他表露出的对妻子无尽的难以忘怀的思念。就像母亲对他的评价："他这人像个热水瓶，外面摸着冷冷的，里面可热着呢！"

雅居“红豆院”

1931年，望道先生时任复旦中文系主任，为了保护一位私自敲响校钟的左派学生，得罪了学校当局，学生没有被开除，他却不得不在那一年离开了复旦。1933年下半年至1934年，望道先生去安徽大学讲课，人还没到安大，反动传单“翻译《共产党宣言》的赤色分子要来安大宣传啦”已早早先至。父亲到校后问校方：“你们怕不怕？如你们怕我马上就离开。”虽然留下了，可特务如影相随，甚至还出现在教室里。遇到这种情景，望道先生就会改用英语讲课，特务因听不懂只能无奈离开。

为了避开特务监视和暗害，1935年夏，当广西桂林师专向陈望道先生发出邀请时，他慨然应允。当时，刚刚接管广西桂林师专教务工作的陈此生，为继承原已建立的艰苦朴素学风和研读马列主义的传统，为广西培养更多的爱国人才，决定邀请陈望道、邓初民等进步学者到校任职。8月，望道先生带上小弟陈致道和学生夏征农、祝秀侠、杨潮等一起去了广西。

广西桂林师专位于桂林南郊的雁山公园，原是清代一位乡绅的别墅，民国成立后归公，又名西林公园。园中有山有洞，有溪流湖泊，还有参天的相思树。学校为安排好陈望道、邓初民等一批教授的生活，特地建造了两栋具有民族风格的楼房。两栋楼房全部为木结构，看似二层楼房，实为平房，因为离地数尺的一层全是防蛇、虫之类的木柱子，只有二层楼能住人。楼的中间为一宽敞的客厅，两边有住房数间，均为两室套间。前后窗棂都安装上明亮的玻璃，四周走廊绕以绿色的栏杆，典雅而朴素。楼房建在山麓的绿树丛中，地势颇高，面对着园中明净的碧云湖。湖滨有一条石铺小路，路旁长有多株浓荫蔽日的相思树，每当秋风吹起，红豆便散落一地。每逢这个季节，多情的男女常在红豆散落之时来此寻觅红豆，以寄相思。望道先生也特别钟

爱这红红的果实，因此，给所住的楼取名“红豆院”。命名一出，不胫而走。原来无名的岩洞和流贯雁山公园的一条清溪，也被称作“相思洞”“相思江”了。也就是在这里，父亲采集了这些陪伴他之后岁月的红豆。

桂林播“种子”

望道先生来到桂林后，发现那里的文化领域充斥着封建迷信，陈腐的复古思潮时不时泛起沉渣。他在1935年10月的一次全校师生大会上做了《怎样负起文化运动的责任》的演讲，说:“我们常说反封建，并不见得会有封建这个东西走出来给我们反对。”他认为，应该从极平常的地方去发动，从特殊的地方去注意，“不要笼统地观察，否则许多封建的东西，摆在我们面前都不认识，还说什么反封建?”一场反封建的斗争就这样在师专校园打响了。

当时桂林中学一份名为《南熏》的校刊刊载了一篇用骈体文写的《南熏序》,《桂林日报》特别转载并大肆渲染此文。这篇文章不仅思想内容十分陈腐，文字也别别扭扭，实际上是对新文化的一种示威和挑战。望道先生指导学生撰写短文予以一一批驳，师生称这场“文白之争”为“打封建鬼”。

在望道先生、教务长陈此生的倡议和支持下，桂林师专创办了一份《月牙》校刊，由望道先生的学生夏征农主编。该刊密切配合当时国际、国内形势，办得极有生气，不但活跃了师专的政治空气，还激发了师生们的爱国热情。

除此之外，望道先生还亲自指导创办了由他命名的“普罗米修斯壁报”。他还积极扶植和倡导“话剧”，成立了“广西师专剧团”，先后举行了两次盛大的话剧公演，在社会上引起了极大的反响。

“红豆”目睹了望道先生在桂林播撒新文化种子的这一切。望道先生不但开拓了文化新局面，而且展示了他那充满浓郁的生活情趣的点滴。每当课余，他们会常去小溪游泳、划船，傍晚到院子里散步、赏花；逢上周末或者节日，师生们或是结伴去城里小酌，或是在家自己动手改善伙食。当年，望道先生还能做一道拿手的名菜“神仙鸡”：先用黄酒将鸡浸泡多时，并佐以葱姜等调料，然后送入炉内将鸡慢慢烩熟，鸡身呈金黄色，香气扑鼻，鲜嫩可口，传为美谈。

辗转办教育

1936年下半年，师专合并到南宁广西大学文学院后，望道先生等也来到南宁短暂任教。但此时，学校受到桂系势力的直接控制，政治上日益转向右倾，进步师生极大受到抑制。1937年7月卢沟桥事变发生后，望道先生辞去了中文系主任的职务，回到上海，红豆也随他一路颠沛流离来到上海。

望道先生在地下党的领导下组织了上海文化界联谊会，从事抗日救亡活动。1939年，敌伪势力入侵租界，由于望道先生频繁从事抗日活动，他的名字再次被列入黑名单，但他不顾一切，仍然发起举行了为期十天的大规模中国语文展览会，对青年和广大群众进行爱国主义教育和文字改革宣传。1940年秋，他从上海经香港辗转到重庆复旦大学新闻系任教，1941年出任新闻系代理系主任，次年任新闻系主任。他提出了“宣扬真理，改革社会”的办系方针和“好学力行”的系铭，并在十分艰难的条件下，冒着盛夏酷暑，亲自募捐筹资创办了中国高校的第一座新闻馆。在新闻馆的收音室，同学们可以收听延安新华广播，新闻系成了复旦的“小延安”。望道先生还自任复新社社长，支持学生办每周一次的新闻晚会。

1946年抗战胜利后，望道先生随复旦大学返回上海，继续担任新闻系主任。1949年新中国成立后，望道先生被任命为复旦大学校务委员会副主任委员、主任委员，1952年被任命为复旦大学校长，主持复旦大学工作长达27年，为高等教育事业挺身鼎力、呕心沥血。

望道先生多年来居无定所，但始终带着他心爱的红豆。也许，这红豆对他而言，已经不仅仅是相思之物，而是满载着他终身不渝的信仰。

信仰在传承

我们一直有一个愿望，希望哪一天有机会能追寻父亲的足迹，去原“广西桂林师专”一次。2019年8月，我们如愿了，并在相关人员的陪同下寻访了当年的红豆院、相思洞和碧云湖等旧址。遗憾的是，相思树只剩下一棵了。

广西师大的负责人告诉我们，为了纪念陈望道先生，现今的广西师大不仅有望道剧社、望道记录社、望道读书社和红豆小馆等，还有以陈望道先生名字命名的望道路。根据广西师大文学院的要求，我们捐赠了三颗父亲当年从广西带回的红豆。

漂泊数十载的红豆“回家”了，可是它们的主人，早已不在了。

1976年，86岁高龄的父亲一度病危。虽经抢救挺了过来，但这场大病后，父亲知道以自己的身体状况，也许在世的时日不多了。他用颤抖的手给我们写下了遗言：“振新吾儿、良玉吾媳同鉴：我经常以红灯记的那革命家庭比作我们家庭，目的在于督促你们努力改造思想，刻苦攻读马列主义毛泽东思想，提高自己的政治识别能力，争取早日加入党的组织，为党工作。”几十年来，父亲的嘱托是我们毕生的追求。2020年，我和我的先生陈振新递交了入党申请书；2021年，党支部同意接收我们为中共预备党员；如今，经过一年的预备期考察，2022年6月30日，我和我的先生正式成为光荣的共产党员，完成了信仰的传承。

父亲在遗嘱中还专门提到了他两个可爱的小孙子："两个孙子聪明、活泼，望你们引导他们，好好学习、天天向上。"为此，我们对两个孩子各方面从小就严格要求，他俩分别考入复旦大学、同济大学。如今两个孙子已成家立业，重孙也已步入大学之门。

到今年，父亲离开我们已45年了，"红豆"一直存放在家里，它是父亲坚守信仰、不忘初心的象征，也是寄托着我们对他的无尽思念的信物。这十几颗红豆，时刻激励着我们，要脚踏实地学习先贤，为了国家、民族的初心不变，始终把对党忠诚作为唯一的、无条件的、不掺杂任何私心杂念的崇高胸怀和品质。

梅家五嫂走好

李景端
2022-11-04

屠珍，是梅兰芳的儿子梅绍武的夫人，近日辞世。噩耗传来，伤感之余，难免引发诸多感慨。

梅兰芳的子女，都用葆字命名，如葆玖、葆玥，唯有梅绍武例外。绍武曾告诉我，因他排行老五，从小家人都称他“小五”，长大入学，就把“小五”音译为“绍武”。而屠珍，也因此在梨园界，被尊称为“五嫂”。

屠珍原籍常州，生长在天津，在燕京大学读法文时，与同学梅绍武相恋成亲。屠珍也通英文，是北京对外经贸大学教授，绍武夫妻俩都是译著丰富的文学翻译家。因为梅家子女都各有个人事业，梅绍武又向来内向寡言，于是，自从梅兰芳夫人福芝芳谢世之后，举凡梅兰芳各弟子之事，梅家家族之事，乃至梨园界涉及梅家之事，就全靠梅家五嫂屠珍来掌管。加上屠珍又担任了梅兰芳研究会秘书长和梅兰芳纪念馆名誉馆长。这一来，梅家五嫂之名，既是许多人对屠珍的尊称，在某种程度上更成为传承梅兰芳事业的象征符号。

屠珍一边大量从事英法文的教学与翻译工作，一边又兼管着梅家的诸多事务。她当梅兰芳纪念馆名誉馆长，可不是仅挂个名，而是热心办事。即使退休后，她发现纪念馆中多幅馆藏名画，被人影印出版，她求问我如何维权。我随即介绍她面见国家新闻出版总署阎晓宏副署长，晓宏同志在听取情况后告诉屠珍，这种事按程序应向北京市新闻出版局投诉。屠珍事后对我说，这位副署长没有架子，还亲自给她倒茶。屠珍为梅兰芳研究会和纪念馆做了不少实事，诸如协同绍武撰写了梅兰芳电影剧本，举办梅兰芳艺术研讨会，以及出版梅兰芳纪念馆画册，等等。

屠珍夫妇也是最早支持《译林》杂志的学者。当年《译林》杂志因刊登英国侦探小说，被一位权威人士告状、谴责之时，屠珍不仅同绍武积极参加《译林》召开的会议，她自己还带头翻译了好多部英美侦探小说。杨苡翻译的《呼啸山庄》已成为译林版世界文学名著的一个品牌，而屠珍翻译的《重返呼啸山庄》，同样为这部名著的延续传播做出了贡献。

屠珍不仅做学问和办事认真积极，而且为人亲和，人脉很广。梅兰芳与清末著名实业家张謇是世交，1987年秋南通市举办盛大纪念张謇的活动。张謇之孙张绪武先生通过我邀请梅绍武、屠珍夫妇参加。那年我陪同他们夫妇在南通，参观了张謇兴办的实业和学校，还向张謇墓献了花。有一晚，听说在北京市工作的李昭同志也来了，屠珍是个活跃人，立刻拉着我去拜访李昭大姐。虽然只是匆匆晤谈，但使我不禁佩服屠珍的热情。

屠珍虽祖籍常州，但从未去过。绍武去世后，我建议她多出去走走，自然想到请她回常州看看。正好梅兰芳在南京的两名弟子，名旦沈小梅和陈正薇也欢迎“五嫂”来访。于是有一年由沈小梅派车，我陪屠珍做了一次常州一日游。在常州，屠是个大姓，屠家出过不少出名的人。我的老朋友、人民文学出版社原总编辑、诗人屠岸就是常州人。那天在常州，屠珍很有兴致地参观了瞿秋白、洪深、吴祖光、上官云珠等人的纪念馆，还到一座寺庙上了香，临走时还带了好多样常州土特产，看得出这次回常州寻根，她内心是高兴的。

我早知道她患有与绍武同样的癌症，也期盼她能得到较好的治疗。但很遗憾，她还是走了。在此，我只能说：老友屠珍，走好吧！

王老师的笑

邬峭峰

2023-01-09

我认识翻译家王智量教授，近50年。从1974年起，我常能见到王智量老师的笑。他的笑，脸部肌肉很用力，嘴角上扬彻底。首肯、嘉许、默契、意会和友善，他一律以这种偏热烈的笑来表达。

最后一次看到他的笑容，是新年1月2日，在讣告配发的照片里，他依然明亮地笑着。

1974年至1978年，我就读于上海市向明中学，王智量老师正好在那里漂泊般任教。他以满头白发，第一次出现在讲台上时，本班同学未必意识到幸运的来临，他教了我整整一学期的语文课。鲁迅先生的《从百草园到三味书屋》，就是老师教的。他一开口，气场之大，不是一般中学语文老师所能比的，我们很快就被他的授课方式吸引。他抛开当时中学语文教师依傍的教学辅导材料，极少谈论课文的中心思想和段落大意。他只把课文中语言的别致、细节的别致和作者观察事物的别致，抽丝剥茧地解析给学生。他会告诉我们，同样题材和语句，平庸的处理，一般会是怎么样的；而超越平庸，又可能是怎样的。他教语文，很像一个雄心万丈的老狮子，带着一群幼狮穿越千沟万壑，试图到达更开阔的地界；而不是以躲藏、警惕、避错和机巧，只为偏安和过关。作文课上，他会问，谁能说出十种雨声吗？我们被当年八股文式的教学方式弄得半僵的语文感觉，渐渐被他激活。这个时候，我们意识到幸运了。

老师上课，只是在课本上画几道杠，圈几个圈，然后调动他的才情和积累滔滔讲来。他还喜欢用情景模拟的方式，将那些生动的环节表演出来。不愿落套的脾性，在他的每句话里均有闪现。

用功的同学，开始察觉到这位先生的来历神秘，他早生的白发里似藏有涩涩怨幽。以我们十四五岁的阅历，无力去窥破一位1928年出生者的面具。现在核对一下，老师当年也就四十六七岁。他从北大、从文学研究所的层面，经历了抛高与跌落。解读当年的他，我有些惊讶，他当时坚持以很高的规格和境界引导学生，而他自己，尚未在命运的伤害中康复。1974年，他应该也不能预见转机。心底悲凉，甚至绝望，但面对学生从不懈怠和沮丧。笑脸之下，分裂之中，难怪他的头发早早白了。

老师从不带包，他总是把几本书塞进一只塑料袋，夹在自行车的后座上。他似乎用这样的随性，在表达些什么。起码，流露了他不那么亢奋的处世情绪。这也和他的笑，在走向上背反明显。

当时，他和我都住在复兴中路上，易在路上碰到。他是骑车的，骑得飞快，但他见了我们，一定跳下来，推着车和你这个中学生一起走一段，聊一段。我觉得他隆重了，但他每回如此。一般是他先到家，他便站定，用他的笑，和你这个晚辈很充分地道别。

那个年头有一个词，叫课堂纪律。因为大部分学生很难专心听讲，他们找老师麻烦是家常便饭。有一次，一个同学，把一些纸屑悄悄放在老师的肩上。老师用非常激烈的词语怒骂了整整10分钟。这种怒骂很奇特，不像是针对肇事者，也不像仅仅局限本次事件，它像是一次被引爆。我发现，笑容可掬原是他的衣衫，桀骜并凛然不可犯，才是他深藏的内核。

戏剧性出现了，1978年我入读华东师大中文系的时候，王智量老师经校长刘佛年先生特批引入中文系，专职讲授俄罗斯文学。

王智量老师思想清澈，敏感而炽热。他的艺术家气韵，在教授中并不多见。他主讲的俄罗斯文学课，很快在学校走红。在普希金叙事长诗《叶甫盖尼·奥涅金》赏析课上，他以汪洋恣肆的才情，将原作的人性肌理解析得鞭辟入里，精彩纷呈。一堂例行授课，成了一次崇敬文学的辉煌聚会，师生无不陶醉其中。

中文系80级女生吴新成告诉我：寒冬，老师在文史楼的215大教室讲奥涅金。他血脉贲张，汗流满面，燠热难当之下，他把滑雪衫脱下，周边无处可放，他就将滑雪衫扔到脚下，地上腾起一蓬粉笔灰，台下响起一片惊叹。先生的情绪和语气，没有一丝断离，始终在奥涅金的状态之中。

有人说，王智量老师是另一个奥涅金。在我看来，老师是一个以天赋攀上殿堂级高位，又被呼啸而起的风暴一把摁在地上的才俊。强大的人格力量，使他一有机遇就能再度挺立而起。他有奥涅金般的骄傲，但奥涅金不具备老师的很多品质。

王智量老师的笑，非常迷人。然而，在他未过半百之前，每当他大笑的时候，他的眼神其实是寒冷的，从未和他嘴角同步释出人生的欢愉。我见证了老师这段非常时期的笑，本质上是一个精神漂泊者的笑。他眼中的冷冽，是因为无所归依，是因为心花幽闭。年过半百之前，老师脸上，并没有真正完成一次五官同调的笑。很多年后，命运确实再次眷顾了他，他再次有机会亲近俄罗斯文学，再次有机会朗读普希金和屠格涅夫，他的笑，发生了自觉修正。

中文系83级的曹宇，曾告诉我一个细节：一个夏日，王智量老师为学生朗诵长诗《叶甫盖尼·奥涅金》。当年文史楼两百多座席的大教室没有降温设备，老师只得脱了被汗水濡湿的衬衫，穿一件通常不公开的旧白色汗背心，站在学生的焦点之中。正值尽兴，他突然发现一侧背心的带子从肩头滑至臂弯。老师并不慌张捞起，而是仰面久久大笑，说，对不起啊，露点了。他的话，让整个文史楼传出哄然大笑。我没有在场，但我深信，这一刻，在老师的笑眼里，和幽默并存、和浪漫并存、和俏皮并存的，是一个诗化老人放浪形骸的真正欢情。这一刻，他的嘴角眼角眉角，在同一调性上合美如花，是一定的。

我曾几次去师大一村看望老师，什么话题都谈，包括老师的爱情。他和太太养着一只猫，当我想了解猫的自洁本性时，他把我领到他家猫窝边，老师和我都蹲下来细细观察。他一五一十地给我讲解猫的习惯，以及猫是如何耐心掩藏秽物的。他说，峭峰，如果你连猫都能懂，那还有什么人会是你不懂的呢？他突然觉得自己的这句话蛮好玩儿的，得意地笑起来。从他的眼里，我已经看不见早年的寒意。

每次去老师家，饭点，他总是从家里抽出一瓶不错的白酒，带着我去一村食堂找个静角落坐，点几只家常菜。他身上有西北生活习性，举杯喝净，开瓶喝完，无须讨论。他确实有很男人的一面，一般人较难见到。及他耄耋之年，脸部渐渐出现一些老妪般的糜柔，他往日的刚毅线条已被一点点削替。他一旦笑了，那老迈圆润的五官里，漾动着慈善、平淡，以及无力实现的若干念想。那个通透的男人确实老了，但是，在他的笑眼里，可以看到他心头曾幽闭的花朵，再度暖暖绽放。

这个了不起的多难的至情至性的先生走了，笑着走了。他各个时期的笑颜，在我心中一帧帧浮现。不觉之中，尾随他已近半个世纪。

我泪如雨下。

三个电话，忆曹志林

胡廷楣

2023-01-13

给曹志林兄打电话，是因为想写一篇围棋国手顾水如的散文。

曹兄近些年来深居简出。他说，他将从棋手的角度来分析人工智能围棋。他已经75岁了，有此雄心，令人佩服。

他是顾水如的学生，他知道很多顾水如的事情。按照他的指点，我去了上海图书馆。

从图书馆出来，我打了第一个电话："曹兄，借书的那个柜台，人都阳了。唯有老报纸的胶片版可以查到，查过了，1909年的《时报》，未见顾水如的文章，可能是副刊没有做胶片吧？"

曹兄说："你怎么啦，好像在喘气，'阳'了吗？"

我说："'阳康'了。正在走路呢，还戴着口罩。"

"多多保重，我也阳啦，哪天好一些，我把自家的那本书带给你。"

我正好走到上海新村门口，1934年，段祺瑞在那里住着，顾水如从霞飞路的那一头过来，陪老段下棋。

过了一个多星期，又去了图书馆。尽管人不多，阅览室里，咳嗽声此起彼落。不过工作人员满面笑容，"你好，老先生，今天你要的书能够阅读了，请去对面登记。"

书车从书库出来，缓缓将书送到柜台上。那是曹志林作序的《围棋国手顾水如》，有家属的回忆，还有顾老的年表。

以前所未有的速度，浏览全书。出门便想和曹兄聊聊细节。

这是第二个电话。铃声响了很久，方才有人应答："我是曹志林的儿子，我爸爸现在住在医院里。"

"多久了，能去看他吗？"

"一周了，ICU……"

恍惚中，回到了老图书馆，跑马厅。看到顾老瘦小的身影在孩子们之间走动，好像听到他对少年曹志林说，只要用功，你会有出息的。304棋室里，便多了一个中午啃着大饼下棋的大眼睛孩子。

过了两天，又打了第三个电话，传来的是一个女孩的声音，有一点儿喑哑："我爷爷已经回不来了……"

想起他许多往事，记得最清晰的是1990年在南京五台山体育馆，讲解第五届中日围棋擂台赛钱宇平与日本主帅武宫正树一局。篮球场布置成一个大棋盘，纸板剪成的棋子足有面盆那样大。看台上座无虚席，那是夏天，曹兄衬衫短裤，用一根长棍在地上指点，钱宇平和武宫正树的风姿神采，便跃然在空旷的场地。赛场掌声雷动，是钱宇平赢了棋。不料被感动的还有武宫正树，他问："外面是什么声音？"便走了出来，满场的观众，都朝他鼓掌。一向风度翩翩的他，竟然有些不知所措。

那张曹兄走在黑白棋子之间的照片，登载在《围棋天地》上。拍照的刘思明，后来是中国棋院的院长。

今天打电话，好久好久没有人接听。便想起不久前再一次看到曹兄讲棋，是在抖音上，他讲的也是钱宇平在擂台赛上的棋。钱宇平在现场，说的是自己的体会。曹兄和钱大面对面，用人工智能的获胜概率和钱宇平互动。

曹兄一如既往地神采奕奕，对于30多年前那场擂台赛的亲历者，就像是幻觉一样。

这竟然是我看曹志林讲的最后一局棋……

再打电话，接通了，便知道，曹兄已在弥留之际……

母亲陈佩秋百年诞辰之际，我分外思念她

谢定伟
2023-01-29

“对父母亲而言，他们的人生就在自己的作品之中，当我看到观众在父母的画作前驻足观赏，我相信，这足以告慰他们的在天之灵。”走在展馆中，谢定伟如是说。

一张古画牵起的缘分

史学家、书法家王蘧常曾评价“谢稚柳是一本书”，而陈佩秋又何尝不是。作为孩子的谢定伟，是从什么时候，开始真正翻开这两本书的呢?

“我是在2005年初回国的。那时，我已经在美国工作生活了25年。父亲于1997年去世后，我决定带着全家回上海陪伴母亲。离家多年，与父母远隔千山万水。回到上海后，初时住得距离母亲不远，后来，与母亲的住处只隔着一堵墙，与母亲可以朝夕相见。在我们几个孩子心目中，父亲比较威严。小时候，父母并不支持我们学画，现在只有姐姐谢小珮画画。我小时候，母亲见我拿着笔涂涂抹抹，会把画笔收掉。但人生就是如此兜兜转转，我对绘画艺术的喜爱到今天还是没有逆转。”

“父亲年轻时醉心于陈老莲的书画，25岁那年发表了他的第一篇学术论文《陈老莲》。他结识了张大千等艺坛名家，很早就流露出才情。1943年，父亲去了敦煌，与张大千一起研究壁画，后来著述《敦煌艺术叙录》。20世纪40年代，他先后在昆明、重庆、西安、上海举办过个人画展。在此期间，母亲考入了重庆国立艺术专科学校，由此为父母亲之后的相遇和艺术渊源埋下了伏笔。”

随着国立艺专的迁移，陈佩秋也从重庆来到了杭州。她很早就有收藏古画的爱好，有一天和黄宾虹去古玩市场，一眼看中了一张古朴稚拙，但没有画家款识的绢本山水。在艺专恩师郑午昌的介绍下，陈佩秋带着这张画请当时已在书画鉴定方面颇有建树的谢稚柳掌眼，那是1948年，他们因这张古画结缘。谢稚柳既是画家，又是学者，他是20世纪逆明清而上，复兴唐宋画学潮流中的旗手性人物，而陈佩秋自踏入绘画始，便深爱宋元。他们结合后，在事业上有着共同的取向。在谢稚柳过世后，陈佩秋则继续将这个主张发扬光大。谢稚柳与陈佩秋丰满了现代海上美术史，在相伴的岁月里，他们始终以赤子之心，在继承与创新之间求索着。

后来的几十年，陈佩秋花了很多精力研究那张16平方尺之巨，钤有八方鉴藏印的古画，最后她以专业严谨的态度认定其为郭忠恕所作《避暑宫图》，学术圈也认为这张画是现存北宋山水画里程碑式的作品。

“以母亲的个性，她绝不会让父亲代笔”

陈佩秋在家排行第四，谢稚柳起先跟着陈家，称她四妹。陈佩秋30岁生日那年，谢稚柳画了一张扇面给她，红梅、绿竹、松树，落款：为四妹寿。40岁，陈佩秋画了一张《蕙花粉蝶图》，谢稚柳以杨万里的《芗林五十咏·兰畹》题之：健碧缤缤叶，斑红浅浅芳。幽香空自秘，风肯秘幽香。自此，陈佩秋便以“健碧”落款。陈佩秋喜欢叫谢稚柳“老头”，她一生最爱兰花，收到那首诗的时候，她一定是欢喜的，因为“老头”懂她。

陈佩秋留给圈内圈外的印象是耿直磊落，说起丈夫，她曾这样评价：“他的修养比人家都好，心胸也比人家开阔，从来不妒忌人家，有的时候我说两句人家对他评价不公平的地方，他说，你不要这样说，这样说不好。”

“母亲画得好，因此有人质疑，是父亲代笔，母亲知道后很生气。其实以我母亲的个性，即使父亲要代笔，她也会拒绝。母亲的个性非常强，这也是让她获得成功的一股精神。我从小到大，没见过父亲为她代笔。两人有合作，但不同的风格很容易辨别。反而是父亲的画，母亲有代笔，比如勾画稿，画双勾的飞禽走兽、房屋等。母亲是科班出身，素描、速写的基础比父亲熟练，她在写生方面下过很深的功夫，为了画鸟自己养鸟，还有青蛙、螳螂、天牛这些东西家里都养过。这次展览，有两幅双亲各自作于20世纪五六十年代的花鸟画，父亲使用了母亲勾的粉本（底稿），而母亲后来在使用相同粉本创作时又做了局部的变化。”

“20世纪90年代，父母亲去美国探亲，我有时陪母亲逛书店买画册，或去博物馆看展。母亲在艺专读书时就修过西画基础课，因此对西方绘画特别是法国印象派绘画很了解。我记得60年代她曾借过画院的西方画册回家看。在美国时，有一次路过一条街，长长道路两旁的树木由近及远，一片紫色，繁花点点，她特别留意。她曾说过，中国画以笔墨取胜，一支毛笔点、线、块面都能兼顾，但油画笔是扁的，可以画块面，不能兼顾点和线条。但在色彩方面，中国画则不如西画用色丰富。她喜欢印象派莫奈的作品，认为印象派的色彩很值得借鉴。她在晚年的作品中引入了印象派的色彩理念，推进了中国画色彩传统的发展。她先以墨为底构图，加以色彩，再染墨，再赋色，通过层层渲染和反复点缀，使画面具有浓郁的层次感和厚重感。在树叶的描绘上，以斑斓的色点代替传统的双勾夹叶填彩画法。她的这些色彩和技法创新，在山水和花鸟画中都有很多的体现。有人将她的画法称为‘叠彩法’或‘积墨积彩法’。”

唐宋的画是双勾墨线，中间填色，用色比较呆板。陈佩秋想把西方好的色彩用上来，但又担心只是在双勾填色上用色彩效果不好。于是她把彩和墨分层反复叠加，这是她的一个创新。当然，她也反复实验，随着不断探索，她的绘画色彩越来越重，后来用了国外的颜料，有点儿油画的感觉，墨色又能透出来，这个过程，她前后大约用了10年时间。陈佩秋用自己的“叠彩法”画的美国大峡谷、云南苍山的云海，包括在美国画的花卉等，颜色的厚度、笔法都和一般中国画的表现和用笔不同。美术评论家郑重先生和谢家有很深的交往，他曾问谢稚柳:“陈佩秋是现代山水开派的人物，您同意吗?”谢稚柳先生认可了这个说法。

“他们对艺术的追求超过对个人利益的计较”

谢稚柳、陈佩秋一直被称为“当代赵管”，在艺术上，他们既面貌迥异，又互有关联，在20世纪下半叶的中国画坛旗鼓相当并肩称雄。

“在艺术上，虽然都崇尚两宋，但两人的绘画实践却具有不同的出发点。父亲对北宋的各家各派都下过很深的功夫。而母亲觉得既然父亲的画风追踪北宋，她就以南宋为宗，刻意地与父亲的画风保持距离。她说过，好的艺术作品既要美，更要难。”

谢稚柳一直说自己鉴定是主业，画画是副业。他将自己的宋元绘画研究融入实践，他鉴定巨然的《万壑松风图》，从而借鉴了退笔焦墨信手散点、淡墨直点的点苔法，使自己江南山水画，苍茫华滋，别开生面。他鉴定徐熙的《雪竹图》，穷究落墨法，完成了“以放荡易工整”的个人风格转型。因为鉴定《古诗四帖》，他晚年书法由陈老莲秀丽飘逸的行书转向了张旭狂放的草书。而晚年的落墨法也与他的草书相得益彰。

1962年，国务院授命国家文物局组建中国书画鉴定三人组，至1966年工作中断。谢稚柳对此一直耿耿于怀。直到1982年，他上书国务院，次年建议被采纳，他亦以73岁之龄出任中国书画鉴定小组组长，义无反顾，不辞辛劳，全国各地跑，整整花了8年时间。韩天衡先生曾听有人对谢稚柳说:“谢老，你这八年损失太大了，自己少画多少，少赚多少……”谢稚柳的回答是:“我认为这个值得。”他是一个豪迈的人，万事拿得起，放得下。想来他对得失有自己的判断和标准。

上海博物馆原副馆长顾祥虞曾回忆谢陈夫妇与上海博物馆的诸多往事，他说，谢稚柳先生对上海博物馆文物收藏的数量及质量提升起到关键作用，在上海博物馆14万件馆藏中，国内等级、质量、水准最高的2万多件书画藏品，征集及鉴定都是以谢稚柳先生为核心展开的。

“1992年，上海市政府决定在人民广场兴建上海博物馆新馆，父亲与日本书法泰斗村上三岛先生，用各自的书画作品在大阪办展筹款。村上三岛先生写了30幅字、父亲画了30张画，60幅作品共筹得30万美元，全数捐给了上海博物馆筹建新馆。”

“父母亲的性情一个敦厚严谨，一个耿直较真儿，但都待人宽厚善良，有菩萨心肠。他们在艺术上穷毕生精力，竭力追寻借鉴唐宋传统，推陈出新。他们对艺术的追求超过了对个人利益的计较，他们是我的榜样。”

陈佩秋先生过世前五六年，开始逐幅批注《宋画全集》，谢定伟则在旁记录。斯人已去，早日将母亲这份宝贵的学术财富结集出版，在谢定伟心中，是对母亲最好的纪念，因此分量十足。

（谢定伟 口述　吴南瑶 撰写）

爱夜光杯 爱上海

2022

观世象

一碗汤的距离还是远

周云海

2022-06-27

一碗汤的距离，是指长大成家了的子女与父母家的间隔距离。缘于血脉亲情，考虑到两代人在人生理念、生活习惯上的诸多不同和差异，许多人觉得两代人分开居住，又间距一两个公交车站点的路程，也就是子女为父母送一碗热汤不会凉却的距离，是温馨而美好的最佳亲情距离。

以前，我对此深以为然。

我的岳父母是幸福的。四个子女的小家像星星一样环绕着双亲，且都紧临着只有一个或是两个公交车站点的路程。早些年，串联起这段空间距离的，是儿女们与岳父母亲情团聚的温馨时光。

日月如梭，生命匆匆。我们的孩子大了，我们的父母老了，夹在孩子与父母中间的我们，亲情责任的负荷渐渐发生了变化。风华正茂的孩子开始讨厌我们爱的束缚，耄耋之年的父母日益期待儿女孝的陪护。岁月，让一碗汤的距离显得孝之不及。

岳父原是个喜清静不爱多话的人，以前看见儿女、孙辈们在他家里高声说笑总是嫌烦。花甲之年是这样，古稀之年是这样，杖朝之年依然是这样；到了鲐背之年，行动颤颤巍巍的老岳父，虽有岳母相伴暮年，却开始变得黏人，尤其是黏我退休在家的妻子（别的子女都在上班工作）。妻子除了每天骑自行车去父母家送菜食糕点水果，分装父母长年服用的各类药品，帮着料理一些生活事务，还时常要陪年迈体衰的父母去医院看病，或是跑医院为双亲配药、拿各种检验报告，碰到岳父母生病住院治疗时，四个子女小家，更是每天派人轮番地去医院陪护照料……

日复一日，这样频繁往返父母家，一碗汤的距离还是显得远而呼之不及。好多次凌晨梦中，我们被急促的手机铃声惊醒："芳娣（我妻子名字），我咳嗽看到痰有血丝""芳娣，我身份证丢失了，侬上午过来帮我寻找寻找"……岳母事后告诉说："我要老头子天亮时打电话，伊不听，呒办法。"妻子的手机仿佛岳父住院病床边挂着的24小时急呼铃。就是生病住院，老岳父也会在这样时辰，让护士打电话给妻子嘱咐她上午早点儿去医院。这让妻子如何给他烧制新鲜的午饭菜？看着二女儿的辛苦，老岳父也会"明事理"地对我妻子说："叫侬阿姐回来，不要做了，退休了还上啥个班！"岳父老了，就是这样黏着他的子女。

前段时间，因农场农友竭力相邀，花甲之年的妻子难得参加了一趟大西北的甘南游。遥遥千里万里，老岳父用一根无形的通信线一次次地牵扯二女儿的心，追问什么时候回来。出游归来的妻，放下行李立即赶去父母家安慰。妻子说：我出游这些天，阿姐讲爹爹每天早上在她上班前给她打电话，"作"煞特了。

我心里思忖：老岳父的"作"，是人生暮年需要血亲的孝心搀扶和慰藉啊！

其实，耄耋之年的老父母不仅需要一碗热汤，更需要时时在旁嘘寒问暖。一碗汤的距离还是远。孝心的陪伴和服侍，最好是楼上楼下。虽然，这很难。

老 法 师

马尚龙

2022-09-18

一个篱笆三个桩，一个好汉三个帮。老领导不可能做光杆儿司令，身边一定要有老法师。

在上海，只要说到老法师，是只须意会而不必言传的。

对老领导来说，老法师代表了独到的绝技，代表了毒辣的眼光，代表了十万火急时的舍我其谁，代表了山重水复时的推心置腹，代表了谋篇布局时的羽扇纶巾，代表了踌躇满志时的一介凉亭，代表了疾风暗涌时的一座石桥。

有位已故陆老先生，圣约翰大学毕业，父亲开了珠宝店，他也就成了珠宝鉴定专家。20世纪50年代公私合营，陆老先生在公司做了和珠宝无关的工作。直至改革开放后，珠宝重回上海，却是少了珠宝鉴定师。公司领导想起了退休多年的陆老先生：他是老法师！

陆老先生重出江湖，有时去公司做珠宝鉴定，更多时候是在家里为青年开课。怎么鉴定猫儿眼、蓝宝石、红宝石，印度的还是斯里兰卡的……老先生容光焕发，精神十足，是后半生最有成就感的时光。

老法师的最高荣誉，还不是在小环境里被认同，而是被社会承认，被社会上完全不相识的人群尊称为“老法师”，这才是社会意义的老法师了。

上海的大医院，老法师云集，而且还多有病患给他们起绰号。有位绰号“一摸准”的乳腺专家，据说她的手感比B超和钼靶都准，她对病人说没问题就是没问题，不开B超钼靶检验单；若有病人想做个检验双保险，“一摸准”马上板面孔：去找别的医生开吧。作为医生，其态度很难被患者接受，但是能够抢到她的专家门诊号，都觉得是幸运。“一摸准”是这位老法师的具象化称谓。

不要看老法师狠三狠四，入行之时，大多是小赤佬。

随着开埠以后城市化的高速发展，上海有了越来越多的工厂、商店、医院、学校。经验、条理、责任、道德、秩序、眼光……成为“小赤佬”在上海的立身之本和发展之钥。不管是大老板还是小业主，会将最有本事的人，当然也是不奸不刁的人会聚起来，渐渐地，这些人功成名就，就被叫作老法师。直至21世纪的上海，仍旧如此。医院的专家门诊、学校的特级教师、企业的工匠，还有所有的专业技术职称……都可以归属于“老法师”基本序列。

老法师靠本事吃饭，他们通常不是上司的心腹，和上司走得不近，但是他的上司老领导，知道他脾气，更知道他的价值。遇到突发事情，七嘴八舌却一筹莫展之时，老领导关照手下人，去把老法师叫来！

老法师有名字的，但是平日里大家就叫他们老法师。古典版老法师的基本形象是，一支香烟、一只大号茶瓶，一瓶茶里大半瓶茶叶。老法师一坐下，老领导亲自给他续茶水，请老法师发声音。偶有人不知深浅，质疑老法师，老法师眼皮也不抬：那就听你的；茶瓶一拎，拍拍屁股走人。害得老领导追身出去，把老法师请回来。后来的结果证明，老法师的骄傲是有资本的。

有个老法师自创一句口头禅名言：常识问题不讨论。他解释说，一加一等于几，侬不晓得，我告诉侬；假使侬讲也可以等于三，那侬就去等于三，等于十三我也没意见。

只有老领导吃得消老法师的脾气，也只有老领导请得动老法师。老领导对老法师的器重，常常就是萧何月下追韩信的现实版，老法师对老领导则是士为知己者死。倒过来，非知己，士不足为其死也。

不管是儒雅微笑，还是瞪眼冷笑，老法师都会在老领导那里获得尊重，获得成就感。

老法师有机会参与了自己领域的谋篇布局。如同对待一个复杂手术的病患，一项方案要出台时，看似万全，一旦实施，或许纰漏跟着来了。需要细化，需要万无一失。谁有本事担当？做预案时，常常就是因为有老法师踩了一脚刹车，掰了一把方向盘，避免了一场事故。老马识途，就是这个意思。

老领导则是深谙“老马识途”之道的人。

老领导和老法师是上下级关系，也可以说是拍档关系。有些老法师后来就做了领导，而老法师的老领导，当年也就是老法师。

可以这么说，老法师，是上海制造得以传承的一个链环。

致青年的我

梁晓声

2022-11-02

嗨，亲爱的同志，我又梦到你了！

虽然你已经28岁，即将从复旦大学毕业，但我梦到的却是少年时期的我，也就是你。咱家的砖炉子砌在外屋的门旁，那儿两米左右的一角，便是厨房占据的地方。炉旁是水缸，缸旁是案板，架在两摞砖上。断砖多，整砖少，正可错缝叠压，挺稳。那是冬季的傍晚，天黑得早，静悄悄的外边下着雪，在鞋厂上班的母亲还没回家。家里也静悄悄的，四弟三弟和小妹人手一本小人书，皆趴炕上看着。那应该是1967年的冬季，春节前的几天。母亲终于攒够了一笔钱，哥哥便也终于住院了。哥哥一出院，咱家的生活随之正常化了——你很能耐。在你的出色指挥下，在四弟和三弟的协助下，将家中的火炕火墙都“清”了一遍。南方人不太明白那是什么活儿；便是扒开土坯的炕面和火墙砖的一部分，用铲子将内部的烟油刮净，之后重新砌上。这么一来，火炕和火墙就容易烧热了。并且，还将炉子也重砌了一遍。将墙的下半部“滚”出浪花般的图案。没刷子，便用扫炕笤帚。“滚”图案是有点儿技术活儿，做得蛮好，那一个冬季咱家不但漂亮了，也的确暖和多了。我梦到你坐在炉旁小凳上也在看书，一边看锅。锅里煮着高粱米粥，不时时关注，要么会潽锅，要么会将粥煮焦。炉火透出炉口，暖暖地映在你脸上，也将书页映得微红。

那是你和我关于咱俩少年时期的幸福回忆对吧？那种幸福在咱俩的整个少年时期是稀少的对吧？一年后咱俩下乡了，少年时期也就结束了；开始被叫作知青了。

你当时在看什么小说呀？我不记得了，告诉我。

嘿！你这家伙，为什么都不望我一眼？为什么气呼呼的？

什么？大声点儿——我当年为啥不留在上海？

你怎么敢以质问的口气跟我说话？别忘了你已经不是少年了，而是青年了！

岂有此理！

不错，当年创作专业的老师希望我留校；作家前辈茹志鹃希望我留在上海去《上海文学》工作（它即将复刊或创刊），而复旦校医院的一位与我同龄的女医生明确向我表示了爱心——可我还是离开上海去了北京。

你嘟哝什么呢？

现在可以告诉你了——我当年坚决地去往北京，不是因为北京对我更有吸引力，而是因为，比之于上海，北京与哈尔滨的距离近了一半！并且，我已没钱买上海至北京的列车票了。我在当年的文化部报到时，曾恳求他们将我转到黑龙江人民出版社，但他们没那种职权，我有什么办法？应届毕业生有半个月的假期，难道，已经三年多没往家里寄过钱的我，可以写信让妈妈给我寄路费吗？两年后我才享受北京电影制片厂的探亲假，那实在是出于无奈，并非不想家！在那两年里，我也曾试图调回哈尔滨，甚至往电线杆上贴过对调工作的启事，被北影的同志见到过，一时传为笑谈。北影门槛高，对调谈何容易！

你呀你呀，你误解大了！你有所不知——当我怀着内疚的心情告诉爸妈，我一时难以调回哈尔滨时，爸妈都说不必不必！都说他们愿意我这个儿子成为北京人。那时，他们脸上洋溢出一种异样的欣慰的光彩。于是我明白，我这个最能为咱们家撑起屋顶的人居然成了北京人，比朝夕与他们生活在一起还使他们高兴！当年乃至其后二三十年内，思想如咱爸咱妈那样荣耀高于需要的父母委实不少；而以成了“首都人”为人生追求的莘莘学子更是普遍，仿佛全中国只有北京才能实现人生价值……

“剖析自己就只剖析自己，不许捎上爸妈！”

你别生气，我不批判爸妈，我只不过在陈述事实。何况，事实也有另一面，那就是北京电影制片厂对我如同学期最长的“文学修道院”，使我在文学创作方面受益多多。

现在情况已很不同——许多大学毕业生的就业观开始变得清醒，他们的父母对儿女的期许也变得特别实际了。但另一个问题随之而来——若去年前年已在“京上广深”就业的大学生回到各省会城市，估计三分之一左右是找不到工作的；另外三分之一将被迫改行，而那意味着学非所用；并且，他们的工资也会少了一半。若继续在城市坐标系“下潜”，去往三线城市谋职，或许三分之二的人找不到工作。工资却仅能拿到曾经的三分之一。“京上广深”每年为应届大学毕业生提供就业岗位，估计约等于其他城市所提供的就业岗位的总和。经济、科技、文化、艺术、传媒、出版业发展态势的不均衡造成了此种状况，如何解决尚是难题……

什么？我操心的太多了？

你这是什么话！作家当然要多关注一些现实问题。

嗨，嗨！别低头，我还没说完！瓦西里同志！这家伙，他装睡了！

总是如此，每次我刚与他聊到兴头上，他就给我难堪！……

足球连接人心

聂卫平

2022-12-02

我喜欢足球，几乎尽人皆知。我身上除了围棋的符号，再一个与体育相关的标签，就是足球。球迷，超级球迷，说的就是我。

又是一届世界杯，我又与世界杯球员同步作息了。比如，我昨晚看了三场球（视当天场次），今天就睡到近中午再起床。虽然不能去现场观赛，但是参与度不能降低。

论观赏性，足球肯定是大大高于围棋。足球是动的，围棋是静的，观感自然是前者更刺激，更直观。当年国足闯入世界杯决赛阶段比赛，我就开了一瓶红军长征年代留下的珍贵茅台酒庆祝，足以说明我对足球的钟情与痴迷。

当然，我也必须实话实说，和大多数球迷一样，我看球看得起劲，但自己上场踢球的水平实在不行。经过各个位置的摸索，我发现了球场上最适合自己的位置——守门员。大家对此也很认同，所以我守起门来，人称“佐夫”。佐夫是意大利队的门将，也是最年长的足球世界冠军。可见，风评不错。不过我踢球，喜欢赢球，不喜欢输球。但我们围棋队的足球水平几乎垫底，无论是和乒乓球队、体操队还是羽毛球队比赛，基本没有赢面。所以后来对外的比赛，都难看见我的身影，我可丢不起那个人。只有我们围棋队内部的足球比赛，我才会上场。有时我也会想，我守门水平高，失球少，我气势足，对方看到我不怎么敢射门，大概也是原因之一。

我的小女儿聂云菲，我是很宝贝的。不过她也常常和我“对着干”。我上学时数学好，哪怕不听讲，每次考试总是100分。我女儿却喜欢化学，我对化学却有些摸不着头脑，只是常常听足球评论说，这个球员和那个球员在产生化学反应。不过事关足球，我们都是同一战壕里的。我是巴西的铁粉，我女儿也是。她在英国还去酒吧看世界杯，不过不能表明自己巴西球迷的身份，只能默默地加油。巴西足球华丽，好看，这次小组赛打入的倒挂金钩一球，简直是神来之笔。巴西队看上去挺有冠军相。当然，法国队也不错。其实，我个人认为我下棋的风格和法国足球队的风格比较像，都没有什么明显的弱点，各方面比较平衡。

看了那么多届世界杯，那些时常在我脑海里回荡的镜头倒不是哪粒入球，或是哪支队伍夺冠。真正留在心里的，是那些温暖的画面。比如1994年贝贝托和罗马里奥进球后做出抱婴儿的动作，又比如今年英格兰队格里利什将自己的进球献给了一名脑瘫学童，那是他们世界杯之前的约定……这和技术、战术、冠军都没有关系，这体现着足球连接人心，这也是足球为什么能够成为世界第一运动的原因之一。

熟悉我的人都知道，我一直不太喜欢阿根廷队，他们的打法太脏。大家都说马拉多纳的那粒入球是“上帝之手”，要我说，那分明是“恶魔之手”。包括后来西蒙尼在世界杯赛场上对年轻的贝克汉姆所做的。不过梅西真的与他的前辈截然不同，他各方面都很出众，尤其是人品。可以说，梅西在替曾经的阿根廷国脚还债。虽然我仍旧热烈地盼望巴西能够在卡塔尔捧起大力神杯，但我还是会由衷地说一句——梅西，祝你好运。

在世界杯流浪

陈　村

2022-12-12

卡塔尔世界杯开幕的那天，感谢我的宝贝女儿，新买的大屏幕电视机到了，挂在墙上，简直是辽阔。上届世界杯，我买了一只小电视机放在电脑屏幕旁。其实，除了看世界杯，我早已不再看电视。

不记得哪年开始看足球的，反正跟电视相关。最早的黑白电视机，足球滚到哪里是很难一眼发现的。除了马拉多纳的“上帝之手”，看过的场面几乎都忘记了，记住的是一些球星的名字，贝肯鲍尔、济科、齐达内什么的。前天看到采访罗纳尔多的视频，那么潇洒的帅哥竟成了一个胖子。那时他剃一个“罗纳尔多头”上场，风靡一时，我儿子也剃过头顶一块瓦片的发式。成为胖子还算不错，天才的马拉多纳已经没了。几天前的一张新闻图片，巴西的球迷们在圣保罗医院外为球王贝利守夜，祈祷这位82岁的偶像平安。

深夜，我一个人坐在客厅的沙发上，面前有咖啡有烟酒和水果，还有巧克力。好久没看球，发现多了一些新花样。例如对付定位球，在人墙之后横着一个卧佛。例如在禁区，球员背着手防守，生恐被吹了点球。又例如，裁判的权威大打折扣，时不时要去看视频回放，连这皮球都已升级，据说还要充电，内置芯片。下届世界杯是否就不要场上的主裁边裁了，让AI来裁判可能更及时和公正。

电视机里的球场那么喧闹，观众一惊一乍地为他们的主队加油。而我是一个没有主队的人，一个世界杯的流浪汉。用鲁迅的说法，是那种“丧家的”动物。看球需要有个立场，我不买足彩，支持谁成为麻烦的问题。巴西是一定要力挺的，阿根廷有过马拉多纳也为我所喜。此外，有时是爱屋及乌，喜欢梅西和C罗，顺便喜欢他们的球队。有时觉得身在东亚，日本跟韩国都是黄种邻居，不妨支持一下。我曾去过法国、英国、澳大利亚、荷兰，印象很不错，必须支持。更多的球赛没有说法，就随便挑一个队当主队。作为一个流浪汉，真是很有平常心，不至于大喜大悲。无论谁输谁赢，绝不痛心疾首，绝不大喜过望。

如今的心态比往年更宽容，不指责任何球员和教练。在疫情面前，球赛并不是天经地义的，有踢有看就很不错了。感谢东道主的大手笔，我只须浑浑噩噩地一场场看下去，心怀杂念，在喝咖啡时送走德国，吃香蕉时送走西班牙，一夜之间东亚绝了种。他们回家后，他们的球迷跟我一样，也只能流浪了，不知支持哪个是好。跟我不同的是，他们有懊恼，有不甘，有对四年后的期待。而我的悬念只是，不知道四年后是否再去换个电视机。

期待卡塔尔世界杯圆满成功。我最后的心愿是祝贝利老爷子平安康健。

“然后然后”何时休

林少华
2023-01-10

不知从什么时候起，我们特别喜欢说“然后”。日常交谈也好，会上发言也罢，有不算很少的人都对“然后”这个词儿情有独钟。尤其男生女生，有人几乎一口一个“然后、然后、然后”，没完没了，无尽无休。一次参加研究生答辩会，不到十分钟的论文要点陈述，而我指导的一个研究生，用了不止十个“然后”，听得作为导师的我干着急。甚至答辩通过也让我高兴不起来，问他为什么死活抓住“然后”不放，为什么就不能换个说法说“之后”“而后”“其后”“随后”，以及“其次”“再次”“并且”“而且”“继而”“再者”“加之”“还有”“接着”“接下去”？问他为什么这么需要注意修辞的场合却半点儿修辞意识也没有？

其实也不单单“然后”，什么什么“的话”好像也成了一些人的口头禅：“晚饭的话，吃饭的话，不好吃的话，剩下的话……”说一句“如果晚饭不好吃剩下的话……”不就行了？何况，“的话”应该和“如果”前后连用才对。不仅如此，“现如今”近来又成了网络宠儿，偏偏不说“现今”“如今”“而今”“当今”，不说“今日”“今天”“今时”，更不说“眼下”“目下”“当下”，这些全都“一键清除”。即使主流媒体也不例外。对了，除了“现如今”，“非常的”也来凑热闹了，你听，“非常的精彩、非常的重要、非常的及时……”而和“非常”大体相近的程度副词，统统一边儿玩去。例如“十分”“十二分”“万分”“分外”“格外”“极其”“极为”“甚为”，以及“实在”“的确”“确实”，还有“很”“太”“极”“甚”“超”等等等等。况且，“非常”本身就是副词，后面何苦加“的”？最基本的语文修养哪里去了？

也就是说，我们的语言已经贫乏到了让人忍无可忍的地步。或者说我们的修辞意识已经淡薄到了近乎“清零”的程度。是的，在这个急功近利、嚣喧浮躁的环境，提起修辞，每每被看成高考作文拿分的套路，甚至看成文字游戏。而网络流行文化的风生水起又进一步稀释了语言的文学性、诗性、经典性和殿堂性，加速了语言的口水化、粗鄙化、快餐化以至打情骂俏化。总之，语言越来越多，而好的语言越来越少。

不言而喻，言为心声，文如其人。语言，尤其书面语言乃一个民族心灵气象的外现——是庄重、雄浑、高贵、优雅，还是轻薄、浅陋、低下、庸俗？闻其言读其文，大体知道个十之八九。或谓嘴巴说谎而眼睛不说谎，其实在根本上语言也是不说谎的。你能想象一个猥琐不堪的小人会有光风霁月的谈吐？能想象一个胆小如鼠的懦夫会写出气势磅礴的文章？

别怪我说话尖刻，语言的贫乏，意味着精神的贫乏；语言的苍白，意味着内心的苍白。并不夸张地讲，在语言表达和修辞艺术上，我们可是世界上唯一把押韵、对偶、平仄韵律玩到极致的民族。不说别的，就连最容易重复和单调的数字，我们的先人也绝不重复，也搭配得错落有致。举个大家再熟悉不过的例子：“两个黄鹂鸣翠柳，一行白鹭上青天”，你看，数词，“两个”对“一行”；名词，“黄鹂”对“白鹭”，就连颜色也黄白相对；动词，“鸣”对“上”；又一名词，“翠柳”对“青天”，而且翠青相对。真是绝了！说句不礼貌的话，简直不像人世间的人琢磨出来的。类似的比比皆是：“两句三年

得，一吟双泪流”（贾岛）、“方宅十余亩，草屋八九间”（陶潜）、“七八个星天外，两三点雨山前”（辛弃疾）、“草铺横野六七里，笛弄晚风三四声”（吕洞宾）、“桃李春风一杯酒，江湖夜雨十年灯”（黄庭坚）、“残星几点雁横塞，长笛一声人倚楼”（赵嘏）、“三十功名尘与土，八千里路云和月”（岳飞）。这样的例子，谁都能想出一两个来。

最后说一句，你、我、他，咱们大家可是李白杜甫苏东坡曹雪芹嫡系或非嫡系的后代，再这样“然后”下去，“非常”下去，岂不愧对这些民族先贤，愧对汉语这个产生过唐诗宋词、《红楼梦》的世界上最古老最有生命力的语种？我们不能当文化上的不肖子孙，是时候关心语言、关心修辞了！

你撤回了什么

胡展奋

2023-02-07

"×××撤回了一条消息"。

每每看到手机鬼火般地明灭着类似的字样我总是好奇心大炽：他（她）本来想说什么？改变主意了？还是换一种说法？怕人不高兴？觉得自己丢份跌身价了？还是忌讳什么？抑或有不可告人的……

如果是一份通知或约请的撤回与更改那很寻常。

但日常的我们更多的却苦于"妄言既出，驷马难追"的遗憾，人总有失言、口误或"言辞过激"的时候吧，由此导致的不良后果，自古到今数不胜数。

当然，你可以改口。但人与人之间，"改口"是非常考验一个人的智慧的，言语得失的刹那，或乌云密布，或云开天青，有时虽然勉强过关，但踣踬转圜，不免尴尬，话一旦被"拉回来讲"或"收回"或"作废"，心迹屐痕已然昭昭，"有记忆"的不只是互联网哦，感谢微信的慈悲，居然堂皇地设置了让人"说话不算数"功能，君子一言，小人一言，都可以堂皇地"抹"，可以堂皇地"赖"，而且不用脸红不用心跳。

于是便频繁地瞥见"撤回""撤回""撤回"——有人曾在群里连续30余次地"撤回"，也就是"赖"了30余次，留下"水渍"一大摊，这是我所能看见的“撤回”之最高纪录。

不过，微信虽然允许“赖”，倒也规定了时效性，一般限定2分钟，发出的消息一旦2分钟内没撤回，就“赖”不了而“挺尸”了，故落手要快。

撤回后，是允许“重新编辑”的，故而想掩饰的，还可以再掩饰，想矫情的，尽管再矫情，不过醉心刀笔、刻意改写的，可要小心了，因为常有这样戏剧性的场面，那就是消息释放的一刹那就被人瞥见并迅速地截屏，立此存照，你若改得太离谱儿，只怕人把你晒出来。

可见，“撤回”颇见心性。如前所述，一次发言可以30余次地“撤回”，则此人镜头感之强，心思之活，反应之快亦可见一斑了。

有的性格俊朗，发觉说话“严重豁边”，又无法“撤回”，便干脆公开道个歉，这是最大气也最为大家服气的；有的性格慢热，发出后始觉不妥，想再撤回，没机会了，干脆听之任之，这种人也不错；有的心性狷急毛躁，发觉不能“撤回”，就删了，以为没事，其实这时再删，只是你“眼不见”而已，别人的屏面，你的底裤都还在呢。这就傻了。还有的性格执拗黏滞，发觉无法“撤回”就会滔滔不绝地解释，谁知“越描越黑”，这样的人其实也不坏，至少还在乎是非曲直，最怕的是鸡贼人格，发觉无法“撤回”就大肆刷屏，扰乱群内视觉，瞬间倾吐大量的垃圾信息、无意义符号，把群里搅得乌烟瘴气，让你找不着他的原帖，好比体味腥膻而猛盖香水，又如始皇尸臭而夹杂咸鱼“以乱其臭”，届时又往孩子身上一推，说失于管教，手机被他们玩嗨了云云……

是以，话既出口，“撤”还是“不撤”，自古就见智见性，当年蔺相如就是“撤回”的高手。

公元前283年，秦昭襄王讹称以十五座城池换取赵国收藏的“和氏璧”，赵王派出蔺相如携“和氏璧”与秦王交割，但蔺相如发现秦王手玩宝玉并无交换的诚意便果断“撤回”，借口为秦王指瑕而夺回了“和氏璧”。相形之下，刘邦也有改口的急智，当年他日夜盼着韩信援兵，韩信不但躺平，还派人向刘邦讨要“假王”的头衔，惹得他咆哮大骂而欲“拗断”，被一旁的张良暗蹑其脚背而醒悟，忙改口:“大丈夫要做就做真王，做什么假王!”当场敕封韩信为齐王。

此招不仅“撤回”了敌意，还赢得了韩信的援兵。无独有偶，《清稗类钞》记载，纪晓岚私下里称乾隆皇帝“老头子”，恰巧被乾隆本人听到，诏令解释，纪晓岚便说:“万寿无疆，这就叫作‘老’；顶天立地，至高无上，这就叫作‘头’；天父与地母是皇上的父母，故而叫‘子’。”

据说高宗皇帝听了当场回嗔作喜，可见纪昀的招数更高，对不慎出口的妄言，不是“撤”或“赖”，而是将错就错地做出脱胎换骨的崭新解读，这种智慧岂一个“撤”字了得。

想想我们手指动动，化解消息毕竟轻松，殊不知风险也同步递增，神操作的结果一旦上架而没“撤回”，则白纸黑字，无解的也常有。

报载某人赖债，和闺密详谈赖债的步骤，误发给了债权人，却“撤回”不及，被逮了个现行；有人竟然把举报信直接发给被举报者本人了，同样“撤回”不及，结果更是狗血一摊。

综上都是“术”层面的颟顸，“挺尸”也罢，狗血也罢，其实人非圣贤，孰能无过，你真正的力量应该是“道”意义上的诚实，如前所述，发觉说话“严重豁边”，又无法“撤回”，便干脆公开道个歉，这是最大气也最为大家服气的。

夫子不是说过嘛，仁者必有勇。

我家保姆小胡

彭瑞高
2023-02-18

有 缘 人

“缘分”这个词，现在使用频率很高。茫茫人海，滚滚红尘，无尽悲喜，许多事只能用“缘分”来解释。对我们这样的寻常百姓家来说，这些年最大的“缘分”，就集中体现在保姆身上。

我们一直很怀念上一任保姆小吴。三年前老爹中风，住院时陪护人也须体检，小吴被查出患肺癌，必须立即手术，无奈之下与我们洒泪而别。接任的保姆姓胡，入城前当过村妇女干部，党员。上海话吴、胡同音，我们称她“胡党员”，以示与上一任小吴的区别。

我很高兴小胡的身份，对她说：老爹和我都是在党的人，如今又增加你一个，我家可以成立党小组了。她笑起来。

胡党员一脸福相，其实是个苦大仇深的女人。她身上留着乡下男人用开水瓶砸她时烫伤的疤痕。男人是村主任的儿子，认钱不认人，还把小胡推进河里，恶狠狠叫着要淹死她。一讲起这些，她就眼泪汪汪。我愤愤说道：“你一个党员，怎没一点儿斗争精神！”

也许心里有恨，胡党员就格外珍惜在我家的工作。她第一天来就表现出不一样的责任心。我们原先安排她和老爹各住一室，这样她就会有一间十多平方米的朝阳房间。可她看了老人情况，说老爹晚上起夜多，她住另一间房怕会误事，主动提出要睡在老爹旁边，好日夜照应。

妻听了她在乡下的经历，先是很同情她；见她马上动手，把自己的小床排在老爹床脚跟，又很信任她。老爹中风失语、行走不便，早就诸事不理，妻便把家里的日用钱，一并交给胡党员管理。平时，只要胡党员说一句“抽屉里没钱了”，妻就成千成百地补充，从不查账。妻一心只求老爹吃上放心食品，用上合格产品，常教胡党员辨这个品牌识那个品牌。时间一久，胡党员也渐渐识得江湖险恶，摸到城市生活的钥匙，不再去低端集市购物，而是常去大超市挑选优质商品。只是跟着老爹生活，吃好住好，也产生了一些副作用，不知何时起，她有了高血压，“肚子也上了肉”，有时就听见她自我埋怨:“都是跟老爹一起喝鸡汤骨头汤喝的。”

这样一来，妻又多了两项任务：一是每次去药店，要给胡党员买高血压药，一买就是几盒；二是进厨房，教科学烹饪、科学饮食，跟她说“先洗菜叶再切菜”，还有“骨头汤里嘌呤高”……

多 面 手

胡党员疫情开始那年到我家，一眨眼过了三年。时间不长，却陪我们度过了许多艰难时刻。

我们双方家庭四位老人，岁月折损，硕果仅存，剩下老爹最后一位。在我看来，逼近百岁的他，身上带有强烈的象征意义：既是血脉余韵、祖先代表，又是离我们最近的前辈英雄。他年轻时入警队，当了几十年刑事侦查员，和搭档们生死相托，侦破的刑事案件数不胜数。他是上海滩上歹徒的死

敌，也是我内心供奉的偶像。现在他衰老了，须发皆白、身形佝偻，在别人眼里是个不起眼的老者，却是我家的至尊，我们愿搏命守护他的晚年。

三年前，胡党员在医院接手照顾老爹。那时疫情初起，社会上草木皆兵，医院里更是如临大敌。我们跟胡党员说："老爹刚救过来，现在还在医院。你若接了手，一进去就不能出来，跟隔离一样。你愿意去吗？"她说："没问题，去医院照护病人，又不是没去过。"话简单，却有些气势。

胡党员进病房后，传出的第一句话就是："老爹头发长了，身上还有一股味，要马上处理。"我说："我有理发工具，老爹的头也一直是我剃的，只是现在病房进不去……"她说："你下次把理发工具带来，有我呢。"我问："你会剃头？"她一笑，意味深长的样子。

出院时，老爹清清爽爽的，很见精神。听病友说，胡党员除了照顾好老爹外，还成了病区的志愿者。她常在医护人员指挥下，帮助照顾其他病人，送菜送饭、端水端药、推轮椅接病人、为邻床老人理发……老爹天天给她跷大拇指，病友们也祝贺老爹，说他有了一位好保姆。

后来才知道，胡党员有一套照顾老人的技能，还是一位多面手。她剃头技术好，老爹的白头经她一剃，面目清爽，像年轻十岁；她洗澡也有章法，先关门取暖，放掉冷水，摆好浴凳，再让老人脱衣冲洗，她帮着擦背，往往老人喊着"舒服舒服"时，她已是汗流浃背……

胡党员还有一招，一般保姆还真的及不上：她是个够格的扦脚师。九旬老爹，老胳膊老腿，脚皮坚如老树，但胡党员就有本事把它泡软，一刀刀扦得光滑如玉。她那些扦脚刀，大大小小，齐齐一整套，都是网上购买的。每次去探望老爹，开门见胡党员坐在她自己包的小圆凳上，把老爹的脚抱在怀里，戴着老花镜，凑近着细细下刀，总是让人心有所动……

胡党员还有许多本事，这里再说一项，那就是做花拖鞋。老爹午睡时，她就坐在窗前，用花绒布和泡沫鞋底，一针一线勾鞋面、做拖鞋。老爹穿上她做的花拖鞋，看上去有点儿怪怪的，但这位农村大姐对老人的那份好，让人心生感激。

我常想，党员的称号是神圣的，但也是平凡的。当一个好干部，是党员的样子；当一个好员工，是党员的样子；像胡大姐这样，当一个好保姆，也是党员的样子。

防风墙

老爹心衰、肺衰、肾衰，血压高、血脂高、肌酐高……装过三个支架，几度脑梗心梗。医生说，像老爹这样有着多种基础病的老人，正是新冠病毒攻击时最容易倒下的人群。

为了保住老爹，不让他感染，疫情三年里，妻煞费苦心，头发也熬白了。我们心里清楚：老爹不能感染，前提是胡党员不能感染；她一感染，老爹肯定保不住。胡党员是老爹的防风墙。

2022年春，妻对胡党员说："你跟老爹守在家里，大门不出、二门不迈。"胡党员说："我不出大门不行呀，送上门的物资远远不够，爷爷牙口又不好，好多东西不能吃。"妻说："没事，我们会送来。你在大门口等着。"

我们拼命采购、团购，朋友们也纷纷伸出援手，一有吃的用的，我们就先给他们送去。风里雨里，胡党员一直等在大门口。这样一送就送了三个月。

老爹争气，一直没感染；胡党员也硬朗，没有"阳"。她知道老人病多，所以天天紧闭大门，守菩萨一样守着老爹。无论什么人敲门，都不让进。只有一次，全区全员核酸检测，这天胡党员才开门，让民警和"大白"进家，

为老爹掏了一次喉咙。

固守三年，其苦自知。却没想到2022年12月2日，胡党员来电，说老爹病倒了，发烧，大小便失禁……

我们担心老爹是“阳”了，立即赶去。进门一看，面盆、衣架、餐具、换洗衣服……满满打了两大包。妻问小胡：“你准备的？”胡党员说：“要是医生让老爹住院，我陪。”我和妻对望一眼。家里保姆不知换了多少任，主动愿去医院陪老人的，她是第一个。

此时挂急诊，还得做核酸检测。天降大雨，妻和胡党员推着轮椅上的老爹，在雨中排队候检。庆幸的是，三人都是阴性。

然而老爹的病情很不乐观。医生诊断“复杂性尿路感染”，要立即输液。那输液室，竟是个五六百平方米的大厅！地方不小，但百多号病人仍把输液位坐得满满当当。远远看去，一排排都是白头，呻吟、呼喊、广播……搅拌成一片嗡嗡声。老爹进门大吃一惊，瞪大的双眼似在问：这是医院吗？

就在这个比菜市场还要嘈杂的地方，我们陪着老爹熬了整整五天。一个大小便失禁的病人，在这人群聚集处，众目睽睽，其情状之不堪可想而知。幸好我们有准备，每次老爹有情况，都有两人拉起棉毯，一人在毯后为老人处理。三人各司其职，老人居然没有受寒。只是胡党员吃了苦，来回途中晕车，吐得一塌糊涂。妻劝她歇歇，她说：“我一歇，你们不是更惨了吗？”

当天回家，我和妻都累得茶饭不思。第二天上午去医院路上，才听胡党员说，老爹一早曾瘫倒在地，因身体重，她怎么使劲也拉不起来，最后还是请来邻居才解决问题。妻问：“你怎么不告诉我们呢？”胡党员说：“你们肯定累坏了，我自己能解决的，不惊动你们。”

输液第五天，医生说：“老人各项指标有好转，你们还是回去服药吧。”妻说：“输液效果这么好，再输几天可以吗？”医生说：“你也看到输液室的情况了，这样的环境里，老人风险太大了！”

我们遂同意结束急诊。这是12月6日傍晚的事。12月7日，封控放开。老爹躲过了一劫。

探亲假

病后的老爹，气喘不止、虚弱不堪。新一波疫情加上初冬寒潮，让我们对他能否挺过这关忧心忡忡。在那些惊魂不定的日子里，胡党员天天在小本上记录老爹血压心跳，端汤送药更加小心谨慎；妻更是天天凌晨即起，上网采购，确保新鲜食品一早送到他们手上。我每天躺下，眼前浮起的第一幅生命图画，必是两个女人护着一个老人，颤颤巍巍、如履薄冰……

元旦一过，新春临近。每年春节，都是我家“年关”。今年老爹身体是这么个情况，春节长假，胡党员一走怎么办？

真是怕什么来什么，胡党员年初果然给妻微信，说：“儿子要结婚，让我回去和亲家见面，商量婚姻大事。”妻回说：“你儿子不是有家有女儿吗？”胡党员说：“这回是他二婚。”妻回说：“儿女婚姻是家庭大事，你安心回去。只是疫情严峻，你要一路做好防护。”胡党员说：“谢谢姐，你们要辛苦了！我十天半月就回来。”

妻和我开始筹划怎么蹚过这个年关。两人分头请朋友觅保姆，忙了几天，没一点儿着落。心想也是，这时节请阿姨本身就难，雇人打短工难上加难。寒冬寻篝火、黑夜找明灯，今年春节，看来得自己上。

胡党员要走了。她给老爹剃了头、洗了澡、清洗了老爹衣服和床单被套，还把房间里外打扫干净；喜欢种花的她，临走把阳台上的花草，也细细浇了一遍……

老爹不舍得，我们也不舍得。妻提前给胡党员发了工资、送了红包；路上的点心小吃也备了一大袋；医药包里，有布洛芬和几款中成药……妻把她送到门口，再三叮咛：上车往人少的地方坐，喝水吃点心避开周围人。

凌晨三点，胡党员发来微信：平安到家。

老爹起床第一件事，就拿笔写字问："小胡什么时候回来？"妻给他看胡党员的微信，说："没事，应该快的。"老爹又写："小胡走了，谁来？"妻说："您放心，我们两个老保姆已经决定，来接胡党员的班。"

三人都笑了。

不吃晚饭的德国人

孙 未

2023-02-24

德国的中国领事馆经常会给我们这些留学生开讲座，用微信报名就可以在网上参加，话题包括各种热点咨询问题，比如怎么申请绿码上飞机等。去年我参加过一次，正说着话题，一位暖男大叔不知怎的说起了恋爱的话题：姑娘们，千万别跟德国人结婚，我们中国人肯定跟他们过不惯的，德国人啊，他们不吃晚饭！

关于德国人不吃晚饭，这个奇葩习惯曾经带给我的震惊超过了其他一切文化鸿沟。我前些年刚到德国就生病住过一次院，病房发午餐的时候我还挺高兴，虽然很难吃，好歹是热的。想起当年在美国，工作餐有时候只有冷的三明治，我觉得德国还不错。结果晚餐时间，我又得到了一份早餐。是的，我没笔误，就是一份早餐——几片面包，加上让我们自己涂抹的黄油和果酱。也就是说，德国人的一日三餐是首尾呼应的一个闭环，一天早晚吃两顿冷面包。

出院之后我慢慢开始学德语，学到德语“晚餐”这个词顿觉心悦诚服，直译就是“晚上的面包”。再看看人家英语，晚餐叫作“正餐”，顿时感受到了热腾腾的烛光晚餐，吃完这样的晚餐才能让人不会饿得半夜翻来覆去睡不着，不会脚趾冰凉，通宵做噩梦。话说德国人为了展现自己的国际化，经常在德语里直接混用一点儿英语单词，语言学术语叫作“英语借词”。我相信，只有一个词他们没脸借，那就是“正餐”。吃两片冷面包就上床，难怪德国出了这么多怀疑人生的哲学家。

德国是唯一一个让我觉得身在欧洲却不在欧洲的所在，工作狂的国度，早上四五点钟起床是司空见惯的美德，别人跟你约个早上7点很正常，我8点起床都不好意思让邻居知道。每天日程从天黑排到天黑，两个日程间空隙超过15分钟都奢侈。所以吃饭这件事能省就省。德国人反反复复吃的日常食物，有几个给我留下过深刻的心理创伤。比如咖喱肉肠配炸薯条，这简直就跟英国的炸鱼配炸薯条一样，标配。还有炸猪排，里面的猪肉以薄为美，外面的面包粉以厚为美，炸出来的口感跟嚼木头一样，再配上直接由大包装冰冻方便成品炸出来的薯条。德国有烟熏肉肠，烧烤其实挺好吃的，可是德国人喜欢切成丁用来煮汤喝，请想象一下烟熏汤的嗅觉，加上黑乎乎的视觉，就跟喝刷锅水没两样，洗的还是一口烧煳的锅。

最遍地开花的小餐馆在德国有三种，一是意大利餐馆，二是土耳其烤爸爸，三就是中餐馆。然而请不要脑补美好的画面，需求决定市场，德国人的口味几乎摧毁了这三大流派的世界级美食。酸甜酱和番茄酱调味的中餐，配上和炸猪排同样原理的炸鸭子。我在意大利钟爱的那种烤炉里饼底又薄又脆的比萨完全绝迹，德国的比萨饼底和生日蛋糕底有得一拼，让我诧异，为什么不干脆改名叫“番茄酱咸味蛋糕”。

可能正是因为吃饭这件事在德国是那么不被重视，大多数品牌连锁超市也都很不上心。超市里各种肉肠管够，其他的肉就鸡腿牛排和猪排几个品种，鱼只有冻三文鱼，活鱼活虾你想都别想，蔬菜只有生菜、胡萝卜、卷心菜和洋葱，土豆管够不过经常是发芽的，如果没有鸡蛋和橄榄油，收银员会让您过一周再来看看。

在这种能把中国胃逼疯的环境里，一位聪慧能干的中国朋友在德国斯图加特附近开了一家“金师傅”中国点心工坊，上周给我寄了一箱包子、粽子和烧卖。我迫不及待清空了我家冰箱冷冻格，把德国食品统统扔出去，恭恭敬敬把中国点心请进去。昨天下班以后，拿出几种在电饭煲里蒸熟。对着热腾腾的包子咬下去的那一刻，我都快感动哭了，那是家乡的味道啊，所有儿时的回忆都在那有弹性的白面香气中，在那豆干香菇菜馅里。

我以前曾经有个德国邻居，仰慕中国饮食文化，让我教他做中餐，回报是承诺学会以后就帮我免费做饭洗碗一个月。我花了很大力气纠正了他用果酱拌米饭以及在鸡汤加酱油的习惯，好不容易能做出正常的中国家常菜了，他开始履行承诺，天天下班后来我家做晚餐钟点工。大约才坚持了一周，这天晚上，他做了红烧鸡腿，卷心菜炒胡萝卜配米饭。我招呼他盛饭一起吃，他从随身的小纸袋里掏出两块干巴巴的面包，尴尬地一笑：我实在受不了每天晚上吃这些了，让我今天吃回冷面包吧，这样我才能睡得好。

说好的热爱中国饮食文化的。

好吧，究竟什么是美味，世界之大，众口不一。有时候我想，也许美味仅仅就是漫长岁月习惯中回忆的味道吧，酸甜苦涩都成了习惯，最后都会甘之如饴。子非鱼安知鱼之乐。

只是太磨人

胡晓军

2023-03-09

从ABC开始，到整个求学生涯终了，我的各门成绩始终由英语垫底，不及格是常态，及格是例外。我不愧为一名正宗的中国人，对汉语的兴趣和能力似是与生俱来，对英语的感觉和水准则是无比别扭，足见文化基因其说有据，且基因愈强、抵触就愈大。我搞不懂为什么“我是你是他是”一样都“是”，却要用三组不同的字母去代表“是”；也搞不懂为什么要把姓名、年月日颠倒着说。我永远弄不懂有的名词复数要加个s，有的要加es，有的却可以什么都不加；也永远弄不懂有的动词时态要去词尾，有的要增词尾，有的则什么都不动；更永远弄不懂为什么有了一般过去时，还要有过去进行时和过去将来进行时。老师要我们别问为什么，死记硬背便是，因为任何外语都是不讲理的。几十年后听余光中讲座，也有相类的话。他说学外文必须先投降，然后方有胜算。一查履历，原来他老先生从小就是外文系的学生，长大当了英语系的讲师。可惜我从小到大、自始至终都没选择归顺，犯了战略上的错误，故而屡败屡战、屡战屡败。我总是想，学不好而硬要学，硬要学却学不好，非己之罪，是必学之罪；必学之罪，则归于必考之罪。作为一名正宗的中国人，首先要学好自己的语言，把中文学纯粹、用纯粹，若有余力，再学可也。

我的提案自然不敢对老师说，只好烂在心里。老师则明了我的底细，早早把我归入了“偏门”一类。偏门是好听的，否则便向生理疾病靠拢。到了初中，班主任认定我是个严重的“跛脚”，说得母亲不知所措，边听边不自主地朝我的腿弯瞟过来。我从小爱听相声独脚戏，尤其对学英语而出洋相的段子情有独钟，俯仰不已。后来才知其因有二,一是心理代偿作用，一是喜剧的底蕴是悲剧。

正如喜内有悲，苦中也可作乐。我的唇舌对付单音汉字游刃有余，轮到连串字母马上笨嘴拙腮，甚至张口结舌，无奈只好用汉字做音标，于是从小学到高中，生词表上都歪歪扭扭写满了铅笔字。之所以用铅笔，一是怕检查。小学的规矩，老师要定期检查课本整洁度，对男孩查得最紧。二是可替换，若有音义兼得的好词，能擦掉改写——苦中之乐，便由此而来。

那时我已是读了史、用了心，知道用汉字为外语注音，乃是一种古已有之、行之有效的方法。梁启超翻译“灵感”，干脆译成“烟士披里纯”；陈独秀介绍“民主”与“科学”，直接写为“德谟克拉西”和“赛因斯”。再朝前推，什么骆驼、葡萄、琵琶，什么和尚、刹那、胡同，都是外语的音译。此事不唯国人独为，老外也做，他们直呼茅台为茅台、高铁为高铁、支付宝为支付宝，只是相对而言，数量并不太多。盖因两种异质文化产物的初见，暂时或始终找不到对应的缘故。其中许多注得拗口，传播不力，后被意译取代，正如灵感、民主和科学；也有许多注得嘴滑，固定下来，一直用到现在，比如白脱、沙发和粉丝。名士才子常有神之发挥，比如林语堂的幽默、徐志摩的雪茄，文质俱美，妙不可言。作为模仿，我也常有得意之笔，这正是我学英语的唯一乐趣——“因佛没讯”，正因佛祖没讯，人间才要“信息”;“爱来陪它”，高楼电梯上下，并非它来载我，而是我爱陪它。尽管老师猛批，我则依然故我，既为把“教育”旁注为“爱就开心”而自得，更渴望老师看见并推及它的反义。我更为梁老先生的粗糙而惋惜，若换了我，决计把灵感译成“烟似必丽醇”……

如今我已是明了理、悟了道，发现曾自以为纯粹的中文，岂止并不纯粹，更是驳杂到了乱炖的地步。张嘴OK闭口Nice只是皮相，不消去说。关键在于骨子。过去说“诸位”，现在说“先生们”；过去说“很难”，现在说“难度很大”；过去说“正在实验”，现在说“实验正在进行”；过去说“存在某些现象”，现在说“某些现象的存在”；过去说“必须坚持传统”，现在说“传统必须得到坚持”；过去说“他的发挥很稳定”，现在说“他发挥的稳定性很高”；过去说“我在这方面表现良好”“我的观点大家普遍认同”，现在说“我在这方面有良好的表现”“我的观点被大家所普遍认同”……一个个英式词法、句法和语法，披上的是一张张中文的羊皮。其中缘故，既非一日之功，也非一人之力，实是一件太磨人。

英语由他英语，中文自我中文。几时向学必兼身。虽知其有益，只是太磨人。

心口通常相悖，神髓竟已难分。百多年外始生成。欲知因果事，还待自头论。

——调寄　临江仙

我几年前爱上了旅游，首选地是北美和欧洲。托人工智能的福，手机在握，闻声即译，百不失一。我从小喜欢看外国电影，专挑没有配音、只有中文字幕的影片。不少片子的头尾，会有一条“谨以此片献给某些人”的字幕。作为模仿，我也在文末添上一句，以英式语法为骨架、以“纯粹”中文当表皮的一句——

谨以此文献给曾经和正在为学英语而受磨难的孩子们。

快了想慢

羊　郎

2023-03-18

现在不管是闲人还是忙人，都在感叹这日子过得太快了，全民皆欢的春节刚过，转眼就是五一长假，然后半年没了。忙碌的夏季一过就是十一长假，十一过了又是元旦春节。相比我们小时候，日子真叫那个慢啊，有人说由于那时经济拮据，只有满足温饱这一个盼头，过年了才能穿新衣，才能有好吃的。一直盼着过大年，可是那个大年真的很遥远。也有人说由于过去生活单调，所以时间显得慢；现在生活充实，心里的盼头多了，时间的节点多了，日子自然就快了。现在人的平均期望寿命比古人长得多，但是现在的人反而更觉得人生如白驹过隙，古人寿命虽然比今人短，可是日子过得慢，想必对人生的快慢长短的感受和我们相差无几。

快和慢，孰好孰坏不能一概而论，当今世界，科技赋能之下的一切都越变越快，快节奏的生活旋律平添出了多少焦虑的情绪？

杜甫在诗里叹道："安得广厦千万间，大庇天下寒士俱欢颜。"看如今造房子的速度越来越快，用古人的眼光看可能像搭积木一样，可是有人觉得还应该快些。听说美国的马斯克捣鼓出了拼装式的房子，还兼有房车功能，迅速完成组装，想搬家马上就能搬家，而且还便宜，可谓价廉物美。然而房子只有居住功能吗？作为建筑的审美功能，可能因为建造速度快而丢失了，它不再是流动的音乐。如果一味追求快，不知道还能留给我们的后代多少建筑拿出来申遗的。

现在的人都想在规定的时间里获取更多的东西，于是一种被誉为“电子榨菜”的音频广为流传，尤其是年轻人喜欢一边吃饭，一边听音频里的故事。我试着旁听了几段，竟然越听越不耐烦。明明是一部耐人寻味的影片，由于要在规定的时间内讲完，那讲故事的声音就如打机关枪一样，不仅语速飞快，让听者的思绪跟着它不带喘气地奔跑。一成不变的语速语气语调，好像整篇讲稿只有逗号，没有其他标点符号。有人还告诉我，你听到的可能还是机器人的声音。我无言以对。讲故事和听故事，不仅是故事情节的传递，其中不可或缺的还有通过语气语调的变换达成的情感交流。听故事不仅为了被故事情节吸引，而且希望通过讲述者的再创作，能够获得一种艺术的享受。我们的下一代记忆中还有燕子姐姐娓娓动听讲故事的温馨回忆，当然这需要多一点儿时间，倘若在艺术领域里也和时间赛跑，长此以往，现在年轻人的下一代还会有语言讲述之美感的回忆吗？

现在一次性的东西多了，原因里面也有一个快。一次性的筷子不算，还有碗碟，这省却了洗刷的时间，但是增加了环保的成本。过去家家户户的柜子里床底下，多多少少都有一些被梳理整齐的材质不一的绳子，有的细一些，有的粗一些，为的是生活中免不了的各种捆扎。那些绳子当然会被反复使用。现在是塑料胶带大行其道，几乎一统天下，拿出来即可用，用完即丢，和现在快捷的生活节奏很搭。装东西基本上是泡沫箱，不怕摔，还保温，装箱拆箱出手快，但是也有烦恼，拆箱时稍有不慎，那漫天飞舞的泡沫塑料粒子却是很难收拾的。还有，现在到菜场买菜再也看不到带篮子的人了，装菜的都是塑料袋，随用随取，免费使用，何等快捷。然而这令人想起了“禁塑令”，越来越多的塑料垃圾未来如何消解，但愿这只是杞人忧天。

现在的床上用品比过去简洁，可是每次起床整理床铺，总发现被套和被芯不和谐了，要拎住四个边角抖落几下才好。这不由得怀念以前的被子，正面是被面子，反面是被夹里，中间是棉花毯，有铜钿人家是丝绵的芯子。这被子是用大号针、大号线将被面、被夹、棉花毯绗缝牢，小时候跟着老人学过绗被头，绗好的被头针脚匀称，松紧一致。这种被子不仅好看，而且盖在身上不会走样，当然它不如现在的被套方便快捷，可以一套了之。

带节奏这个词很传神，现在的人主观上即使想慢也不容易。以前出差很辛苦，苦在路上时间长，现在出差没了交通慢带来的苦，也不见得有交通快带来的乐，因为上海到北京、到广州、到青海、到西藏，当天可以一个来回，工作节奏快多了，也是一个累。如今疫情一过，旅游又热起来了，但是当今想“笃悠悠”地玩，也不是以人的意志可以随便转移的。古人交通靠马车、毛驴、小船，现在什么都是高速，真正可以做到一天一世界，大众旅游不断被快捷的交通带节奏，旅游就像一路狂奔，好似在规定的时间里走过路过的地方越多越有成就感。上车睡觉，下车拍照，到处打卡，以打卡为乐，吃饭时拍照片发朋友圈，旅游犹如完成朋友交代的任务。能有这样高效的旅游，当然都拜交通快捷所赐，只是这样的旅游没了休闲的意味，旅游就是赶路，再赶路。于是我们又有点儿羡慕古人的慢节奏旅游，游山玩水之间，唯有慢了才会生出雅兴。

科技赋能不断提升做事的效率，增加了人们的闲暇，但是抬眼望去，将闲暇用来看书的很少，用来刷手机的很多。当下和未来，AI技术终将大行其道，人工智能的快捷还将为我们省出很多时间，现在我们经常感叹时间之快，经常自问时间都去哪儿了？也许我们更该问的是时间该到哪儿去？

古往今来各有各的活法，每一种生活节奏都有那个时代的道理。想起小学课本里有一篇课文，说的是下大雨了，大家都在奔跑躲雨，只有一

个人在雨中漫步，路人催其快走避雨，那人说急什么，前面不是也在下雨吗？课文讲的是那人的迂腐，现在换个角度去感觉，这里似乎有点儿老庄哲学的意味。

快了想慢，慢了又想快，其实，时间和生活节奏的快慢，都是个人的主观感受，在迅捷多变的世界里把握好自己的节奏，实在需要理性与辩证的思考。

爱夜光杯 爱上海

2022

老爸，挺住啊！

南 妮

2022-05-31

每次给90岁的老爸打电话，都要问："我是谁？我的名字叫什么？"每一次老爸都准确无误地叫出我的学名和小名。近来他电话里的发音似乎含混不清，声息微弱，用照顾他的阿姨小顾的话说是："舌头有些大了。"心里不免焦急：上海即将恢复生产生活秩序，老爸，千万要挺住啊！

七年前，因为心梗，心脏装了支架。三年前住进病房。之后，可怜的老爸就以病房为家了。24小时阿姨全程看护，氧气瓶测压仪随时供需，老爸像婴儿一样脆弱，却也像婴儿一样顽强。小顾每天将他的吃饭喝水锻炼拍成视频发给我们，我们负责点赞献花。病房被封了两个月，老爸趁机不肯走路了。一双腿牢牢搁在轮椅上，终于越来越衰弱无力了。"老爸，不走路是不行的啊！"他是一个率性和自我感觉良好的老头儿。那年从重症监护室出来回到普通病房，看到身穿红衣说普通话的年轻女护工，马上兴奋晒单："我的小孩对我都很好！""我是一个校长！"——"都是什么时候的事了？你还是校长？"抢白了他一句，过后想想，他的自我提神对恢复健康也很重要。

有时候，人的生命充满具有逻辑的规律性。有时候，智力分析全然没用。老爸隔壁病床96岁的老伯伯，癌症晚期，癌细胞已侵入骨头，三年前靠鼻饲过活，可是鼻饲一段日子后又重新恢复正常饮食，每日饭量比干活儿的阿姨还要大。每次见到他，都要跟他打趣："认识吗？"他微笑着，双眼明亮。"认识的！你上中学的学费还是我出的！"他也曾经是个老师，也的确给他的农村学生出过学费。他把阿姨当作老婆，把老婆当作女儿，但这一点儿不妨碍他记得他替他的学生出过学费。这样的事情，才使得他的眼睛散发令人感动的、讨喜的光芒。有一次他问我借十块钱。我非常高兴地把钱拿给他。

老爸住院最高兴的事情是：我们开车将他带出去上饭店吃饭。外甥开车，他坐车后。他平时吝啬言语，但上了"去吃饭"的车，却音色洪亮，表情丰富，夸外面风景好看，外甥衣着时髦，自己心情翻飞，一路滔滔不绝的口才令人惊艳：这还是那个走路歪歪不时流口水的病恹恹的人吗？有些大兽平时假寐不响，可一旦到了紧要关头却能喧腾骇人。老爸也是厉害的。饭店聚餐激发了老爸的生命能量，这能量还能随着饭店档次的攀升而攀升，随饭店环境的闪耀而闪耀。

听说老爸的胃口不好，终于要人喂了。

听说老爸说"吃不下"，而表示不愿意吃饭了。

"老爸，生活恢复正常以后，我们第一件要做的事情，就是要把你接出来，去外面的饭店吃饭。什么饭店也老早想好了。你要好好的，听小顾的话啊！"——这么在电话里大声说的时候，简直要哭出来了。

"小顾，我们能够出来的时候，马上会来看爸爸，看你！"——没有如同天使一样的老家的阿姨、善良细心纯朴厚道的小顾，老爸是活不到今天的。想要慰问小顾的念头与看望老爸的念头一样强烈。今年春节，住院病人不能出来，小顾请假，把老爸带到她老家去吃年夜饭。宽敞的农家饭厅、朴素的农家菜肴，男女老少满满登登六张圆桌，老爸坐在尊位，竟然惬意地悠悠地抽了一根烟。他在视频里好有腔调！

老爸会等到生活恢复正常后我们接他的车，有第一次，还有第二次，第三次，无数次……因为，他是一个有福气的老头儿。

母亲是个“精算师”

李大伟
2022-07-06

小时候，我妈是虎妈。到了自己有孩子了，才发现母亲还是个神妈。

父母一结婚就生产，母亲说，趁着年轻赶紧生，有精力，带得动！一连仨，都是男的，而且间隔22个月，匀速而密集。这样，一套衣裤，一鸭三吃：老大新、老二旧、老三破，六年左右，款式尚未过时，真是神操作。

后来我在孩子的动画片里，看到力量的台词：“熊的力量、豹的速度、鹰的眼睛”——三合一。我妈是一个顶仨：搀一个、抱一个、怀一个，没有麻烦过老人。

七岁前小孩的常见病大致相同，咳嗽、感冒、高烧、拉肚子，老大病好了，未用完的药，封在玻璃瓶，木塞熔蜡封口，弟弟们可以接着用。学龄前孩子最大的开销：吃饭、吃药。到了小弟弟，储存已久的药性已减弱，副作用大概也趋弱了，病好了，伤害也最小。

至于穿，灯芯绒逐步条缕化，渐渐艺术化：从写实主义到荒诞主义，小弟穿完，再把裤脚管剪下，两头拴上橡皮筋，可以做干家务的袖套。余下的扎成拖把，因为破烂，所以软而吸水。那时全国一盘棋：宏观的计划经济；我家是微观计划经济：几乎进入物质不灭的良性循环经济。我们三兄弟的吃穿用，就像流“水”线：潽汤洗脸，接着洗脚，最后泼在门前水泥地——降温，物尽其用。

我的小学班级里，工人子弟多，六元钱的学费，不少人减半，班主任教语文，居然每堂语文课，班主任都直呼其名，催缴学费。

我的父母都是一般干部，工资不高，三个男孩，一起上学，三个书包，只有投资，没有收益。每月15日母亲领工资，下班首先赶去银行贴花，从不迟至次日，以争取一天利息。每月24元，到了一年，利息可以补足三个孩子的学费。第二年，苦尽甘来，用去年的些许贴花本金补贴今年贴花后的工资空缺，呈现良性循环，以致不匮。我们三兄弟都是全费，从未拖欠。母亲的口头禅："吃不穷、穿不穷，计划不周就会穷。"

那个时代，买米不仅要钱，还需粮票。每个人的粮食有严格限量，体力活儿定量高，装卸工36斤、48斤。脑力工作者定量低，我父母都是机关干部，定量最低，才29斤。家里又是三个男孩，每人才22斤，而且先后发育，都凑在一起，家里粮食非常紧张，每个月26日可以用下个月的粮票，母亲26日一定买米，灌满米缸。晚饭多面疙瘩，放些肉丝与菜叶，放点儿味精与盐，十分鲜美，每人一大碗，水分大于面粉，形式大于内容，撑得鼓鼓的，肚皮发亮。饭后不久，趁着未撒尿，兄弟仨赶紧钻被窝，倘若半夜被踢醒，就是一泡大尿，还是冒烟"热气货"，接着就有被掏空的感觉，饿！毕竟小孩，贪睡，过会儿又睡去了，相当于昏过去。中国人刻苦耐劳，我们仨刻苦耐"饿"。

那时，百物凭票供应，鱼票按大户小户分，五人以上大户，我家三孩，正好卡进五人大户，与五六个小孩大家庭一样的份额。两指宽的窄带鱼，0.15元/斤，清蒸后只剩下龙骨架，只能腌后晒干油煎。0.22元/斤的中带鱼，清蒸可剔出肉。0.31元/斤的宽带鱼，清蒸后亮晶晶，横在齿间唇前，如吹口琴，满口肥腴。母亲从不买0.15元/斤的窄带鱼，费油！专买0.22元/

斤的中带鱼，清蒸不费油，营养保真度高，原汁原脂，与宽带鱼一样的口感与营养，数量却比宽带鱼多。

就这么点儿钱，母亲只能聚焦营养，从不讲究穿。她的理由：营养好，可以省下买药的钱。穿在身上给别人看，等于瞎子放炮仗，“寿头”一只！所以家里严禁零食，就像严禁打牌。每天半斤纯精肉，剁成肉糜，揉入鸡蛋清，精肉蓬松有弹性：不紧不酸不塞牙，分两顿吃。有一段时间橡皮鱼不凭票，8分钱一斤，几乎天天吃。竹竿上一串串晾着，扒了皮的橡皮鱼，就像一串串倒挂的蝙蝠。她说海鱼钙质高，助长身高。优质蛋白，却比精肉便宜。我们家既不拣菜皮，也不买时鲜菜，从小到大我们都不知道当令时鲜蔬菜，直到“四人帮”倒台，菜场第一次丰盛起来，蚕豆堆成一座座小山，我们才第一次知道：4月份的蚕豆是时令货！还分客豆本地豆，还有日本豆。3月份是春笋腌笃鲜。从小生在上海，结的果却像个“巴子”。但我们兄弟从无大病，弟弟结婚，夫人的姐姐参加，悄悄地说：“伊拉（沪语：他们）三兄弟结棍（凶猛），个个像排门板，啥人敢跟伊拉李家门吵架?”母亲用养猫的钱，喂大三只虎。

母亲早年毕业于复兴中学，当时的校长姚晶，以教数学闻名，母亲后来也成为中等工业学校的数学老师。后来因为企业有奖金，调到港务局高阳路装卸公司机械队做会计，兢兢业业，从无差错。

我与小弟给母亲在我们同住的小区买了套房，她至今不请保姆，我母亲的处世名言：我不贪你便宜，你也别贪我便宜，水太清则无鱼，人太精则无徒，估计与保姆也合不来，我们也由着她。中饭小弟家送，晚饭我家送，这样反而天天吃南北不同风味的菜，还省下保姆的钱。媳妇们私下里笑着说：老娘就是个犹太人。母亲在儿子们的心里是一标杆，在媳妇们的心里是一道阴影。

如今母亲也80多岁了，在屋里撑桌子椅子来回走。一旦坐下，看着电视，手指也不闲着，颌下一把算盘，噼里啪啦三下五除二，仿佛给主持人算命。儿子来看他，也是习惯性拖过一把算盘，看着你，手指却在踢上拨下"笃算盘珠"，手挥五弦，目送飞鸿，口诀在心，照样聊天。

母亲至今天天坐在电脑前炒股票，戴着老花镜，其乐无穷，因为里面堆满了数字，母亲最大的乐趣：算账！

咸菜炒肉丝

西　坡

2022-08-26

上了年纪的人，对于困难时期的生活状态都有不可磨灭的记忆，也肯定记得当年流传甚广的那些笑话和顺口溜，比如，有人模仿苏北腔说："家里的条件你不是不知道，难扳难扳（难得）咸菜炒肉丝，你净拣肉丝吃。"又比如，有人用纯正的上海话说："乡下人，到上海，上海闲话讲不来，咪西咪西（吃）炒咸菜。"再比如，有人模仿老宁波的口吻"咸鸡慈姑肉，蛋豁豁……"讥嘲咸菜带来的尴尬。

家庭经济条件不佳，只配吃咸菜？沪语说不好，便混不出世，只得与咸菜共舞？咸菜何罪之有，总被作为低端的同义词来开涮？

在炫耀优越感的同时，本地人不忘在咸菜上再踩上一脚——据说老早的咸菜都是用脚踩出来的。因此，把咸菜的鲜与患了脚癣的脚勾连起来，是那时著名的恶作剧之一。此中的硬伤，应是本埠人对"鲜""癣"的读音不分所致。

咸菜莫名其妙地"躺枪"，且被贬到食物鄙视链的最底层，也并非平白无故：首先是供应链稳定可靠；其次是价格低廉平实；最后是由于够咸易储属于非易耗品。在咸菜面前，经济学上"供应学派"或"短缺经济学"的理论都显示出了隔靴搔痒的苍白和空洞。

古今绝大多数人似乎对于盐水渗透蔬菜从而使其变咸的道理了如指掌，尤其认可用脚猛踩蔬菜可以加速其内部组织分崩离析，便于盐分进入多空隙的结构之中。人们深信无疑，是食盐消灭了致使食物腐败的细菌。

然而那是不确切的。

季鸿昆的《中国饮食科学技术史稿》称：腌渍法破坏了食物的细胞膜内外的离子平衡体系，高浓度的食盐使得细胞膜内的自由流动水向膜外渗透，从而造成食物组织处严重脱水，以致失去生理活性，食物便不容易腐败。

是脱水！嗯，非常有趣的冷知识。

那么，大家都以为咸菜很鲜的“鲜”，又从何而来？咸菜经过腌渍，变得有利于乳酸菌的生长、发酵，在蛋白酶的作用下，蛋白质分解产生构成鲜味的主要物质如氨基酸等。

作为美食家的汪曾祺在《咸菜和文化》中称：“中国不出咸菜的地方大概不多。各地的咸菜各有特点，互不雷同。北京的水疙瘩、天津的津冬菜、保定的春不老。各地的，北京的、天津的、保定的……我吃过苏州的春不老，是用带缨子的很小的萝卜腌制的，腌成后寸把长的小缨子还是碧绿的，极嫩，微甜，好吃，名字也起得好，保定的春不老想也是这样的。”他甚至把霉干菜归入咸菜之列，把榨菜称作“咸菜之王”。

坦率地说，他的说法给上海及周边地区居民的认知造成了混乱，上海人根本无法接受。

酱菜不等于咸菜。他们认定的咸菜，必须由小白菜（青菜）或雪里蕻（一种芥菜，故咸菜又名雪菜）腌制；应该可以“条分缕析”；茎呈土黄色，叶显深褐色。

也许有人对泛着军绿色的咸菜不以为意，我则视为“腌得还不到位”。

我的意见并非毫无依傍。成语“划粥断齑”由苏州人范仲淹而出。他有

《齑赋》一篇，写吃“齑”（咸菜）状况：“陶家瓮内，腌成碧绿青黄；措大口中，嚼出宫商角徵。”随宋高宗南渡的“词俊”朱敦儒，吟《朝中措》一首：“先生馋病老难医，赤米餍晨炊。自种畦中白菜，腌成饔里黄齑。肥葱细点，香油慢熠，汤饼如丝。早晚一杯无害，神仙九转休痴。”

看见了吗？臻于化境的咸菜，颜色大多是黄的。

自然，吃口偏好，菜色固执，无法硬性规定。

本帮“咸菜炒肉丝”中的咸菜算是粗犷的，相比之下，苏南尤其是常州一带的干甏咸菜，切得那个叫细腻——不用筷子去搛，只须插到碗里，那些近于碎屑的咸菜便纷纷“爬”上筷头！要现此效，靠刀功，更靠食材的幼嫩——趁雪里蕻还处在尚未发育阶段就得下手。

咸菜炒肉丝，究竟盯着肉丝吃还是盯着咸菜吃，不是两条路线、两个阶层的零和游戏，而是选择了一次共生、共情、共赢的模式——咸菜肉丝，你中有我，我中有你，交互用事，对举精华。

这道菜，基本性状是咸，偏咸。倘若以为因为咸，就可放任，就可无为而治，大错特错。懂经的人非得在其中放些糖进行调和，让它吃起来有一种咸中带甜的滋味，那才称得上是一道佳肴而不是一只盐钵斗。

咸菜是寒酸的象征。可是说起来，世上还真有“不可一日无此君”者。那个人，就是李鸿章。

传，李鸿章痴迷咸菜，连出访英国也要带着两坛咸菜。英国海关人员例行检疫，打开坛子便闻到一股怪味，以“有违卫生”而拒其入境。李鸿章大为生气：“我身为外交大臣，连爱吃的东西也要被干涉，岂有此理！”遂不肯登岸。眼看酿成一场外交风波，英国外交大臣只好上船面见李鸿章，向他解释有关法规。李鸿章毫不让步：“本大臣每餐必食，绝不可少。”英国外交大臣只好让人进行化验。结果显示，咸菜不仅没有传统性的疫种和细菌，而且含有不少消炎物质……

之后，李鸿章以咸菜招待数位英国大臣，竟大获好评。消息传出，外贸咸菜，在英大卖。

既然李大人不嫌弃，难道你比他还豪横？

语言在拒绝，身体却很诚实。所以嘛，现今哪个面馆不卖咸菜肉丝面呢！

黄岩有朵云

陈保平
2022-08-27

世界上有些地方很小，却以物产闻名天下。台州黄岩算是一例。去过黄岩的人不多，但不知道黄岩蜜橘的人一定很少。据史书记载，公元3世纪黄岩就有柑橘，唐朝时还被选为贡品。但黄岩蜜橘让台州以外的普通人得以品尝，大概要到晚清。那时，水路交通日渐发达，黄岩柑橘用船先运抵乍浦码头。后来上海设立了橘行，船就直运过来了。从此，“黄岩蜜橘”口口相传，上海与黄岩有了不解之缘。

我这是第一次去黄岩。橘子尚未成熟，没有体验采橘之乐。但黄岩作为中国模具之都，先富起来早有耳闻。好多年前，看当地一位作家写过，说这里的人无论清高还是世俗，都充满了对两种东西的渴望，一是豪宅，二是好车。结婚时，他们喜欢开车到市政府门前绕上一圈，谓之“采喜”。遇上特别吉日，“采喜”的车队多达数百辆，一度造成交通堵塞。然而，这次让我惊异的却是黄岩的一家书店。

当晚，两位黄岩城投集团的年轻人小俞、小陈陪我们逛官河古道。他们先引路去五洞桥。该桥石拱五洞，桥面亦五折，风格厚实凝重又带点儿飘逸。他们略带自豪地介绍：“这是宋代的桥，一千多年了。”然后我们折回，站在永宁河南岸眺望，年轻人指着对岸一片璀璨橘黄灯光说：“这就是我们的朵云—黄岩店”。夜空下，灯光勾勒出整栋建筑的通透、简洁、精致。庭院前灯光闪烁，似海边渔火。透过明净的大玻璃，依稀可见里面的巨幅山水画，影影绰绰，确有云里雾里之感。年轻人继续介绍："这是我们与上海朵云书店合作的。五洞桥畔最好的地块，许多人都想要，最后市里拍板给了我们做书店。”可能因为我做过出版，知道现在书店之难。听了这句，不免有点儿感动。小俞又说："今天先带你们看看夜景，明天再好好参观。”

于是到了“明天”。我们去书店参加一个文化讲座。他们差不多每两周举行一次活动。当日黄岩酷热，但来听讲座的年轻人络绎不绝。网上预订常常一票难求。书院坐落在永宁江畔桔源街上，休憩区设置有两个白色、蓝色云形长座，是回收海洋垃圾，用模具灌注塑料成型，象征着黄岩模具之都的优势。门庭设计为一朵云，跨入云门便豁然开阔，珍珠白石铺地，黛绿石板成阶。两边几株朴树错落有致。特别是灯光设计与一些中小城市喜爱艳丽不同，只有橘黄一色，在初夜湛蓝的夜空下显得十分柔和、安静。进入屋内，可见四边高七层的书架，摆满了不同版本的古今中外经典。还设有黄岩地方史藏书阁。乍一看这些文献善本，想起上午去参观的黄岩历史博物馆，方知自己对黄岩还是孤陋寡闻。听罗永华馆长介绍，黄岩从宋代始就是浙东学术重地。几百年来，天台黄岩一带，光书院就有十余家。其中很有名的一位书院山长叫王棻。他博学通经，一生著书数百卷。当年，他深感黄岩藏书不足，四处搜集百家典籍。从京师借得失传的明抄本《杜清献集》（杜为宋代贤相，以清正闻名，黄岩人）日夜抄录，并编撰年谱作为附集一起付梓。他还刻印明代方孝孺《逊志斋集》；将江西学政赠银3000两购《古今图书集成》藏于名山阁藏书楼。此等文化情怀确实让人高山仰止。

当晚，书院的讲座是两位作家探讨女性及旅游。来者多为女读者。交流环节时，一位听众问作者："你在书中多次谈到爱尔兰，为什么？他们与中国有何相通之处？”作者谈了自己的感受，说也许两个民族都有较长的苦难历史吧。这位读者沉思片刻说，有机会我也很想去那里看看。这时，突然有位女孩举手说：她很喜欢作者的作品。因其中讲到意大利，她想为大家唱一首意大利民歌。台下响起些许掌声，并不热烈，也许对她的冲动有些怀疑。没想到她一开口竟字正腔圆，唱到动情时眼中还噙着泪花。全场响起热烈的掌声。她有点儿激动，说：“我是上海音乐学院毕业的，现在本地做音乐老师。”她的声音带点儿羞涩又不无自豪。这时候，你会觉得黄岩的年轻人真是可爱。他们对外部世界的好奇、对异域文化的吸纳有一种闲适、从容的心态。

离开书店前，店主带我们去一楼咖啡吧，品尝了她们自制的咖啡和西点。点心师也很年轻，从海外学习回来，他烘焙的蛋糕细而不腻，味道一点儿不亚于上海的网红店。其中一款取名“橘利”的甜品，外层用橘子巧克力甘纳许慕斯包裹，抿在嘴里，蜜橘的清香回味无穷。你会突然想到，这里就是中国柑橘的始祖之地。我心里还想，几十年，甚至几百年后，人们会不会不仅知道黄岩有蜜橘，还知道黄岩有朵云。

过 去 了

梅子涵

2022-09-16

这个热得要命的夏天过去了。

它再热，延续再多天，可拦得住秋天吗?

夜晚和清晨的蟋蟀叫声已披上了清凉的柔情。声音是透明的，轻盈地在窗外的四处，沾满了夜的深、晨的浅，我的睡去和醒来恍然重新盖上了一条诗毯。

现在可以说它们是在歌唱了，连同那余剩无几的知了声。热得要命的时候，我老觉得它们都是在拼命叫喊，尤其是知了的拼命像是拼老命。它们也许不是叫喊着“多热啊”“要命啦”，而是它们的天然奔放，但我们是汗揩了一把又一把，换上的衣服又换下，不可能总躺在空调的冷气中笔挺笔挺。

而当初夏知了声刚起的时候，树林的荫丛间奇妙得像是有碎银子在连片的树叶上窸窸窣窣地滚，确定不了在哪棵树上，而是一棵连着一棵，一大片。猛然间对面林子里另一只知了开始细亮地独唱，连片的碎银子声突然迅速收拢，骤然而停。

奇妙的此起彼伏，犹如婴儿和小小少年的呼应，婴儿哼哼唧唧伸弹小手细腿，小小少年示范歌喉正式初开。我其实辨不出哪个是小知了声，哪个已经不小，都只是打个文艺的比方，但它们嫩嫩害羞地在夏初舞台徐徐帷幕间如此飘出的时候，缭绕成的只有心情的一片喜悦。

可是后来，热得猛烈了，穷凶极恶了，白晃晃的烈日被它们壮年般的死命呐喊叫得要烧起来的时候，我一口一口嘞着从冰箱中取出的棒冰，赤豆的，绿豆的，想着那过去的童年夏日，青年夏日，疑惑现在这是疯了吗？未来还会更疯吗？地球不要直接燃烧成太阳！

然而，它过去了！

秋天来了。

其实，这热得要命的夏天，又哪是知了和蟋蟀喊成的！

窗外树上重新雀跃的又是鸟儿轻快的唧唱。唧唧，唧唧唧，唧……

过去的都不是单独的一个过去，而是一个和另一个一同过去，一个随着一个过去。

T恤和短袖衬衫要叠好放好，取出长袖衬衫熨烫好，穿着出去，已是秋的天高云淡。

凉快得清清爽爽是多么好。

慢慢吃完了月饼，接下来要开始吃螃蟹了。

然后树叶飘落，有了冷意。然后突然想起不久之前的热，那热得要命的感觉却变得有些抽象和缥缈了。

当大衣领子被翻起，穿上了羽绒服的时候，如果突然听见了知了拼老命喊叫，是不是会兴奋得手脚无措，大喊“哎哟妈呀”你回来了，我又可以穿短袖衬衫和T恤了！

这是幻想一个童话，但这是一个真实的哲学。

一切都会过去。

一切又都会被想起。

一切都并没有那么糟糕！

其实，更要命的是，这几年，每当夏天临近，我的睡眠就变得糟糕。

躺下了，睡不着。坐起来，又想睡。

睡着了一会儿，就醒了。想继续睡，却只能继续醒。

翻过去，翻过来，觉得这个姿势好，那个姿势好，可是一个姿势也不好，因为随便什么姿势都睡不着。

着急，叹气，想着睡不着会带来的各种毛病。还故意多叹几口气，叹得长一点儿，让它有点儿可怜，带点儿忧郁，音色、音调中还分明含有“人生好难啊”的做作、深刻。结果听着更睡不着。于是，责备、规劝自己：不就是睡不着吗？睡不着怎么啦？晚上睡不着，白天睡！

白天睡毕竟是白天睡，晚上睡不着终究还是很难有英雄气概。我试着在房间里走来走去，想摆臂摆成仪仗队，可是软绵绵，跌跌撞撞，又担心摔一跤会痴呆！

拿起小说看看，可是看到的只是没有神情的字和句子。句子模模糊糊，情节模模糊糊，因为脑子和眼睛都模模糊糊。曾经，黑乎乎的夜里看小说，看见的是故事和文字里的光芒四射，而现在，四射的光芒也黑乎乎。

还是睡吧。

还是睡不着。

曾经，一年四季都可以呼呼大睡，但是我不睡。黑夜是一天里的一半，早早就睡，太可惜，浪费时光，浪费生机勃勃的机会。半夜了，还要刻意站在窗口，站在阳台，看着一家家灯光熄去，看着黑，听着黑中的声音，天空有无数闪烁的亮，星斗，还有航班，每一个移动着的灯闪的航班，从各处飞来，飞往各处。我还想象着，此刻我正坐在航班中，从空中的窗口看见正站在家中窗口的我……把自己搞得分外诗意和哲学。

可是现在，脑子昏昏的，走到窗口又只能回到床上，躺成什么样都是诗，看着天花板，眼睛一动不动，不像哲学那像什么？

打开收音机听歌。听见好听的就跟着哼，哼着就唱起来，记下歌名，一定要学会，下次出去唱歌，别人惊叹："这是什么歌啊？从来没有听见过！"歌王诞生在睡不着的深夜！

结果，更睡不着了。可是，现在的睡不着，骤然有了特别年轻的感觉，觉得自己的歌喉抒情得不得了！

我甚至干脆爬起来写诗了。你看看，这就是我睡不着，痛苦万状的时候，自暴自弃写的诗：

睡不着的诗

睡不着的时候就睡不着了。

睡不着的时候我就想怎么睡不着呢？

睡不着的时候就只好翻过来翻过去睡不着。

睡不着的时候看见天上的星星也睡不着。

它眨啊眨啊，

好像在说：

"你怎么睡不着啊？"

风儿也睡不着，

要不它怎么从窗外吹进来呢？

雨点好像根本就不睡觉，

因为它已经下了好几天了。

小猫难道也不睡觉吗？

一直在窗外喵呜喵呜叫。

爸爸没有说他睡不着，

因为他的呼噜打得像老虎叫。
那么我怎么会睡不着呢？
我是一个小孩，
早就睡着了！
所以我说睡不着，
只是假装说睡不着，
说一个假装睡不着的好苦恼的故事。
你看我假装睡不着，
是不是很像真的睡不着啊？
现在我要去睡觉了，
因为现在已经是晚上十点了。
如果再假装睡不着，
就会真的睡不着了，
那么明天上课的时候就会睡着了。

写完了，结果我睡着了，睡得像童年，这时已经是凌晨4点。

反正我就是不吃安眠药！

现在，夏天过去了，我的睡不着也过去了，我又睡得着了。

都会过去，什么会过不去呢？重要的是接下来的一天天度过，不想明年的夏天和睡不着，明年再写明年的诗。

面带微笑，人生六十

曹启泰

2022-09-30

一分钟，六十秒；一小时，六十分钟，一生呢，如何计数？

其实，还没到六十岁。

我们上海人，或者说南方人，说生日“过九不过十”；而许多台湾同胞的习俗或者印象是：“逢九难过”，以至于总要大声嚷嚷，让老天听到“我不是九！我已经是十！别找我！让我过！”于是，出生于宝岛台湾，工作生活在上海的我，六十岁了！

人生此刻，适合小结：

我一辈子都好热闹，六十年一直挺精彩。

我是做了四十年的主持人：始终活在玩乐的工作里。感觉比第一天还喜欢这件事情：做一辈子的主持人。是幸福！

我有很棒的一家子人：老妻康健，两儿一女都长大啦！看得见摸得着还能常聚！嗯，幸福。

我有超级多的好朋友：日夜兼程地迎来送往管闲事忙正事办杂事并努力交新朋友！我一定做了什么对的事情，超幸福。

我有一堆患难好兄弟：有那么多人关心、问候；我没钱、没势……大约是因为我还蛮好玩儿，所以朋友多，这个角色我扮演得很幸福。

我还有一个目前仍旧保持折腾的生活状态，我预备没完没了了。

我真的很幸福。谢谢上苍。（插播一句：希望你不要讨厌我刚刚说的，因为其实你也有！没钱？没势？没背景？没人知道你有才？没结婚？没子女？没工作？爹不疼娘不爱？运气不好？命运多舛？其实人生超级公平的是：你遭遇的“不公平”别人也有，天赋长相家世背景因果报应命运每个人都要面对，能看并看到还看懂我在说什么的你，就已经和我一样足够幸运！）

哦，人生六十！我差点儿忘记说最重要的事情。

我现在还有充满想象的未来：对自由职业的自由人而言，未来太好玩儿了！

万一，我说万一，一不小心活到九十岁，那么我的人生才过三分之二呢！前面三十年懵懵懂懂；这个三十年满满当当；下一个三十年会怎样？估计最后那段的我可能不会太机灵利索。可是，此刻脑袋里的经验教训满坑满谷，周边的人脉日积月累又正值辉煌。这几年，我是指未来的这几年，总感觉将迎来人生的最高光时期！

想明白了，就好办了。

行动起来！哀莫大于心死，想法决定结果。如果你也同我差不多年纪，请你一定要这样想！如果你还比我年轻，你更有机会必须那么想！谁先离开这个世界，不知道。所以，只要一口气在，就加油！

2022年，非凡，超俗，特殊，难忘……很难述说的一年。这期间有你我都经历的共情，还有我自己单独体验的路径：母丧、体病、隔离、欢聚不成；网格、静默、复工复产，能堂食否？弹窗、绿码、核酸、阴性阳性，拜托，阴性！

我的六十岁，谢谢生命给我以一记重重的捶打！在我呼喊迎接一甲子的

时候，清醒地去感觉世界即将迎来的巨变。从格局，到商业，到科技，到一切，我感觉自己赶上了一个超级好的关键时代！你一定也要这样想。

新冠三年，生活不再是你我熟悉的路径。三年中的网课是什么滋味？年轻人自己体会。三年间的分离要如何面对？一家人自己处理。

经济、结构、模式、业态、族群等，全部都在瞬息万变，千载难逢，是这个时代给我们的大命题！我要找到答案，然后热烈拥抱！

变化，是最精彩的开始。掌声，给最努力的你，和我自己。

人生六十，还记得一开始的初心吗？高高兴兴地表演，然后看我表演的人能高高兴兴。一直没变，到今天还是这个心情！真好。我真的就在这条路上而且一直在，还左歪右绕触类旁通地涉足了美的各个领域：把高兴演绎成了开心、满足、收获、美好、智慧；把梦想挥洒成为回忆、记录、创意、更新、期待。

明天会更好！

梧桐的美四季可见，桂花的香墙里墙外。

越来越熟悉的街头巷尾，大山大水到处都有的兄弟姐妹。“波士堂”“上班这点儿事”“我心唱响”，世博会汽车馆，我把这些都献给了上海。“艺高高”陪伴数百位青年艺术家，直播间口述了自己所有的精彩；七本书、两张唱片、两档音频节目、一千场晚会和公益活动，还有全球接近两亿次传播的“明天会更好”群星演唱。已经拥有的足够，已经做过的都自己叫好，真的不错。

人生六十，其实还挺得意的。给家人不愁温饱的小康，给自己足以果腹的宽裕，给朋友尽力而为的温暖，给世界“天下为公”的可能，给观众开心。

人生六十，其实真的挺美的。舞文弄墨，琴棋书画，柴米油盐，生老病死。正式迎来生命中体能与智慧的黄金交叉点!

生命中最美的符号是活着，按照节奏慢慢来；几时走？不知道。恰恰是感知到人生的有幸，还人生以热情。接下来还有的瞧，让我们走着瞧!

请面带微笑!

吃 面

敦 堂
2022-10-23

连着醉了四天。这日，宝应的面馆开业，起了个大早，刚到门口，见缝插针大声对老板娘喊道："一碗长鱼干拌，一碗腰花汤！"不然老板娘忙得你没机会插嘴。扫完码付完钱，找好位置，等上面。

老一辈的厨子常说："一烫顶三鲜。"温度直接影响食物吃进嘴里的感受，吃面也是如此。所以讲究一点儿的馆子，盛面的碗一定是用热布擦过，或在热锅里烫过，然后擦净，直至面端到面前时，还是充满锅气的。

早饭的市口也是要快，要特别快！当然是很辛苦的，人要很勤快才行，多是夫妻档，早上两三点就要起，古人常说人生三件苦，打铁、撑船、磨豆腐，下面可以列为第四苦。

北方的面，西北的最好，嚼劲十足，兰州拉面、陕西油泼面、岐山臊子面、新疆拉条子、河南羊肉烩面、山西刀削面，大刀阔斧、大马金刀！当然还有盛名已久的北京炸酱面，据说北京最好吃的炸酱面是自己家里做的，市面上的普遍偏咸，我吃过最好吃的炸酱面，是在赵珩夫子的府上，咸淡适宜，面码儿一定要多于面的量，囫囵个儿地吃，什么都别顾，真是太酣畅了！吃完再喝点儿面汤。赵府的面，我基本都赶上过，虾爆鳝、打卤面、炸酱面、煎两面黄、阳春面等，珩公的孙子小小猫，每周六来看望一次爷爷奶奶，必点名要吃炸酱面，赵先生无奈地说，既头疼也没办法。

南方的面，杭州的片儿川、南京的皮肚面、镇江锅盖面、泰州鱼汤面、武汉的热干面，西南还有重庆小面，最精致的是苏州面，重浇头，讲究吃头汤面，丝丝分明，鲫鱼背、免青、重青、浇头、过桥、宽汤、紧汤……

因工作的原因，近两三年去上海变得频繁，上海的老面馆大致也都去过，味香斋的麻酱拌面，再配一碗小牛汤，卢香纪的鳝丝、猪肝双浇面，大肠面的大肠面，肇周路口的河南拉面，逸桂禾的阳春面，再配一碗酒香大馄饨、一碗红烧羊肉，就是有点儿小贵，蟹谷面、董记庐春面、明呈黄鱼面馆，沪西老弄堂，小管面馆，老半斋的鲍鱼面，宝泰面馆，大时代面馆（老沧浪亭何师傅主理）的青椒肉丝干拌加辣肉，再加一份黄鱼浇头，单独盛一个小盘，冯爸面馆，云和面馆，还有刚从杭州来上海的小狗面馆，还和茗屋夫子一起吃过一面春风的蟹粉面，五原路功德林的素面，人吃饭众口难调，但每一家都有各自的“绝活儿”，令人印象深刻。

鄙乡是扬州的最北面，淮河以南、长江以北，讲的是江淮官话（洪巢片），私以为饮食和地域、方言一定是密不可分的。鄙乡的面结合南北的特点，自成一道风景。

面中的YYDS（网络用语“永远的神”——编者注）当数阳春面，所谓大道至简，淮江地区的人民最为熟悉，里下河地区（高邮、宝应、兴化、泰州等）也叫光面，一般是指干拌阳春面，虽然叫光面，紫菜、虾米、小米葱、猪油、黑胡椒、虾子、酱油一样也少不了。面是水面，碱足，略微有点儿泛黄，大的黑胡椒粒和猪油比面更重要，是灵魂所在。高邮有一家陈小五面馆，主打就是阳春面，用白色搪瓷碗，口径20厘米左右，上桌前将搪瓷碗摆进汤水开了的锅里，锅里的汤与碗底接触，汤的温度正好可以溶化搪瓷碗里的大油（猪油），如此一来面刚盛出，大油可以均匀地搅拌在

每一根面上。

雪菜肉丝面、青椒肉丝面、长鱼面、老鸡面、三鲜面、阳春面、青菜面、光面……都是鄙乡的特色，我最钟爱的是长鱼面，也就是黄鳝，里下河地区水网密布，河鲜也多。长鱼面有两种做法，一种是干拌，现炒浇头，佐以青椒、洋葱、二三片冬笋，重胡椒，大火爆炒，然后与面拌食。一种是长鱼汤面，用鸡骨头、长鱼骨头、野生小杂鱼煨制的高汤来煮面，面好盛出；长鱼在另一锅里烧好，快出锅时搁几段韭菜，最后单独盛一碗，端到食客面前，将长鱼倒进面碗中，不多不少正好漫到碗口，多一点点，就要漫出，真是鲜掉眉毛，乡谚有云：打一个嘴巴子，都不知道！

吃面一定要快，不能慢，慢了就凉了、坨了，气就不在了。吃完面后发一身汗，擤鼻涕用掉小半袋纸，大快朵颐！人生最不易吃的三碗面，在此时，也早已抛到九霄云外。

窗 帘

郁钧剑

2022-10-28

我上小学的时候，有个特别不爱说话的同学，有一回学习小组去我家做家庭作业，他听见我妈妈一口江苏话，便一下子与我话多了起来。他不好意思地低着头对我说，我妈的口音与他爸的口音是一样的。

后来他罕见地请我去过他家。他家住在一条小巷子的深处，巷子里没有阴沟，也就是没有下水道，因此污水横流，且鸡飞狗跳。在一排居住着十几户人家的低矮的木板房中，他家是其中最显眼的一间，因为窗口上挂着一块雪白的窗帘。

再后来我知道他是与父亲相依为命生活在一起的。他父亲在旧社会开过裁缝铺，做过小老板，这在当年是属于不受待见的人，身为当地人的母亲便离他们而去了。

他看见我注意到他家雪白的窗帘时，一下子就脸红了，不好意思地低着头对我说，我让我爸别挂窗帘了，可他坚持要挂。隔壁邻居都笑话我们，说这是资产阶级的思想作风。

昨晚睡觉前读书，突然读到杨绛先生的一段话，她说："人家挂着窗帘呢，别去窥望。宁可自己也挂上一个，华丽的也好，朴素的也好。如果你不屑挂，或懒得挂，不妨就敞着个赤裸裸的窗口。不过，你总得尊重别人家的

窗帘。”

年轻人可能不知道，在那个年月，挂不挂窗帘，挂什么式样的窗帘，不仅仅是个尊不尊重别人家的简单问题，而是一个世间好恶的标准，更是一个可以借此挖出思想根源的利器呢。

昨晚我梦到这个同学了。面容模糊的他低着头对我说：“钧剑，我不想读书了。”

我从梦中醒来，想起了升初中时，我俩曾分配在一个班上，开学后没几天，他真的跟我说过这句话。记得第二天，他果然就没有再来学校。

那是1968年吧。

从此再也没有见面，一晃五十多年了。

三角梅

肖复兴
2022-10-31

今年国庆节前，从西天门通往祈年殿的大道和丹陛桥两旁，摆上好多盆三角梅，成为天坛最为鲜艳夺目的花季，比祈年门两侧每年一度的菊花展还要壮观。

前几年国庆前后，天坛也置放这样壮观的三角梅，几乎成为天坛国庆的标配。这些三角梅，被工作人员培植得枝干越发粗壮，简直像一株株童话的树木。玫瑰色的花瓣不大，却开得特别张扬，密密地布满枝头叶间，色彩艳丽得像她们奔放不羁的心情，微风拂过，犹如万头攒动的紫蝴蝶飘然垂落。如果站在丹陛桥上，往西望去，花团锦簇，像腾起玫瑰色烟雾，再远处的砖红色西天门，都显得色彩有些暗淡。

国庆节前，为看三角梅，我去了一趟天坛；国庆节后，我又去了一趟天坛，还是为看三角梅。这几天降温，还下了雨，刮了大风，担心三角梅会落败很多，没想到，开得依旧旺盛。和我一样来看三角梅的人，依然很多，不少人在花前拍照。

从丹陛桥下，往西走，大道两旁的长椅上都坐满了人，既能看花，也可休息。一直快走到西天门，才看见一个长椅上，独坐一位老爷子在闭目养神，只好问可不可以在他旁边坐下？他客气地一伸手，说了声请！我便坐下，掏出笔本，画面前的三角梅和花前照相的一对老姐妹。

他瞥了我一眼，没有说话。待我画到一半，三角梅刚在纸上开放出来的时候，他对我说了句：画三角梅呢！

我忙点头称是，说道：画着玩！

他没有接我的话茬儿，也没有再看我的画，接着闭目养神，似乎在想着心思。停顿半天，忽然冒了句：三角梅！好像不是对我讲话，像自言自语。这让我有些好奇，合上画本，望了望他。

他看见我在望他，微微一笑，摇了摇头。

我小心地问：您怎么啦？

没事！他又摇摇头，用手指指我的画本，又指指前面的三角梅的大花盆，重复说了句：三角梅！

三角梅，怎么啦？

我猜想，三角梅肯定让老爷子想起了什么，好奇心，让我追问道。

老爷子看出了我的心思，对我讲起了三角梅的一段往事。

疫情暴发前两年，老爷子的儿子在一所高档社区买了一处二手房。之所以动心并果断买房，是因为比同样的房子便宜了20多万。一楼三居室，房后带一个小花园，花园开有一门，可以经过花园直通房内。儿子很满意，当场决定下手。房东是位老太太，对儿子说：我只有一个要求。儿子说：什么要求，您说！

老太太拉着他走出花园门，紧靠门的篱笆前放着一辆酒红色的老年代步车，车的四周被密密的三角梅包围，三角梅不高，长在不大的花盆里，正开着鲜艳的花。老太太指着车和三角梅，对儿子说：这车和这花，我请你能一直保留，到时候替我浇浇水，保养保养，如果冬天下雪，搬进屋里去。

儿子有些奇怪，看这一圈三角梅开得不错，但这辆老年代步车已经锈迹斑斑了，为什么不卖掉或处理它，还非要保留？

老太太说：这辆车是我家老头儿搬到这里来的时候买的。他一直想买辆车开，我对他说都那么大岁数了，买车干吗？他说有辆车出门买东西方便，还可以带上我到公园去转转。可我们原来的家住的地方窄，放不下一辆车。我们买的这房子也是二手房，地方宽敞了，停车没问题了，他就又提起买车的事。在我们家，大小事，一直都是我拿主意，拿定主意，他也就不再说什么了。只有买这个电动车，他一再坚持，我心想，都过一辈子了，就让他也拿一回主意。二话没说，立马就买了车。谁想买了车的第二年夏天，心脏病突发，人就走了。

原来是这样。儿子望望老太太，正和老太太的目光相撞。儿子忙把目光错开了。

老太太接着说：当时，有好多人劝我说趁着车还挺新的，卖了吧。我不想卖，怎么说，老头儿活着的时候，是老头儿的一个抓挠；老头儿不在了，是我的一个念想。我就买了好多盆三角梅，把车围了起来了。谁想到，第二年，花没有死，还能开，挺皮实。我家老头儿走了都快三年了，你看，这花开得还挺好的！

儿子明白了老太太的心思，连连点头说：您老人家放心，我一定好好伺候这车和这花。您什么时候想回来看看这车和这花，我保证它们还像现在一样好好的！

老爷子讲完了。我们都沉默了，沉默了许久。我的心里很感动，为那位老太太，也为他的儿子。面前那盆硕大的三角梅前，人来人往，来拍照的人很多。秋风中，三角梅薄如蝉翼的玫瑰色花瓣轻轻抖动着，梦一样，飘飘欲飞。

立冬，一年好景君须记

韩可胜

2022-11-06

立冬，第十九个节气，冬季的第一个节气。立，建始也。与一般的开始不同的是，建始就像建筑物露出地表，让人看得见了。冬，《说文解字》解释为“四时尽也”。《月令七十二候集解》说：“冬，终也，万物收藏也。”

从立冬开始，一年要结束了。如果把一年比喻成花朵，从孕育，到绽放，到盛开，到枯萎，到凋谢……冬天就是凋谢的季节。人生也有这样一个过程。立冬，与立春、立夏、立秋并称“四立”，都是表明一个季节的开始。它们与“两至”（夏至、冬至）、“两分”（春分、秋分），合称“八节”。

口语中常说“四时八节”，四时是春、夏、秋、冬，八节就是这八个节气，都是一年中的转折点，或者说是重要的节点。

每个节气都分三候，每候大约为五天。立冬节气第一候，“水始冰”，这时候的冰还很薄，还不能行走，所以要特别小心，这就是“如履薄冰”成语的由来。绝大多数液体变成固体，体积会缩小，但是水变为冰，体积会增大。水变成冰的过程，困扰了许多科学家。诗人是幸福的，不用困扰什么，只要感受大自然变迁带来的惊喜：“坐听一篙珠玉碎，不知湖面已成冰。”

第二候，“地始冻”。中原大地开始受冻了。水结冰比大地受冻更早，因为地气更容易保留余温的缘故。“履霜知地冻，赏雪念民寒”——写下如此忧国忧民诗句的是昏庸荒淫的宋度宗，他把偏安一隅的南宋送上了穷途末路。可见，说和做是两回事。

第三候，“雉入大水为蜃”。雉是野鸡，蜃是大蛤蜊。野鸡怎么能变成水里面的大蛤蜊呢？二者花纹相似，但明显不是同一物种。古人那么善于观察世界，为什么会相信这种转化，一定有着我们不曾明了的逻辑。

“月下飞天镜，云生结海楼”，海楼就是海市蜃楼，古人认为海市蜃楼是大蛤蜊吐气所形成的楼阁，因此有“蜃气为楼阁，蛙声作管弦”的诗句。《长恨歌》说“忽闻海上有仙山，山在虚无缥缈间”，亦真亦幻，或许写的就是海市蜃楼。

关于立冬时节的景致，写得最好的当数苏轼《赠刘景文》:“荷尽已无擎雨盖，菊残犹有傲霜枝。一年好景君须记，最是橙黄橘绿时。”这首诗还有一个题目叫《冬景》，写了几个景致，荷尽、菊残，只有橙黄、橘绿最亮眼。

每个季节都有自己的代表物种，一般人都推荐春桃、夏荷、秋菊、冬梅。但是，梅花一般不吃，作为吃货的苏轼推荐的是“橙”和“橘”，都是柑橘类的果实，很称我的心意。

苏轼喜欢柑橘，写了诗，也写了词，数量超过了写荔枝。他那个时代，水果不及现在琳琅满目，冬天能吃到橘子，幸福指数一定很高。苏轼写橘子的诗，我最喜欢“吴姬三日手犹香”这句，这手是因为剥皮时沾了橘子皮的香味所致。其他水果的皮，大多是废物。橘子的皮却是一味著名的中药，叫“陈皮”。所以现在流行的小青柑，说到底就是茶叶外面包裹了一层橘子皮，正确的饮法是一起泡。

立冬时节，中原还没有到大雪纷飞的时候，温暖的江南甚至还不像冬天。白居易《早冬》写在杭州，距今差不多1 200年，其景致也适用于现在的江南 :“十月江南天气好，可怜冬景似春华。”

“可怜”是可爱的意思，与“可怜九月初三夜”中的“可怜”是同一个意思。此时甚至有樱花零星地开放，不是季节扰乱了樱花，也不是樱花开乱了季节，冬景仿佛春景，是因为江南本来就是钟情于世间万物的好地方。

《千字文》说:“寒来暑往，秋收冬藏。”冬天的关键词是“藏”。要藏好食物越冬，这是连小松鼠都知道的事情，人类自然更加懂得这个道理。人类还要贮藏好阳气和体力，乃至一定的肉肉——冬天容易长膘，就健康来说，有适当的膘并不是坏事。冬天，我不减肥——这么艰巨的任务，让我们相约在明年。

鲜在台州山海间

王　寒
2023-02-21

三年疫情，把人憋坏了。管控一放开，脚底就发痒，盘算着到哪里逛吃逛吃。没想到，兔年开春的第一站，到的就是上海，并且当起“拾味台州”的美食推荐官。这是我第二次在上海当美食推荐官，驾轻就熟，张嘴就来。说起家乡美食，险些把自己的口水也引逗出来。

20多年前，台州菜在上海藉藉无名，彼时的上海人，知道的是宁波的红膏炝蟹、雪菜黄鱼，杭州的龙井虾仁、老鸭煲，绍兴的三黄鸡、霉干菜焖肉。彼时的台州菜，跟台州一样，毫不起眼。10多年前，新荣记入驻上海，轻轻松松拿下米其林星，谈笑间，樯橹灰飞烟灭，标志着台州菜在上海滩站稳脚跟，且成为上海人心中的白月光。同样生猛的还有林家一，落地外滩仅一年，也成功摘星。

上海人见过大世面，舌尖颇有几分挑剔，寻常味道入不了他们的法眼，他们要的是味道和腔调，但上海人识货，他们吃四方的大嘴，能品得出菜品的高下。新荣记的沙蒜烧豆面、黄金脆带鱼、鲳鱼年糕、红烧辣螺肉、农家盐卤豆腐煲，吃一口，让人黯然销魂。

让上海人惊艳的这些台州菜，在台州人眼里，只道是寻常。台州有山有海，山珍海货一应俱全，台州人性格豪放，但对于吃，那是相当细腻的。有作家曾说，在上海，“再没有心肝的女子，说起她去年那件织锦缎夹袍的时候，也是一往情深的。”在台州，再是粗放的男子，说起沙蒜豆面、家烧黄鱼，也是深情款款的。

台州是美食之都，别的地方靠山吃山，靠海吃海，台州人山海通吃。春天一到舌尖苏醒，山里头的黄泥笋，海里头的雪里梅（梅童鱼），是台州人开春的第一口鲜。一碗家常的菜蕻春笋肉丝年糕，能鲜掉眉毛。春风起时桃花开，泥螺肥了鲻鱼鲜，好吃的东西一样接着一样来。

到了立夏，率先出场迎夏的是乌米饭、乌饭麻糍和甜酒酿，更兼桑葚紫，樱桃红，枇杷黄，端的是姹紫嫣红。夏至一到，先是杨梅在舌尖上掀起新一轮的甜酸风暴，接着，铺满青石板的老巷子里，传来石莲豆腐和凉菜膏的薄荷清气，江边大排档上，满是吃鲜喝酒消夏的人。我也曾经在这里吃得半醉，深一脚浅一脚，踏月而归。而海边渔村，各种鱼鲞排兵布阵，在烈日下散发着一阵阵的咸鲜味。台州人无姜不欢，如果说山东是葱省，台州就是姜市，有姜汁调蛋、姜汁肉糜、姜米粥、姜米泡饭、姜米炒饭、姜汁猪肚，甚至还有姜汁冰淇淋。姜有驱寒暖胃之效，疫情期间，台州老人的新冠重症率在全省最低，据说就有姜汁的功劳。

8月开渔节一到，吃蟹成了头等大事。台州的吃货可能叫不全四套班子领导的名字，但是一定能叫出籽蟹、小蓝脐、小圆脐、膏蟹、紫蟹（梭子蟹的不同生长期）的名字。对吃货来说，开渔节的快乐指数比任何节日都要来得高。吃货们抢着吃头网海鲜，凌晨3点，就到海鲜市场来抢鲜，为了舌尖上的第一口鲜，披星戴月也是值得的。装满梭子蟹的货车甫一停稳，轰的一声，涌上一群吃货，一两分钟内，满车的蟹全给行贩和吃货抢光了。抢到的，喜笑颜开：拿什么蟹蟹侬，我的老蟛友！

“九月黄鱼篰加篰”，九月黄鱼的蒜瓣肉，简直就是软玉温香，东海黄鱼焖土灶饭、荠菜黄鱼羹、家烧黄鱼、黄鱼年糕，哪一样不让人叫绝？小寒一到，虾蛄满腹黄膏，油带丰腴肥厚，在台州，沙蒜要配豆面，岩蒜要炒年糕，带鱼要与萝卜丝搭档，好像戏曲中的生配旦。

霜降一到，朱黄青碧，百果丰饶。每一个金灿灿的橘子里，都蕴含从春到秋的阳光雨露。台州是全浙江的果园，光橘子就有200多个品种，分明是座甜蜜的城市。

如果在吃上也能评出发明家，非台州人莫属，台州的年糕除了炒、蒸、汤，还可以夹。“一筒夹糕”是台州街头的一句暗号。年糕捏成的巨大饺子，夹住了红烧肉、泡虾、猪大肠、鱼肉、豆腐干、土豆丝、萝卜丝、绿豆芽、洋葱、油条等山海美味，一只吃到肚儿圆。北方人把夹糕称为江南大饺子。一个东北朋友吃着夹糕跟我感叹：在我们东北老家，能出现这么大饺子的重要场合有且只有跳大神。

台州人的口味兼顾八方。冬至要吃擂圆，所谓擂圆，就是在黄豆粉与红糖中打过滚的大汤圆。我朋友考证过，准确的写法，应该是“礌圆”，礌是滚动之意。擂圆就是北方的驴打滚，是中原文化南迁而留下来，是台州人过冬至必不可少的食物。

至于食饼筒，在台州200多种的小吃江湖中，凭一己之力撑起台州全年的节日美食，它以丰满的身姿、海纳百川的气量，亮相于大大小小的节日。当一个外地人被邀请到台州人家中一起吃食饼筒时，证明他已经成功地打入台州人的核心社交圈。

台州人懂得洋为中用。青草糊、石莲豆腐、凉菜膏，是台州人的消夏三宝。最土气的草糊跟最时尚的咖啡、奶茶混搭，变成了草糊拿铁、草糊奶茶。除此之外，台州还有酒酿拿铁、姜汁拿铁、老酒拿铁、蛋清羊尾拿铁。拿铁在台州，就这样被拿捏得死死的。

西北有信天游，台州有美食谣。一年四季，海鲜排好了出场表，轮番亮相："正月雪里梅，二月桃花鲻，三鲳四鳓，五呼（呼鱼）六弹（弹涂鱼），八月白蟹板，九月黄鱼籍加籍，十月田蟹咕老酒，十一月湖里鲫，十二月带鱼菜头吃不歇。"除了海鲜谣，水果有水果谣，糕点有糕点谣，只要味道好，不怕你唱得荒腔走板。

说出来你可能不信，在上海，有1300多家台州菜馆，每家菜馆都有几个镇店好菜。光一个芋头做的菜，就有老鸭煨芋头、沙埠芋艿千层肉、高汤芋头、桂花芋艿、咸肉芋头面。我吃过最好吃的芋头是在樾鲜，来自唐诗之路上的高山芋头，与老母鸡吊出的高汤一起焖煮，变得风情万种，鲜美醇厚，软糯至极。这次上海之行的意外收获，是与严强相遇，"拾味台州"的活动一发布，没想到，把七八年未见的老同事严强"炸"了出来。严强是银行家，为人一向低调，竟然不声不响进军餐饮界，开出了两家樾鲜，主打的就是台州菜，味道并不亚于米其林店。看来，银行家不但嗅觉敏锐，味觉也是相当敏锐的。

鲜在台州山海间。没错，台州，是一座来了就想吃，吃了还想再来的城市。

父亲说，就当你陪陪我吧

柯兆银
2023-03-03

那天，我突然想起一件往事，顿时不由得感慨万千。

2008年末的一天，我上午到包头南路上的小区看望独居的父亲。我们一起午餐，下午2点半告别，他跟着我走出门来，对我说："我送送你。"

"不要送了，外面很冷。"我说。

"没关系，在家也没事。"他说。

我和父亲乘电梯下楼，走到楼外，一阵北风呼啸着扑面而来，我们都打了个哆嗦。我让父亲不要送了，他还是回答："我要送你到公交车站。"

我连忙摇头，那要走一段路的，父亲还是说在家没事，就当你陪陪我吧。我们走了大约10分钟，来到934路公交站。等到公交车来，我说"再见"就跳上车，不料父亲紧跟着上车。我一愣，他忙解释说："就算你陪陪我吧。"

"我乘到终点站大概有20站，路太远了。"我说。

"越远越好啊。哦，我到终点站就回来，你再转车回家吧。"父亲说。

公交车开动了，父亲坐到我旁边，显得既开心又得意。他问起了我正在念大二的双胞胎儿子情况。我告诉他，要期终考试了，现在他们就在家复习呢。

他问孙子大学毕业后是否打算出国留学，我问他："你希望他们出国吗？"

"孙子将来想留学，我是爷爷当然支持；可是，我实际上不希望他们出国，那样见面机会就很少了。"父亲说。

父亲说起我的一个哥哥和两个弟弟，他们到美国和加拿大留学和定居后，就难得见面了，连电话都很少。他说这些话时神情落寞，语调悲哀。

终于，公交车到达终点站延安东路普安路。我告诉他不要下车，公交车会掉头原路返回；他说知道了。我和他挥手说再见，就跳下车，沿着西藏中路往南走，边走边寻找864公交车站。我寻到车站候车，没有看见公交车驶来，却看见父亲走了过来。

"咦，你怎么没有乘车回家啊？"我惊愕地问。

"回家也没事。"他站到我旁边，侧脸看着864公交车来路方向，"车子还没有来，你朝南走，就是陆家浜路，那儿乘43路一部车到家门口，很方便。"

我感到父亲再送我实在没有必要，就对他说，"你还是乘934路回家吧，跟着我走是反方向啊，你回去的路更远了。"

"我们一起走，就当你陪陪我吧。"他笑道。

我看他态度坚决，也就不再说什么了，我们一起朝前走。

我们走了蛮长的一段路，来到陆家浜路上43路车站，父亲却遗憾地说，"怎么抬抬脚就到了。"

我告诉父亲，这儿可以坐地铁8号线到黄兴公园站，你回家就不远了。他说晓得了，等我上车他就回家。一会儿，43路公交车驶来了，我说"下个周末来看你"，就奔过去跳上车。我探头看看窗外父亲是否走了，不见了他，正感到奇怪，突然有人拍拍我的肩，我回头一看，居然是父亲。

“我回去也是没事，送你回家，就当你陪陪我吧。”他恳求地笑着说。

我尽管感到父亲的举动没有必要，但还是有些感动。43路公交车沿着陆家浜路朝西行驶，驶上徐家汇路和肇嘉浜路，在大木桥路站停下，我们下车。我请他到我家吃晚饭，他开心地笑了。

我们穿过马路，路过9号线地铁站，他突然对我说“再见”，就一脚跨进9号线地铁站。我追上一步，对他说，“阿爸，你跟我回去啊。”

“孙子要考试，不打扰了！你有空过来。”他说完头也不回地一步步走下楼梯，走到楼梯下面，转过头来朝上看了看，看见我开心地笑了，挥了挥手，转身走进地铁站。

3年后，父亲逝世，终年89岁。如今，10多年过去了，父亲和我阴阳两隔。父亲陪陪我，我陪陪父亲，我们互相陪陪，再也不可能了。当父母在的时候，我们往往并不珍惜和他们在一起的时光，而当我们懂得和父母在一起是无上幸福的时候，他们往往已经不在了。或许，只有遗憾，才会让人念念不忘；尽管念念不忘，仍然让人只有永远的遗憾。

后 记

“夜光杯”是一本小书，里面记录着我们对于生活、对于明天的美好梦想。一年一度，从这本小书里精选美文，汇聚成册，已是我们与读者的一个约定。现在，这第六年的第六本文萃如期而至了。

一起走过五年，今年我们做了一些小小的改变。拿到手里，你会发现：从封面、装帧到开本，面貌换了；文章在不同主题下集结，脉络更清晰了。“书里看书，梦里寻梦”，本书的标题，取自书中所选文章，也寄托着我们的期待：希望通过新尝试，给读者带来阅读新感受；也希望以这样的新姿，共同开启新的五年。

变是创新，不变是坚守。我们传承传统，从2022年5月至2023年3月在“夜光杯”微信公众号等各渠道广受欢迎的佳作中，精选76篇文章，纪念、庆祝“夜光杯”76岁了。从晨读、夜读，到封面人物、文艺评论；从聚焦当下的纪实，到回眸往事的记忆，再到记录历史的珍档……“夜光杯”包罗万象，伴你左右。“夜光杯”的文章通俗却不粗俗，轻松却不轻飘，深沉却不深奥，尖锐却不尖刻，永远传递真、善、美，给人向上、向善、向前的力量——这是我们坚守的定位、文风与价值观。

感谢读者长期以来的相伴与支持；感谢不断扩容的“夜光杯朋友圈”，

给我们提供了很多有温度、有情怀、有思考、有深度的好文字。读者、作者、编者，让我们在一起，用笔、用情、用心，一起悦读、悦心、悦人。

希望更多人关注“夜光杯”，从这本书开始，更多浏览我们的“夜光杯”版面、新民客户端中的“夜光杯”频道、“夜光杯”微信公众号以及“夜光杯朋友圈”微信视频号。愿以“夜光杯”为媒，与你成为更好的朋友，共同扩大这个以文会友的朋友圈。

愿你的生活中，有书，有梦，有“夜光杯”。

图书在版编目(CIP)数据

书里看书,梦里寻梦:爱夜光杯　爱上海. 2022 / 新民晚报副刊部主编. — 上海:文汇出版社,2023.8

ISBN 978-7-5496-4096-6

Ⅰ.①书…　Ⅱ.①新…　Ⅲ.①散文集-中国-当代

Ⅳ.①I267

中国国家版本馆CIP数据核字(2023)第132271号

(爱夜光杯　爱上海·2022)

书里看书,梦里寻梦

出 版 人:周伯军

主　　编:新民晚报副刊部

选　　编:刘　芳　史佳林　郭　影　吴南瑶

策划编辑:张　涛

责任编辑:盛　纯

审读编辑:郑　蔚

装帧设计:王　翔

出版发行:文匯出版社

上海市威海路755号　邮政编码:200041

经　　销:全国新华书店

印刷装订:上海颛辉印刷厂有限公司

版　　次:2023年8月第1版

印　　次:2023年8月第1次印刷

开　　本:889×1194　1/32

字　　数:248千字

印　　张:10.375

ISBN:978-7-5496-4096-6

定　　价:45.00元